acabus

Michael E. Vieten

Christine Bernard
Der Fall Siebenschön

acabus

Vieten, Michael E.: Christine Bernard. Der Fall Siebenschön, Hamburg, acabus Verlag 2015

Originalausgabe
ISBN: 978-3-86282-352-9

Dieses Buch ist auch als eBook erhältlich und kann über den Handel oder den Verlag bezogen werden.
PDF-eBook: ISBN 978-3-86282-353-6
ePub-eBook: ISBN 978-3-86282-354-3

Lektorat: Alina Hasecker, acabus Verlag
Umschlaggestaltung: © Marta Czerwinski, acabus Verlag
Umschlagmotiv: © Leah McDaniel - Fotolia.com

Bibliografische Information der Deutschen Nationalbibliothek:
Die Deutsche Nationalbibliothek verzeichnet diese Publikation in der Deutschen Nationalbibliografie; detaillierte bibliografische Daten sind im Internet über http ://dnb.d-nb.de abrufbar.

Der acabus Verlag ist ein Imprint der Diplomica Verlag GmbH, Hermannstal 119k, 22119 Hamburg.

---

http://www.acabus-verlag.de
Printed in Europe

Christine Bernard

Regennächte. Eine Katzenwäsche für eine schmutzige Welt. Eine Welt, die nicht mehr zu retten ist. Da war sie sich sicher. Doch sie stand wenigstens auf der richtigen Seite. Von dort konnte sie sich all den Schmutz dieser Welt genau ansehen.

Leben heißt leiden, hatte sie in einer ihrer vielen schlaflosen Nächte in einem Roman gelesen. Ob der gut versorgte Bestseller-Autor überhaupt wusste, was das war? Leiden?

In der vergangenen Nacht hatte Christine Bernard endlich wieder einmal gut geschlafen. Am Abend trommelte sie ein lang anhaltender kräftiger Regen in den Schlaf. Die frühen Vögel am Morgen hatten sie in den Tag gesungen.

So erholt, wie schon seit langer Zeit nicht mehr, schummelte die junge Kriminalkommissarin ihren weißen Renault Mégane an diesem sonnigen Morgen durch den Berufsverkehr.

Losfahren, Vorfahrt nehmen und gleichzeitig halb dankend, halb entschuldigend die Hand heben und darauf achten, dem Übervorteilten ein Lächeln aus ihrem hübschen von langen dunklen Haaren umgebenen Gesicht zu schenken.

Das klappte nicht immer. Manche Autofahrer hupten, fluchten oder beschwerten sich auf andere Weise über diese kleine charmante Unverschämtheit. Junge Frauen fast immer, junge Männer vereinzelt. Alle anderen ergaben sich meist der forschen Fahrweise dieser unbekannten Schönen. Fahrertraining. Polizeischule. Trotzdem hätte sie sich an so manchem Morgen ihren Weg durch den Berufsverkehr liebend gerne mit aufgesetztem Blaulicht gebahnt. Aber zu privaten Zwecken war das streng verboten. Auch wenn es kein Geheimnis war, dass die Kollegen Kluge und Rottmann in dringenden Fällen schon mal mit Sondersignal und Blaulicht Bier holen fuhren.

Der baldige Beginn einer Fernsehübertragung eines Fußball-Länderspiels war für die beiden so ein dringender Fall. Schon zwei Mal mussten sie deswegen in Josef Weinigs Büro antreten und sich ihre Abmahnungen abholen. Kopie in die Personalakte. Da versteht der Herr Kriminaldirektor keinen Spaß. Der interessiert sich nicht für Fußball. Der geht lieber kegeln.

Seine undisziplinierten Kriminalhauptkommissare verpflichtete er beide Male auch gleich zu einer der wenig beliebten Sitzungen bei Polizeipsychologin Karin Vollmer. Die Vollmer und der Rottmann konnten sich nicht ausstehen. Nach Karin Vollmers persönlicher Meinung war KHK Jörg Rottmann weder zum Tragen einer Waffe noch zum Steuern eines üppig motorisierten Dienstwagens geeignet. Aber mit diesem vernichtenden Urteil seine Karriere beenden? Nein, das wollte sie auch nicht. Also schrammte Rüpel Rottmann immer gerade so an einer Suspendierung vorbei.

Und Kluge?

Kommissarin Bernards Partner Kriminalhauptkommissar Torsten Kluge war ein Durchschummler. So ein weicher Typ, der sich an jedem Hindernis vorbeimogeln konnte. So hatte er es bis zum Hauptkommissar geschafft.

Christine Bernard unterbrach die geistige Betrachtung ihrer beiden so unterschiedlichen Kollegen und blickte amüsiert auf ihre neue Armbanduhr. Sie liebte diese großen weißen Plastikuhren, wie sie jetzt modern waren. Auf ihrer dunklen Haut wirkte die helle Uhr besonders auffallend. Den braunen Teint hatte sie von ihrer Mutter, einer stolzen Portugiesin.

Die Erinnerung an ihre schöne Mutter trübten für einen Moment Christine Bernards Gesichtszüge. Der lange, schwere Kampf gegen den Krebs hatte von der attraktiven Frau wenig übrig gelassen. Sie starb im Frühjahr, noch bevor der letzte Schnee sich aus den Weinbergen zurückgezogen hatte. Für alle Betroffenen war es eine Erlösung. Außer für Vater. Er folgte ihr wenige Wochen später. Aus Gram. Davon war Christine Bernard fest überzeugt.

Papa war Luxemburger und nahe der französischen Grenze aufgewachsen. Groß, schlank, in jungen Jahren dunkelhaarig, später grau. Immer charmant und elegant und das Leben liebend.

Nach Christines Geburt zog er mit seiner jungen Familie nach Deutschland. Ihm zu Ehren verwies Christine Bernard immer gerne auf ihre frankophilen Wurzeln und wurde nicht müde, darauf hinzuweisen, dass ihr Vorname und ihr Nachname bitte wie im Französischen üblich ohne die abschließenden Buchstaben ausgesprochen wurden. Christin' Bernar' klang viel weicher und sie hörte es lieber als ihren deutschen Namen, bescherte es ihr doch immer ein kurzes Andenken an ihren liebevollen Vater.

Und als ob es nicht schon leidvoll genug gewesen wäre, seine Eltern in so kurzer Zeit hintereinander zu verlieren, wurde sie auch noch von Frank verlassen. Einfach Schluss gemacht, per SMS. Sie hatte ihn zwar noch zu einem letzten Gespräch in ihrer Wohnung bewegen können, aber sein Entschluss stand fest. Seit Wochen. Daran bestand für sie kein Zweifel. All diese vielen Vorwürfe, chronologisch sortiert und zurechtgelegt. Was sie wann und wo falsch gemacht hatte und wie sehr es ihn störte.

Frank wusste, dass sie ihn nicht so einfach gehen lassen würde und hatte sich gut vorbereitet. Sie klangen wie ein Vortrag, seine Antworten auf ihre Fragen nach dem Warum.

Die Suche nach einem freien Parkplatz vor der Kriminaldirektion verscheuchte Christine Bernards böse Erinnerungen. Jetzt hatte sie eine neue Wohnung und einen neuen Job in Trier. Alles auf Anfang. Zurück auf Los.

Auf ihrem Weg über den Parkplatz, hinein in das große rote Backsteingebäude, spürte sie den leichten kühlen Wind und die wärmenden Sonnenstrahlen des Septembermorgens auf ihrer Haut. Sie wich den letzten Pfützen aus, die der Nachtregen hinterlassen hatte. Es roch nach feuchtem Asphalt.

Christine Bernards attraktives Äußeres brachte ihr zwar gewisse Sympathien bei den Kollegen ein, aber die Kehrseite war ein unangenehmes, sie immer wieder beschleichendes Gefühl, im Kommissariat 1 der Trierer Kriminalpolizei nicht ganz ernst genommen zu werden.

Besonders in den ersten Wochen nach ihrem Dienstantritt spürte sie die Distanz zu den neuen Kollegen sehr deutlich. Natürlich war sie noch nicht so erfahren, wie die altehrwürdigen Hauptkommissare des K1. Allen voran Jörg Rottmann, der in ihr mehr ein Kaffeehäschen sah als eine Kollegin auf Augenhöhe. Doch dann hatte Staatsanwalt Walter Lorscheider plötzlich einen Narren an der jungen Kommissarin gefressen. Warum auch immer.

Vielleicht hatte ihr Ex-Chef aus der Kriminalinspektion Wittlich ein gutes Wort für sie eingelegt oder sie hatte Vatergefühle bei Lorscheider ausgelöst. Das arme Mädchen ohne Eltern und ohne Mann im Haus.

Durch die schützende Hand von Walter Lorscheider war sie im K1 die Kollegin Kommissarin, auch wenn sich der Chauvinist Rottmann immer noch einredete, dass sie für den Kaffee zuständig sei.

Lorscheiders junge Lieblings-Kommissarin verzichtete auf die Nutzung des Aufzugs und nahm die Treppe. Zwei Stufen gleichzeitig. Im vierten Stock war sie doch ein wenig außer Atem und lief Staatsanwalt Lorscheider direkt in die Arme.

„Guten Morgen, Frau Kommissarin. Stürmisch und entschlossen voran. Immer wieder ein Vergnügen zu sehen, was wir doch für engagierte Kolleginnen im K1 haben."

Lächelnd stand Walter Lorscheider vor ihr und seine Mimik und Gestik verrieten Christine, dass er seine Komplimente durchaus ernst meinte. Sie lächelte zurück. „Guten Morgen, Herr Staatsanwalt."

Dann quietschten die Sohlen ihrer flachen Schuhe über den Boden des Ganges in Richtung ihres Büros. Auf ihrem Rücken glaubte sie, die Blicke von Walter Lorscheider zu spüren. Doch als sie die Bürotür öffnete und dabei einen kurzen Blick in seine Richtung riskierte, war er bereits verschwunden.

Wieder eine Begegnung, bei der es ihr nicht gelang, Staatsanwalt Lorscheiders Verhalten endgültig einzuordnen. Entweder würde sie irgendwann heilfroh sein, in seinen Gunsten zu stehen, oder sie würde es bitter bereuen. So viel war sicher. Bis dahin empfand sie Walter Lorscheiders schützende Hand über sich nicht als unangenehm.

Christine Bernard teilte sich das Büro mit Hauptkommissar Torsten Kluge. Sie waren ein Team.

Während die Deckenbeleuchtung nach einem kurzen Druck auf den Lichtschalter flackernd ihren Dienst aufnahm, stieg der jungen Kommissarin der Geruch von Putzmittel, Druckertoner und Akten in die Nase. Sie öffnete eines der großen Fenster weit und schaute auf den Bahnhofsvorplatz hinunter.

Das Gebäude der Kriminaldirektion stand in einem rechten Winkel zu den Bahngleisen und war eines der höchsten Gebäude in der näheren Umgebung. Reisende, gefolgt von Koffern auf Rädern oder bepackt mit Rucksäcken, überquerten den großen Platz auf ihrem Weg irgendwohin.

Eine Gruppe Schüler stieg in einen bereitstehenden Linienbus ein. Aus einem anderen Bus stiegen johlend welche aus. Reges Treiben. Abfahrende Busse ließen Dieselwolken stehen. Taxis eilten davon oder stellten sich in der Schlange der wartenden Kollegen hinten wieder an. Haltende und wieder anfahrende Autos. Der Straßenlärm drang nur gedämpft bis in diese Höhe empor.

Wie an jedem Morgen gönnte Christine Bernard der halb vertrockneten Birkenfeige den Rest ihres abgestandenen Mineralwassers aus ihrer Plastikflasche. Schon lange hatte die junge Kommissarin den Verdacht, dass der arme Benjamini nicht einfach verdurstete, sondern an den Folgen einer Vergiftung durch die aus dem Kunststoff ausdünstenden Weichmacher der PET-Flaschen langsam zugrunde ging. Nach ihrer Überzeugung raffte die Lebensmittelindustrie durch giftige Chemikalien in den Produkten langsam ihre Kundschaft dahin. Und warum? Wie immer ging es um Geld. Um was sonst? Hauptsache billig. Gier frisst Hirn. So war es schon immer. Papa konnte sich furchtbar darüber aufregen und wurde nicht müde, die Industrie dafür zu verfluchen.

Kommissarin Bernard klopfte den letzten Tropfen Flüssigkeit aus ihrer Trinkflasche vom Vortag, schraubte sie zu und warf sie in einen bereitstehenden Korb zu den anderen. Da sich die beiden Hauptkommissare Kluge und Rottmann wohl eher aus dem Fenster stürzen würden, bevor sie die leeren Flaschen zum Pfandautomaten brachten, blieb diese Aufgabe an ihr hängen. Den Erlös der Pfand-Bons spendete sie alle paar Monate einem Kinder-Hospiz in Trier.

Nachdem die Pad-Maschine eine Tasse Kaffee in Christine Bernards Becher geröchelt hatte, setzte sie sich damit an den Dienstcomputer und las ihre E-Mails. Um diese Zeit war es noch ruhig im K1. Kommissarin Bernard erschien gerne etwas früher zum Dienst, damit die Kollegen aus der vorherigen Schicht sie nicht sofort mit Arbeit eindeckten, sobald sie das Büro betrat.

Die letzte E-Mail enthielt ihr Tageshoroskop. Sie liebte diese Art der Unterhaltung. Denn mehr waren diese gratis abonnierten Weissagungen für sie nicht. Im Gegensatz zu ihrer Mutter stand sie der gesamten Esoterik eher skeptisch gegenüber.

Sie wissen sehr genau, was sie wollen, und sie können es auch erreichen. Nicht mit den Ellenbogen, sondern mit Kompetenz und Zielstrebigkeit. Da sie sich in andere Menschen gut hineinversetzen können, fällt ihnen der Umgang mit schwierigen Zeitgenossen oft leicht. Zwischenmenschliche Beziehungen stehen heute unter einem guten Stern. Seien sie verständnisvoll und freundlich.

Verständnisvoll und freundlich? Zwischenmenschliche Beziehungen? Davon hatte sie vorerst die Nase voll. Energisch löschte sie die Nachricht. Ausgerechnet mit Ruth, einer Freundin seit ihrer Schulzeit, hatte Frank sie betrogen. Und das kurz nach dem Tod ihrer Eltern. Der denkbar ungünstigste Zeitpunkt.

Verständnis und mehr Freundlichkeit hätte sie damals nötig gehabt. Stattdessen machte Frank sich aus dem Staub. Hatte sich eine andere gesucht. Eine, die weniger weint. Eine, die sich uneingeschränkt um seine Interessen kümmern konnte. Eine, die so ganz anders war als Christine, die zu dieser schweren Zeit mit sich und ihrem Seelenleben beschäftigt war und sich verzweifelt bemühte, nicht den Boden unter den Füßen zu verlieren.

Das würde sie ihm nie verzeihen. Er hatte sich von ihr und den gemeinsamen Zielen in ihrer schwersten Stunde abgewendet. Ihr Vertrauen und die gemeinsame Intimität verraten. Ihr den Dolch von hinten ins Herz gestoßen.

Bei ihrem letzten Gedanken musste Christine Bernard grinsen. Wie theatralisch. Aber war sie das nicht immer, die Liebe? Ein wenig theatralisch zum Schluss, manchmal auch dramatisch im Abgang?

Sollte ihn der Teufel holen, auch wenn er jetzt schon wieder hinter ihr her winselte. Sie wollte ihn nicht zurück.

Die Verhaftung

Die Klinke wurde mehr heruntergeschlagen als gedrückt. Die Bürotür flog auf.

Erschrocken zuckte Christine Bernard zusammen.

„Guten Morgen. Kommen Sie mit."

Das war keine Frage, das war ein Befehl. Noch bevor der wachsende Unmut darüber in ihr weiter aufsteigen konnte, beruhigte sich Kommissarin Bernard schon wieder. Der gute Ton macht die Musik und den hatte der Kollege Hauptkommissar getroffen. Lässig, gut gelaunt. Es war also kein Befehl, es war eine Einladung.

Torsten Kluge stand mit einer Hand an der Klinke vorgebeugt in der Tür, zog sich mit der anderen Hand am Türrahmen wieder zurück und war bereits verschwunden, bevor Christine Bernard etwas erwidern konnte.

Wehmütig ließ sie ihren halb geleerten Becher Kaffee stehen und folgte Hauptkommissar Kluge, der bereits zum wiederholten Mal nervös die Ruftaste des Aufzugs drückte und auf seine Armbanduhr schaute.

Kurz bevor Christine Bernard ihrem Kollegen den Vorschlag unterbreiten wollte, die Treppe zu nehmen, hatte die Aufzugkabine die Etage erreicht. Mit einem leisen *Ping* zogen sich die Türen auf und Jörg Rottmann trat heraus.

„Morgen. Kaffee fertig?", flachste er und grinste seine junge Kollegin frech an. Dann klopfte er seinem Freund und Kollegen auf die Schulter und machte den Weg frei.

Christine Bernard und Torsten Kluge fuhren mit dem Aufzug hinunter und stiegen in ihren Dienstwagen. Er links, sie rechts. Noch bevor seine Kollegin sich fertig angeschnallt hatte, brauste Hauptkommissar Kluge vom Gelände und erzwang sich energisch seinen Platz im fließenden Verkehr. Wenige Minuten später trat der starke Motor im äußerlich unscheinbaren Dienst-Audi kräftig an und zog den schweren Wagen mit leicht überhöhter Geschwindigkeit über die Autobahn in Richtung Abfahrt Reinsfeld.

„Wohin fahren wir?"

Torsten Kluge räusperte sich.

„Drohnscheid. Vermisstenanzeige. Die Frau eines Landwirts wurde seit ein paar Wochen nicht mehr gesehen."

„Wegen einer durchgebrannten Ehefrau fahren wir da raus?"

„Nicht nur deswegen. Es werden auch die sechs Kinder vermisst. Außerdem habe ich ganz in der Nähe um zehn Uhr einen Termin im Amtsgericht Hermeskeil. Aussage im Fall Breuer. Das war vor Ihrer Zeit im K1. Körperverletzung mit Todesfolge. Die Kollegen von der Streife waren richtig froh, als ich ihnen anbot, in Drohnscheid vorbeizufahren. Die sind im Moment etwas dünn besetzt."

‚Gar nicht dumm', dachte Kommissarin Bernard.

Sein Aufwand hielt sich in Grenzen, und auf diese Weise zahlte Hauptkommissar Kluge auf das Gefälligkeitskonto bei den Kollegen von der Streife ein und hatte Einen gut bei ihnen.

Das Gehöft oder das, was davon übrig war, lag etwas versteckt außerhalb des kleinen Hunsrück-Dorfs Drohnscheid. Kollege Kluge musste zweimal umkehren und im Ort Passanten nach dem Weg fragen.

Christine Bernard hätte an seiner Stelle das eingebaute Navigationsgerät bemüht, aber Männern beim Autofahren Ratschläge zu erteilen fruchtete selten. Also geduldete sie sich, bis Hauptkommissar Kluge den Audi endlich vor einem halb verfallenen Gebäude auf einem matschigen Hof abstellte.

Vorsichtig versuchten beide, ihre Schuhe auf dem Weg zum Hauseingang so sauber wie möglich zu halten. Aber schon nach wenigen Schritten war klar, es gelang nicht. An Christine Bernards hellen Sportschuhen haftete bereits dunkelbraune Matsche und ein kurzer Blick auf Torsten Kluges schwarze Halbschuhe bewies, dass er auch nicht besser auf diesen Ausflug aufs Land vorbereitet war als sie.

Leise fluchend stapften sie auf den Hauseingang zu, vor dem ein alter, blauer Ford Escort Kombi abgestellt war. Ein kurzer Blick auf das Kennzeichen genügte. Das Fahrzeug war noch zugelassen und die Hauptuntersuchung lag erst wenige Monate zurück.

Eine Klingel gab es nicht. Also klopfen. Keine Reaktion. Hauptkommissar Torsten Kluge klopfte noch einmal. Diesmal energischer.

„Herr Schröder, hier ist die Polizei. Machen Sie auf. Wir wissen, dass Sie da sind. Ihr Auto steht vor der Tür."

Christine Bernard deutete soeben an, um das Haus herum auf die Rückseite des Gebäudes gehen zu wollen, da hörten sie schlurfende Schritte auf die Tür zukommen und wie jemand kräftig die Nase hochzog.

Hartmut Schröder riss die Tür auf und stand breitbeinig im Hauseingang.

„Was wollen Sie? Hat mich das Arschloch schon wieder angezeigt?"

Ein modriger Geruch vermischt mit dem Gestank nach Hundekot, Zigarettenrauch und einer feinen Note Cannabis schlug den Kommissaren Bernard und Kluge entgegen. Sie hielten Hartmut Schröder ihre Dienstausweise entgegen, doch der warf nicht einmal einen kurzen Blick darauf.

Christine Bernard konnte sich nicht erinnern, jemals eine so heruntergekommene Gestalt gesehen zu haben. Schlecht geschnittene, fettige schwarze Haare umwucherten ein ungepflegtes bärtiges Gesicht mit einem beinahe zahnlosen Mund. Dabei war der Mann gerade mal zwischen vierzig und fünfzig Jahren alt. Sein genaues Alter war in diesem verwahrlosten Zustand kaum zu schätzen. Kein Wunder, dass diesem Mann die Frau davongelaufen war.

Torsten Kluge gewann als Erster seine Fassung zurück.

„Herr Schröder, dürfen wir reinkommen? Wir würden gerne mit Ihrer Frau sprechen."

„Die ist nicht da", keifte Schröder zurück. „Deswegen hat dieses dumme Schwein mich ja angezeigt. Nicht wahr? Ist doch so. Weil er sie jetzt nicht jeden Tag beglotzen kann. Dem hau ich in die Fresse, wenn ich ihn erwische."

Hauptkommissar Kluge trat einen Schritt vor, in den Hausflur hinein.

„Das ist sicher keine gute Idee, Herr Schröder."

Hartmut Schröder wich zurück und protestierte. „He, was soll das? Haben Sie einen Durchsuchungsbeschluss?"

Gelangweilt von immer dem gleichen Spruch, wenn jemand der Polizei keinen Zutritt gewähren wollte, antwortete Torsten Kluge: „Wir durchsuchen ja nicht, wir gucken nur."

Verblüfft von Hauptkommissar Kluges Schlagfertigkeit gab Hartmut Schröder ihm den Weg frei.

Christine Bernard betrat ebenfalls das Haus und drückte die Tür hinter sich zu.

„Bitte, nach Ihnen."

Keinesfalls wollte sie diesen Kerl hinter sich wissen.

Torsten Kluge betrat den ersten Raum, der links von dem im Halbdunkel liegenden Hausflur abging. Es war die Küche. Durch die völlig verdreckten Fenster konnte er den Dienstwagen auf dem Hof stehen sehen. Die hölzernen und ehemals weißen Fensterrahmen waren morsch und teilweise mit Moos besetzt. In der Küche bot sich ein Anblick der totalen Verwahrlosung.

Essensreste in diversen Gefäßen standen auf dem Tisch, auf der alten Anrichte und in der Spüle. Dort stapelten sich schmutziges Geschirr, Besteck, Töpfe und Pfannen. Von all dem stieg der Geruch von Schimmel, Ungeziefer und Verwesung auf. Der ursprüngliche Bodenbelag war nicht mehr zu erkennen. Er war stark verschlissen, teilweise nicht mehr vorhanden und auf den Resten haftete irgendeine undefinierbare braunschwarze, klebrige Masse. An den Wänden und an der Decke blühte schwarzer Schimmel. Torsten Kluge spürte Übelkeit in sich aufsteigen. Wie konnten Menschen nur so leben?

„Was glotzen Sie so? Muss halt mal aufgeräumt werden. Wenn ich gewusst hätte, dass Sie kommen, hätte ich es fein gemacht“, spottete Hartmut Schröder gereizt.

„Deswegen sind wir nicht hier.“

Torsten Kluge wollte sich nur so kurz wie möglich in diesem Haus aufhalten und trieb zur Eile.

„Wo befinden sich Ihre Frau und Ihre Kinder?“

„Die sind im Urlaub.“

„Wo?“

„In Holland.“

„Wo genau dort?“

„Am Meer.“

„Herr Schröder, so kommen wir nicht weiter. Geben Sie mir die genaue Adresse.“

„Die weiß ich nicht. Meine Frau wollte sie mir mitteilen, wenn sie dort angekommen ist.“

„Dürfen wir uns im Haus einmal umsehen?“

An der augenblicklich veränderten Mimik seiner Kollegin las der erfahrene Hauptkommissar schmunzelnd ab, dass sie diese Frage von ihm bereits befürchtet hatte. Denn nun mussten sie sich den Rest dieses Elends auch noch ansehen.

„Wozu soll das gut sein. Ich sage Ihnen doch. Meine Frau ist mit den Kindern im Urlaub.“

Torsten Kluge verlor langsam die Geduld mit diesem sperrigen Kerl.

„Das reicht mir aber nicht. Entweder wir dürfen uns jetzt kurz umsehen oder ich rufe die Kollegen und wir stellen das ganze Haus auf den Kopf.“

Genau genommen war Hauptkommissar Kluges Drohung ein Bluff. Denn ohne verdachtserhärtende Gründe hätte ein Richter keine Durchsuchung im großen Stil angeordnet. Nur weil jemand den momentanen Aufenthaltsort seiner Familie nicht kannte, konnte man ihm nicht irgendein Verbrechen unterstellen. Aber das wusste Hartmut Schröder natürlich nicht. Also willigte er zähneknirschend ein. Zumindest deutete Hauptkommissar Kluge Hartmut Schröders Rückzug aus der Küche so. Beide gingen hintereinander den dunklen Flur entlang, weiter in das Haus hinein. Hartmut Schröder voran.

Vor einer geschlossenen Tür, gegenüber einer Treppe, die in das obere Stockwerk führte, bemerkte Torsten Kluge einen deutlichen Verwesungsgeruch und lockerte unauffällig seine Pistole im Schulterholster. Nun war er hoch konzentriert. Auch seine Stimme klang verändert. Sehr bestimmend, kalt.

„Stopp. Wohin geht es hier?"

Hartmut Schröder machte auf dem Absatz kehrt und versuchte, die Tür zu verstellen.

„Nur eine Kammer. Für Wäsche und so 'n Zeugs. Gehen wir besser nach oben. Dort sind die Zimmer der Mädchen."

„Treten Sie beiseite. Ich will da hineinsehen."

Torsten Kluge führte die rechte Hand unter der Jacke an seine Waffe und drückte mit der linken Hand die Türklinke nach unten. Dann gab er der Tür einen Schubs. Sie schwang knarrend auf und gab den Blick in das Halbdunkel eines kleinen Raumes frei. Fliegen flogen auf und surrten durch den Raum. Der Verwesungsgestank nahm dem

Hauptkommissar den Atem. Ohne Hartmut Schröder aus den Augen zu lassen, tastete er nach einem Lichtschalter.

Eine mit Staub und Fliegendreck verschmutzte Glühbirne leuchtete den Raum mühsam aus. Doch was es dann zu sehen gab, löste einen Würgereiz bei Torsten Kluge aus. Angewidert wich er abrupt einen Schritt zurück und trat dabei seiner Kollegin auf die Füße, die dicht hinter ihm gestanden hatte.

Diesen Augenblick der Überraschung nutzte Hartmut Schröder und verschwand in einem Raum am Ende des Flurs. Mit einem lauten Knall schmiss er die Tür hinter sich ins Schloss und verriegelte sie von innen.

Christine Bernard und ihr Partner zogen ihre Dienstwaffen aus den Holstern und näherten sich der Tür.

„Herr Schröder, machen Sie keinen Unsinn. Öffnen Sie die Tür und kommen Sie mit erhobenen Händen heraus."

Torsten Kluge wartete die Reaktion auf sein Kommando nicht ab. Er wusste, Hartmut Schröder würde eher irgendeinen Scheiß tun, anstatt ihm Folge zu leisten. Stattdessen flüsterte der Hauptkommissar seiner Kollegin zu: „Sie bleiben hier und sichern die Tür. Ich laufe um das Haus herum und verhindere, dass er abhaut."

Ein kurzes Nicken der jungen Kommissarin reichte ihm und er lief an ihr vorbei aus dem Haus heraus.

Erst jetzt riskierte Christine Bernard einen Blick in den kleinen Raum hinter sich, aus dem der klebrige Gestank des Todes drang. Ihre Kleidung würde sie wegwerfen müssen. Dieser süßliche Geruch ließ sich nicht herauswaschen. Und selbst wenn doch, sie würde ihn trotzdem beim Anblick dieser Kleidungsstücke immer wieder wahrnehmen und sich an diesen grauenhaften Anblick erinnern. Voller Ekel unterdrückte sie ihre Übelkeit. Im fahlen Licht der Glühbirne lag ein großer toter Hund in einer eingetrockneten Blutlache auf dem Boden. Ein mit Blut verschmierter Spaten lag neben seinem Schädel und sein Fell bewegte sich leicht im Dämmerlicht. Würmer.

Da sie in diesem schrecklichen Haus keinesfalls etwas anfassen wollte, ließ Kommissarin Bernard das Licht an und die Tür geöffnet. Um sich diesem widerlichen Anblick zu entziehen, machte sie einige Schritte auf die verriegelte Tür zu und rief: „Herr Schröder. Was ist mit Ihrem Hund passiert? Kommen Sie da heraus und erzählen Sie es mir. Hören Sie mich? Herr Schröder?“

Aus dem Raum hinter der Tür erklang ein quietschendes Geräusch. Zunächst wusste Christine Bernard nicht, was es zu bedeuten hatte, aber dann war es ihr klar. Hartmut Schröder hatte einen der beiden alten Fensterflügel geöffnet. Er wollte fliehen.

Nach zwei kräftigen Tritten in Höhe des Schlosses sprang die Tür auf. Mit der Pistole im Anschlag sicherte die junge Kommissarin den Raum, bevor sie an das Fenster stürmte und ebenfalls aus dem Haus sprang.

Um das Haus herum wucherten Sträucher. Der flüchtende Hartmut Schröder war aus Christines Blickfeld verschwunden. Hastig setzte sie ihm nach. Äste schlugen ihr ins Gesicht und rissen an ihrer Kleidung. Beinahe wäre sie über Dornengestrüpp gestolpert, welches sich um ihre Füße schlang.

Dann trat sie aus dem Gebüsch hervor und sah ihren Kollegen mit der Waffe im Anschlag Hartmut Schröder gegenüberstehen. Schröder hatte etwas Langes, Hellbraunes in der Hand. Irgendein Werkzeug. Es sah aus wie eine Axt.

Langsam gingen die beiden aufeinander zu. Aufgebracht brüllte Hartmut Schröder dem Hauptkommissar irgendetwas Unverständliches entgegen. Torsten Kluge hingegen versuchte, Hartmut Schröder auf eine besänftigende Art zum Aufgeben zu bewegen.

„Herr Schröder, beruhigen Sie sich. Lassen Sie uns in Ruhe über alles reden."

Hartmut Schröder ging weiter auf Kluge zu.

„Bleiben Sie jetzt stehen oder ich schieße."

Der Hauptkommissar hob seine Waffe in die Luft und feuerte einen Warnschuss ab. Doch Hartmut Schröder war schon bei ihm, schlug mit seiner Axt zu und traf Torsten Kluge an der Stirn. Der Hauptkommissar sackte augenblicklich zusammen.

Nur noch ein paar schnelle Schritte, dann war Christine Bernard bei ihrem Kollegen und sah in sein blutüberströmtes Gesicht. Hartmut Schröder hatte die Axt fallen gelassen und war davongelaufen. Die junge Kommissarin hörte, wie er sich hinter ihr durchs Unterholz kämpfte.

Erst jetzt bemerkte sie, dass Hartmut Schröder nur den Schaft der Axt für seinen Hieb benutzt hatte. Der scharfe, stählerne Kopf zum Spalten von Holzscheiten fehlte.

Torsten Kluge stöhnte. Blut tropfte ihm aus den Haaren. Er hatte eine große Platzwunde über der Stirn.

„Rufen Sie Verstärkung. Der Typ ist gefährlich."

Christine Bernard sprang auf, rannte zum Dienstwagen und forderte Rettungskräfte und Kollegen zur Unterstützung an. Dann band sie ihre langen schwarzen Haare mit einem Haargummi zu einem Zopf zusammen, rannte an Torsten Kluge vorbei, der sich soeben leise stöhnend aufrichtete, und nahm die Verfolgung von Hartmut Schröder auf.

„Lassen Sie das. Nicht verfolgen. Warten Sie auf die Kollegen. Machen Sie keinen Unsinn", rief Hauptkommissar Kluge seiner Kollegin hinterher.

Sie hatte auch nicht vor, Unsinn zu machen. Aber wenn sie auf die Verstärkung warten würde, wäre Hartmut Schröder auf und davon. Schließlich kannte der sich hier aus. Aber er war unbewaffnet und stellte in ihren Augen keine große Bedrohung dar. Vorausgesetzt, sie machte nicht den gleichen Fehler wie Kluge und ließ diesen aggressiven Mann zu nahe an sich herankommen.

Lauschend schob sich Christine Bernard hinter Hartmut Schröder durch das Unterholz. Vor ihr knackten Äste. Er war also immer noch in Bewegung.

Jetzt zahlte es sich aus, dass sie wochenlang der Trauer um ihre Eltern und um Frank und all ihrer Wut und Enttäuschung und Hoffnungslosigkeit davongelaufen war. Jeden Morgen und jeden Abend. Bis zur Erschöpfung. Sie war fit. Trainiert von unzähligen Kilometern Dauerlauf.

Hartmut Schröder hatte offenbar die Fluchtrichtung geändert. Das Knacken trockener Äste kam plötzlich aus einer anderen Richtung. Nun schien er in einem weiten Bogen zurück auf seinen Hof zu laufen. Das war aus seiner Sicht nicht dumm. Der Hof war von offenem Gelände umgeben. Wiesen, abgeerntete Getreidefelder und Äcker. Wo sollte er sich da verstecken? Aber die großen Gebäude und Schuppen auf seinem Hof boten tausend Winkel für einen Unterschlupf.

Christine Bernard wollte ihm zuvorkommen und lief zurück zum Haus. Sie sah Torsten Kluge auf der Beifahrerseite im Dienstwagen sitzen und sich ein Tuch an den Kopf halten. Er blickte nicht auf, als sie über das Grundstück sprintete, hin zu der Stelle, von der sie glaubte, dass Hartmut Schröder bald dort auftauchen würde.

Doch er war nicht dort. Auch aus dem Unterholz waren nun keine Geräusche mehr zu hören. War er etwa schneller gewesen, als sie dachte?

Plötzlich hörte sie hinter einem zusammengebrochenen Silobehälter ein dumpfes Geräusch. Sofort änderte sie die Richtung und schlich sich an den Haufen Gerümpel heran.

Dieser Hof hatte seine besten Tage schon lange hinter sich. Überall lag Unrat herum. Schrott, Gerätschaften, zerfallendes und umgestürztes Mauerwerk. Auf einer angrenzenden Wiese standen zwei verrostete Traktoren, ein Ladewagen, ein PKW und ein Heuwender im meterhohen Gras. Unkraut bahnte sich seinen Weg durch die Blechgerippe. Ein kleiner Baum wuchs durch das Dreschwerk eines Mähdreschers hindurch. Überall rostete und rottete es vor sich hin.

Aus dem Gebäude hinter dem zusammengebrochenen Silobehälter erklang ein schabendes Geräusch. Jemand zog etwas über den Boden.

Christine Bernard beeilte sich, so leise wie möglich die Stelle zu erreichen. Dabei musste sie höllisch aufpassen, wohin sie ihre Füße setzte. Überall lagen verfaulte Bretter mit hervorstehenden Nägeln herum. Verrostete, scharfkantige oder spitze Metallteile lugten aus dem Unkraut hervor. Brennnesseln, Gras und Jakobs-Kreuzkraut reichten ihr bis zur Hüfte. Holundersträucher und Riesenbärenklau überragten sie bis zu zwei Meter hoch. Ein Stück rostiger Draht hielt ihren Fuß zurück. Darüber wäre sie beinahe gestolpert. Mühsam und leise fluchend fand sie ihr Gleichgewicht wieder.

Eine Seitenwand des Gebäudes war zum Teil nach außen gestürzt und gab den Blick in das finstere Innere frei. Dort könnte einmal ein Kuhstall gewesen sein. So genau kannte sich Christine Bernard in landwirtschaftlichen Dingen nicht aus. Aber die großen Tränken und die Geländer mit ihren dicken Rohren, die ein Dutzend breite Boxen voneinander trennten, deuteten darauf hin. Allerdings machte der Stall auf Kommissarin Bernard nicht den Eindruck, als wäre er in näherer Vergangenheit noch benutzt worden.

Der Mist war am Boden festgetrocknet und stank nicht mehr. Das Stroh sammelte sich schmutzig und grau in den Ecken. Über dem Stall gab es ein weiteres Stockwerk, wo früher Getreide oder Heu und Stroh gelagert wurden.

Nachdem sich die Augen der jungen Kommissarin an das Halbdunkel in dem alten Gebäude gewöhnt hatten, wagte sie einen Schritt hinein. Mit der Dienstwaffe im Anschlag versuchte sie, möglichst lautlos den Raum zu durchqueren. Überall, besonders vor den verschmutzten Fenstern und von der Decke, hingen verstaubte Spinnweben mit Insektenkadavern herunter. Viele Möglichkeiten sich zu verstecken gab es hier nicht. In der Wand am Ende des Stalls befand sich eine aus Brettern zusammengenagelte Tür. Aber wenn Hartmut Schröder dort hindurchgegangen wäre, hätte sie ihn noch sehen müssen, als sie von außen einen Blick in das Gebäude geworfen hatte.

Sie war ihm dicht auf den Fersen. Hartmut Schröder hatte das Gebäude erst kurz vor ihr betreten. Also? Wo war er hin? Nach oben? Aber wie? Es gab zwar eine Luke in der Decke, aber sie sah keine Leiter, mit der man hätte hinaufsteigen können.

Christine erinnerte sich an das schabende Geräusch vor ein paar Sekunden und versuchte es zuzuordnen. Vielleicht hatte Hartmut Schröder eine bis dahin angelehnte Leiter nach oben gezogen, nachdem er damit auf den Dachboden geklettert war? Sie musste schnell einen anderen Weg nach oben finden.

Gedämpft hörte Kommissarin Bernard das Gedudel von Martinshörnern. Der Rettungswagen für den verletzten Kollegen Kluge und ihre Verstärkung waren vor Ort. Sie beschloss, zu warten und sich ruhig zu verhalten. Hartmut Schröder könnte versuchen, die noch verbleibende Zeit bis zum Eintreffen der Kollegen dazu zu nutzen, unbemerkt wieder vom Heuboden herunter zu klettern. Dann würde sie ihn hier unten empfangen.

Wenn es noch einen anderen Fluchtweg für Hartmut Schröder gab, als die Luke in der Decke, lief er womöglich den Beamten in die Arme, die jetzt hoffentlich gleich über das Grundstück ausschwärmten.

Christine Bernard verhielt sich weiterhin still und lauschte. Kein Laut war zu hören. Hartmut Schröder sollte denken, sie hätte das Gebäude wieder verlassen. Aber nichts geschah. Kein Hartmut Schröder fiel auf ihre Täuschung herein. Stattdessen arbeiteten sich zwei Beamte auf das Loch in der Mauer zu. Christine Bernard konnte ihre gedämpften Stimmen hören. Abgestorbene Pflanzenreste unter ihren Füßen knackten und knisterten. Dann sah sie das erste Gesicht. Eine junge Kollegin. Stumm gab die Kommissarin der Polizeimeisterin zu verstehen, dass sie diesen Raum sichern sollte, während Christine Bernard sich durch die Tür am Ende des Stalls weiter vorarbeitete. Vielleicht fand sie einen anderen Weg nach oben. Wenn Hartmut Schröder noch dort war, war ihm der Weg hinunter in den Stall durch die junge Kollegin nun versperrt.

Nach ein paar lautlosen Schritten stand Christine Bernard vor der Holztür und drückte vorsichtig die verrostete Klinke herunter. Diese gab ein leises Quietschen von sich, welches sich für die Kommissarin in der angespannten Stille wie ein lautes Kreischen anhörte.

Sanft drückte sie gegen die Tür, doch sie bewegte sich nicht. Abgeschlossen? Verklemmt? Sie versuchte es noch einmal. Die Tür gab einen Zentimeter nach. Mehr nicht. Weiter ließ sie sich nicht öffnen.

Kommissarin Bernard entschied sich für die „Methode der rohen Gewalt", trat einen Schritt zurück und verpasste der altersschwachen Tür einen kräftigen Tritt. Augenblicklich versank ihre Umgebung in einem lauten Getöse.

Staub wirbelte auf. Morsches Holz zerbröselte, Stücke davon sprangen umher. In dem Raum hinter der Tür splitterte Glas, Metall quietschte, irgendetwas polterte über den Boden. Flüssigkeit lief aus. Es roch plötzlich süßlich, fruchtig. Zu sehen war nichts. Es war stockdunkel in dem Raum hinter der Tür und das schwache Tageslicht aus dem Stall reichte nicht einmal über die Türschwelle hinweg.

Christine Bernards Herz schlug ihr bis zum Hals. Sie spürte ihren Puls im Hinterkopf. Die junge Kommissarin war bis aufs Äußerste angespannt und versuchte vergeblich, die Dunkelheit mit ihren Augen zu durchbohren, um irgendetwas zu erkennen. Aussichtslos. Sie musste sich überwinden und nach einem Lichtschalter tasten. Sie schwor sich, in Zukunft immer eine kleine Taschenlampe am Körper zu tragen. Dieser Trip hier reichte ihr jetzt schon.

Vorsichtig, mit der Dienstwaffe in der rechten Hand, tastete Christine Bernard mit ihrer anderen Hand die Wand neben der Tür ab. Sie spürte Mörtel unter ihren Fingern, Spinnweben, ein Kabel.

Lichtschalter befanden sich gewöhnlich in der Nähe einer Tür. Sie betete, dass sich die Handwerker beim Bau dieses Hauses daran gehalten hatten.

Hatten sie. Kommissarin Bernard tastete mit ihrer Hand an dem Kabel entlang und fand einen altertümlichen Drehschalter. Sie betätigte ihn. Auch in diesem Raum hatte es für mehr als eine vergammelte Glühbirne, die mühsam den Raum ausleuchtete, nicht gereicht. Und doch war Christine

Bernard dankbar für diese einsam von der Decke baumelnde Beleuchtung, ohne die sie den Raum nicht hätte durchqueren können, um an eine weitere Tür an der gegenüberliegenden Wand zu gelangen.

Vor ihr lagen ein umgestürztes, verrostetes Metallregal, allerlei Hausrat, Werkzeuge, Schachteln mit Schrauben und Nägeln und geborstene Einmachgläser mit Früchten und Gemüsen, deren Inhalt sich auf dem Boden der Vorratskammer verteilt hatte. Ein paar Pfirsichhälften glänzten ihr orangegelb entgegen. Der Rest war undefinierbar. Sie glaubte, zerteilte Pflaumen und irgendwelche Pflanzenreste zu erkennen.

Christine Bernard atmete tief durch und schaute hinter sich in das bleiche Gesicht der jungen Polizeimeisterin. Die gab ihr mit Handzeichen zu verstehen, alles okay, nix passiert. Weiter geht's.

Dieser Raum war offenbar eine Verbindung zum Haus. An den Wänden waren Bretter befestigt. Darauf standen Gläser, Kisten, Kartons und Schachteln mit ähnlichem Inhalt, wie er jetzt vor Christine Bernards Füßen lag. Mit dem umgestürzten Metallregal hatte Hartmut Schröder die Tür zum Stall verstellt. Wahrscheinlich war die Tür sogar verschlossen gewesen. Aber Kommissarin Bernards kräftigem Fußtritt hatte das verwitterte Holz des Türrahmens offenbar nicht standhalten können.

Ihrem Orientierungssinn nach müsste die nächste Tür in den dunklen Hausflur führen. Schräg gegenüber sollte dann die Wäschekammer mit dem toten Hund sein. Unmittelbar machte sich bei dem Gedanken an den Anblick des

Kadavers Übelkeit in ihr breit. Christine Bernard schluckte einmal und atmete das Gemisch aus dem Gestank nach Moder und Einmachfrüchten tief ein. Andere Luft gab es nun mal gerade nicht.

Dann setzte sie vorsichtig einen Fuß vor den anderen und trat in die klebrige Flüssigkeit am Boden. Beinahe wäre sie ausgeglitten, als sie eine glitschige, graubraune Masse übersah und mit ihrem Schuh darauf trat. Der aufsteigende Geruch erinnerte sie entfernt an Zwetschgen.

Die nächste Tür war unverschlossen. Langsam drückte sie die Klinke nieder und zog an der Tür. Ein leises Knarren, dann wurde die Tür plötzlich kräftig aufgestoßen.

Überrascht und erschrocken trat Christine Bernard einen schnellen Schritt zurück. Trotzdem schlug das Türblatt heftig gegen ihre Stirn und sie blickte in die Mündung einer Dienstpistole. Dahinter das Gesicht eines nervösen Kollegen von der Schutzpolizei. Sofort hob sie ihren Zeigefinger an die Lippen und gab dem Polizeihauptmeister die Gelegenheit, die Situation zu begreifen und zu verstehen, dass er sich ruhig verhalten sollte. Er ließ die Waffe sinken und schien sichtlich erleichtert, als er seine Kollegin erkannte. Kommissarin Bernard massierte mit der freien Hand ihre Stirn. Der Polizeihauptmeister zuckte mit den Schultern und bemühte sich um einen Gesichtsausdruck, mit dem er seine Kollegin um Verzeihung bat. Beide atmeten für ein paar Sekunden durch und entspannten sich. Aber der Verwesungsgestank des Hundekadavers zwang sie dazu, das Haus für einen Moment zu verlassen und sich flüsternd zu beraten.

„Polizeihauptmeister Schröder. Sorry, aber ich dachte, es wäre dieser Schröder."

„Schon gut. Sind Sie mit dem hier verwandt?"

„Um Gottes willen, nein."

Christine Bernard rieb sich noch einmal die kleine Beule an der Stirn. Sie tat schon nicht mehr weh. Offenbar sorgte das Adrenalin in ihrem Blut für ein abgesenktes Schmerzempfinden. Umso besser.

„Sie bleiben weiterhin hier unten und sichern diese Etage. Ich gehe rauf und suche ihn. Er war bisher unbewaffnet, aber trotzdem: Vorsicht. Vielleicht hat er eine Waffe im Haus versteckt."

„Okay."

„Wie viele Kollegen sind hier?"

„Wir sind zu viert. Zwei sichern das Gelände um das Haus."

„Dann los."

Kommissarin Bernard und Polizeihauptmeister Schröder betraten wieder das Gebäude. Umgehend schlug ihnen der schon bekannte Gestank entgegen.

In der Mitte des Flurs führte eine Treppe in das obere Stockwerk. Polizeihauptmeister Schröder blieb unten stehen. Christine Bernard stieg vorsichtig die Stufen hinauf. Ein leises Knarren bei jedem Schritt auf den ausgetretenen Holzstufen ließ sich nicht vermeiden. Wenn Hartmut Schröder sich mittlerweile im oberen Geschoss seines Hauses aufhielt, wusste er nun, dass jemand heraufkam. Mit der Pistole im Anschlag sichernd stieg Kommissarin Bernard Stufe für Stufe empor. Bereit, auf jede Änderung der Situation sofort und konsequent zu reagieren. Doch sie kam unbehelligt in einen Flur, der genau über dem unteren lag. Links und rechts führten offenstehende Türen in weitere Räume.

Polizeihauptmeister Schröder stieg nun ebenfalls mehrere Treppenstufen hinauf und sicherte Christine Bernards Rücken.

Wenn es eine Verbindung dieser Etage des Hauses mit dem Heuboden gab, konnte hinter jeder Ecke Hartmut Schröder auf sie warten. Doch das musste sie riskieren. Sie konnten nicht einfach warten, bis Hunger und Durst ihn heraustrieben.

Möglicherweise war er auch gar nicht mehr im Gebäude. Um das herauszufinden, gab es nur einen einzigen Weg. Diese Etage sichern. Das war jetzt ihre Aufgabe. Und das möglichst ohne Schaden dabei zu nehmen. Na dann, entschlossen voran.

Wie man es ihr beigebracht hatte, begann sie damit, einen Raum nach dem anderen zu durchsuchen, ohne sich überrumpeln zu lassen oder Hartmut Schröder die Gelegenheit zu geben, hinter ihrem Rücken über den Flur zu entwischen, während sie sich in einem der Zimmer befand.

Vorsichtig und leise, mit der Dienstpistole in beiden Händen ihrem Blick folgend, durchsuchte sie das erste Zimmer.

Die Tür war komplett geöffnet, niemand stand dahinter. Kommissarin Bernard sah ein Ehebett. Darauf ein Haufen zerwühlte Bettdecken. Zwei Nachttische. Ein halbhohes Bücherregal. Eine Truhe, zu klein für einen Menschen. Ein Kleiderschrank, eine Tür stand offen. Herzklopfen.

Vorsichtig öffnete sie mit einer Hand die zweite Tür. Die andere Hand hielt etwas zittrig vor Aufregung die Dienstwaffe. Christine Bernard begann an den Händen und unter den Achseln zu schwitzen.

Im Schrank war niemand. Nur Damenkleider auf Bügeln, zwei Jacketts und ein Mantel.

Ein kurzer Blick unter das Bett und aus dem verschlossenen Fenster. Im Hof parkten ihr Dienstwagen, ein Rettungswagen und die beiden Fahrzeuge der Kollegen. Christine Bernard lauschte. Kein Laut im Haus. Weiter.

Der Dielenboden vor dem zweiten Zimmer knarrte unter ihren Füßen. Erschrocken blieb sie einen kurzen Moment stehen und biss sich auf die Unterlippe.

Ein Kinderzimmer. Verstreutes Spielzeug. Offene Regale. Niemand hinter der Tür. Unter dem Bett lag ein Koffer. Fenster geschlossen. Sonst war nichts zu sehen. Und weiter.

So schnell wie möglich, so gründlich wie nötig. Die eigene Sicherheit steht immer im Vordergrund. So hatte man es ihr beigebracht.

Im nächsten Raum, ungefähr in der Mitte des Flurs, gab es eine drei Stufen hohe Treppe zu einer Tür in der Wand gegenüber der Zimmertür.

Da war er. Der Zugang zum Heuboden. Hartmut Schröder war entweder noch hinter dieser Tür oder bereits wieder im Haus bei Christine Bernard, in einem der von ihr noch nicht durchsuchten Räume.

Ihr Herz klopfte wieder heftig. Ihre Hände schwitzten stark. Die Dienstwaffe wurde an ihren ausgestreckten Armen immer schwerer.

‚Ganz ruhig, Chris', beruhigte sie sich selbst und gestattete sich für einen kurzen Augenblick, die Dienstwaffe in die linke Hand zu nehmen und die andere Handfläche an ihrer Jeans trocken zu wischen. Wie beim Turnen, früher in der Schule, zog sie ihre Arme kurz an den Körper heran und schüttelte sie abwechselnd aus.

‚Du kriegst das hier hin', beschwor sie sich selbst und ließ ihren Blick über die Gegenstände im Raum gleiten. Ein Bett, niemand darunter. Niemand hinter der Tür. Offene Regale. Bücher. Puppen. Schmuckdosen. Eine Kommode mit Schubladen. Ein Tisch vor dem geschlossenen Fenster. Daran stand ein einzelner Stuhl. Hier war niemand. Was nun? Rauf auf den Heuboden oder die Räume hier weiter durchsuchen?

„Wir bleiben hier", flüsterte sie sich selbst lautlos zu und trat in den Flur hinaus. Plötzlich hörte sie ein metallisches Quietschen. Sprungfedern! Das große Schlafzimmer! Das Ehebett! Mit wenigen schnellen Schritten lief sie den Flur zurück vor das Schlafzimmer. Auf dem Bett lag der Haufen Bettdecken und er sah anders aus als vorher.

„Kommen Sie da raus! Mit erhobenen Händen! Herr Schröder! Raus aus dem Bett!", schrie Kommissarin Bernard ihre Kommandos durch den Raum und zielte mit der Dienstwaffe auf die Bettdecken.

Polizeihauptmeister Schröder hatte die Aktion der jungen Kommissarin beobachtet und stand bereits hinter Christine Bernard im Flur. Er sicherte weiterhin das Haus in ihrem Rücken. So konnte sie sich ausschließlich auf das konzentrieren, was vor ihr geschah.

„Ziehen Sie die Bettdecke von sich herunter! Ich will Sie sehen! Sofort!"

Kommissarin Bernards Stimme peitschte derart durch den Raum, dass sie selbst davon beeindruckt war. Quälend langsam bewegte sich Hartmut Schröder unter den beiden Bettdecken. Mühsam, mit vor Schmerz verzogenem Gesicht zog er sie beiseite und blickte Christine Bernard an.

„Sie sehen aus wie meine Frau."

„Kommen Sie da runter und legen Sie sich auf den Boden. Hände auf den Rücken. Los, machen Sie schon."

Ächzend wälzte sich Hartmut Schröder aus dem Bett. Sein stark blutender Fuß kam zum Vorschein.

Während Kommissarin Bernard weiter ihre Dienstwaffe auf Hartmut Schröder richtete, beobachtete sie konzentriert jede seiner Bewegungen. Keinesfalls sollte ihr das Gleiche passieren wie ihrem Kollegen Kluge, ermahnte sie sich immer wieder selbst.

Hartmut Schröder legte sich stöhnend vor ihr auf den Boden. Polizeihauptmeister Schröder trat hinter seiner Kollegin hervor, drehte ihm die Arme auf den Rücken und ließ die Handschellen einrasten. Kommissarin Bernard steckte die Dienstwaffe zurück in ihr Gürtelholster und setzte sich auf die Bettkante. Erst jetzt bemerkte sie, wie erschöpft sie war. Langsam fiel die Anspannung von ihr ab.

„Herr Schröder, ich verhafte Sie wegen Widerstands gegen die Staatsgewalt und weil Sie meinen Kollegen angegriffen haben. Sie können sich einen Anwalt nehmen. Wir nehmen Sie jetzt mit. Sie dürfen die Aussage verweigern, wenn Sie sich damit selbst belasten. Haben Sie das verstanden?"

Hartmut Schröder stöhnte, nickte bestätigend und blieb mit den Händen auf dem Rücken gefesselt am Boden liegen.

„Was ist mir Ihrem Fuß?"

„Ich bin in ein Stück Metall getreten."

„Ich sage den Sanitätern Bescheid. Der Kollege bleibt bei Ihnen."

Hartmut Schröder hatte sich offenbar auf seiner Flucht verletzt. Kein Wunder, bei dem Gerümpel, das hier überall herumlag. Die stark blutende Wunde musste höllisch schmerzen. Das hatte ihn also daran gehindert, sich vom Haus zu entfernen.

„Gut für uns, schlecht für ihn", murmelte Christine Bernard, während sie die Treppenstufen hinabstieg.

Draußen vor dem Haus gab sie den wartenden Sanitätern und dem Notarzt ein Zeichen, dass oben im Haus Arbeit auf sie wartete. Dann hielt sie Ausschau nach Torsten Kluge. Doch sie konnte ihn nirgendwo sehen.

‚Mist', dachte sie. ‚Hoffentlich hat er den Autoschlüssel nicht mitgenommen.'

Sie ging zu ihrem Dienstwagen und schaute hinein. Der Zündschlüssel für den dunklen Audi lag auf dem Fahrersitz.

Die Beamten von der Schutzpolizei hatten sich bis auf den Kollegen Schröder um ihre Fahrzeuge versammelt. Polizeihauptmeister Schröder verließ soeben hinter den Sanitätern das Haus. Hartmut Schröder verschwand auf einer Trage liegend im Rettungswagen.

Kommissarin Bernard bedankte sich bei ihren Kollegen. Anschließend stieg Polizeihauptmeister Schröder zu Hartmut Schröder in den Rettungswagen, die junge Polizeimeisterin fuhr den Streifenwagen hinterher.

Nachdem auch die beiden anderen Beamten mit ihrem Wagen den Hof verlassen hatten, war Christine Bernard auf dem Anwesen allein. Sie wollte noch einen Blick in die von ihr noch nicht durchsuchten Räume werfen.

In der unteren Etage führte am Ende des Flurs eine Tür nach links in ein verdrecktes Büro. Gegenüber lag das Wohnzimmer. Der Raum, in den Hartmut Schröder am Morgen entwischt und anschließend durch das Fenster geflüchtet war. Darin standen ein Holzofen und die üblichen Möbelstücke: Sofa, Sessel, Couchtisch, eine Schrankwand. Alles alt und stark abgenutzt. Auch in diesem Raum setzte sich der verwahrloste Zustand des Hauses fort. Erst jetzt bemerkte Kommissarin Bernard, dass sie im ganzen Haus keine Heizkörper gesehen hatte. Der alte Ofen in diesem Raum und der ebenfalls mit Holz zu befeuernde Herd in der Küche waren offenbar die einzigen Heizmöglichkeiten. Solche Lebensbedingungen waren ihr völlig unbekannt und sie zweifelte sehr daran, dass in diesen Mauern irgendjemand ein glückliches Leben geführt hatte.

Mit angehaltenem Atem ging Christine Bernard an dem Abstellraum mit den Resten des Hundes vorbei und stieg die Stufen in die obere Etage hinauf.

Obwohl jeder Gegenstand in diesen Räumen ebenfalls auf ein Leben in einfachsten Verhältnissen hinwies, erschienen ihr diese Zimmer freundlicher, heller.

Erst jetzt bemerkte sie vereinzelt Hartmut Schröders Blutspuren auf den verschmutzten Teppichen. Während ihrer Suche nach ihm hatte sie diese in ihrer Anspannung übersehen.

Neben dem Schlafzimmer der Eltern gab es dort oben vier weitere Räume, die sich offenbar die sechs Kinder geteilt hatten. Die einzige Waschmöglichkeit in diesem Haus war also das kleine, schmutzige Bad unten, gegenüber der Küche.

An der Wand im Schlafzimmer von Hartmut Schröder und seiner Frau hing ein Familienfoto. Er selbst, seine sechs Töchter und seine Frau waren darauf abgebildet. Es musste ein Bild aus besseren Tagen sein. Alle wirkten zufrieden und sahen beinahe fröhlich aus.

„Wo seid ihr?", sprach Kommissarin Bernard wieder mit sich selbst. „Seid ihr hier irgendwo, ganz in der Nähe? Oder bei Verwandten oder wirklich im Urlaub? Wo immer ihr seid, ich finde euch."

Es bestand tatsächlich eine gewisse Ähnlichkeit zwischen Kommissarin Bernard und Hartmut Schröders Frau. Obwohl Frau Schröder deutlich älter sein musste. Auf dem Foto trug sie ihre langen, dunklen Haare ebenfalls mit einem Gummiband zu einem Zopf zusammengebunden. Das hatte Hartmut Schröder wohl bemerkt, als er sagte, sie sähe aus wie seine Frau.

Christine Bernard hing das Bild ab, entfernte das Foto aus dem Rahmen und nahm es an sich. Dann verließ sie das traurige Haus und fuhr zurück in die Polizeidirektion nach Trier.

Den Rest des Vormittags beschäftigte sich Kommissarin Bernard mit dem Ausfüllen von Formularen und dem Tippen von Berichten. Entgegen der weitverbreiteten Meinung in der Bevölkerung war der Tagesablauf einer Kommissarin in der Regel nicht so aufregend wie an diesem Morgen.

Ihre Mittagspause verbrachte Christine Bernard mit einem belegten Brötchen und einem Becher Kaffee in einem Steh-Café am Bahnhofsvorplatz. Teilnahmslos beobachtete sie die vorbeieilenden Menschen auf dem Gehsteig vor den großen Glastüren. Kurz dachte sie an Frank. Dann zogen ihre Gedanken bereits weiter.

Am Nachmittag warteten zwei Zeugenbefragungen zu dem Tod einer jungen Frau auf die Kommissarin. Eine weitere Befragung übernahm sie von Hauptkommissar Kluge, der sich den Rest des Tages freigenommen hatte.

Eine Stunde vor Feierabend, nach einer kurzfristig anberaumten Dienstbesprechung, bat Staatsanwalt Walter Lorscheider Christine Bernard in sein Büro und ließ sich von ihr noch einmal mündlich den Einsatz auf dem Anwesen Schröder schildern. Zufrieden stellte er fest, dass alle Beteiligten Beamten vorschriftsmäßig gehandelt hatten.

Erschöpft fuhr Christine Bernard nach Hause.

Nachdem sie ihre hoffnungslos verschmutzten Schuhe und ihre Kleidung, an der immer noch der bestialische Gestank aus Hartmut Schröders Haus haftete, im Hausmüll entsorgt hatte, stieg sie unter die Dusche. Minutenlang ließ sie das warme Wasser gegen ihre Stirn prasseln. Dann hörte sie das lang gezogene *Ding-Dong* ihrer Türglocke.

Ausgerechnet jetzt. Sie bemühte sich, das Läuten zu ignorieren. Doch der Besucher gab nicht auf und trieb sie im Bademantel und mit nassen Füßen zur Tür. Melissa.

Christine Bernard umarmte ihre Freundin und zog sie kurz an sich. Melissa trat ein und drückte die Wohnungstür ins Schloss. Dann bemerkte sie die dunklen Fußabdrücke auf dem Teppich. Schuldbewusst zögerte sie und blieb an der Tür stehen.

„Stör' ich?"

„Ja." Gespielt ungehalten blinzelte Kommissarin Bernard ihre Freundin an.

„Dann geh ich wieder."

Christine lächelte versöhnend.

„Quatsch, bleib ruhig. Geh schon mal in die Küche und mach uns einen Kaffee. Ich bin gleich bei dir."

Sie trocknete ihre Haare und setzte sich zu Melissa in die Küche.

„Hast du schon gehört? Frank und Ruth haben sich getrennt."

„Das ist mir so was von egal", brummte Christine und versuchte angestrengt einen Schluck Kaffee zu trinken, ohne sich die Lippen zu verbrennen.

„Wirklich?", zweifelte Melissa.

Christine Bernard schloss ihre Augen kurz und nickte bekräftigend.

„Na, dann bist du ja darüber hinweg. Da könnte ich doch eigentlich …"

Warnend blitzten Christine Bernards Augen ihre Freundin an. Melissa lachte laut.

„Das war ein Scherz. Ich und Frank, das geht gar nicht. Aber so langsam komme ich mir blöd vor, so lange allein."

„Das wird schon."

„Wenn ich so aussehen würde wie du, sicher. Ich beneide dich."

„Nur weil du ein paar Kilo mehr hast? Es gibt viele Männer, die genau das lieben."

„Mag ja sein. Aber wenn wir zusammen unterwegs sind, verdrehen sie sich nach dir die Hälse, nicht nach mir."

„Stimmt ja gar nicht. Das bildest du dir ein."

„Ich hatte seit Monaten keinen richtigen Sex", maulte Melissa.

„Ich auch nicht, aber Sex ist nicht alles."

„Ohne Sex ist alles aber auch nichts", konterte Melissa störrisch.

Christine war nicht in der Stimmung ihre deprimierte Freundin wieder aufzubauen. Aber den passenden Zeitpunkt für solche Gespräche konnte man sich eben nicht immer aussuchen.

Melissa hatte sich wieder einmal in einen Mann verguckt, der so gar kein Interesse an ihr zeigte. Das drückte ihre Laune mächtig in den seelischen Keller. Die Kerle sahen einfach nicht genau hin. Zugegeben, Melissa hatte ordentliche Rundungen, aber dadurch wirkte sie weicher als Christine. Außerdem war Melissa eine unglaublich liebenswerte Person. Und ein großes Herz braucht eben auch ein geräumiges Zuhause. Im Gegensatz zu Melissa wirkte Christine auf Männer „irgendwie kühl und reserviert". So jedenfalls hatte Frank sie einmal beschrieben.

Drei Tassen Kaffee später konnte Christine Bernard Melissa etwas besser gelaunt wieder in die Welt entlassen.

Nachdenklich räumte sie die Kaffeebecher in die Spülmaschine. Bei nächster Gelegenheit sollte sie mit Melissa mal wieder ausgehen. „Fett aufbrezeln, ab auf die Piste und den Kerlen mal wieder ordentlich die Köpfe verdrehen“, wie Melissa sich gerne ausdrückte. Diesen Gefallen war Christine ihrer Freundin schuldig. Melissa war ihre einzige Stütze gewesen damals, nach dem Tod der Eltern und dem Desaster mit Frank.

Lustlos öffnete Christine Bernard den Tiefkühlschrank und stöberte in den Schubladen. Den Rest des Abends verbrachte sie mit einer aufgebackenen Tiefkühlpizza vor dem Fernseher und ging früh zu Bett.

Untersuchungshaft

Beim Frühstück, allein an ihrem kleinen Küchentisch vor dem Fenster, dachte sie erneut an Frank. Eine dumpfe Traurigkeit erfasste sie kurz. Dann waren ihre Gedanken schon wieder bei Hartmut Schröders Familie.

Auf dem Weg in die Kriminaldirektion klingelte ihr Handy. Torsten Kluge bat sie, ihn zu Hause abzuholen. Sie wendete den Dienst-Audi und sammelte Hauptkommissar Kluge ein, der nervös rauchend und mit einem mächtigen Kopfverband bereits vor seinem Haus auf und ab ging.

„Guten Morgen. Wie geht es Ihrem Kopf?"

Christine Bernard tippte sich an die eigene Stirn, etwa an der Stelle, an der Hartmut Schröders Holzschaft Hauptkommissar Kluge am Kopf getroffen hatte.

„Morgen. Geht so. Brummt noch ein wenig. Wir fahren ins Untersuchungsgefängnis zur Vernehmung von Hartmut Schröder."

Kommissarin Bernard fuhr an und steuerte den Wagen durch die Stadt.

Torsten Kluge schaute aus dem Seitenfenster auf seiner Seite und sprach gegen das Glas.

„Ich hatte noch keine Gelegenheit, es Ihnen zu sagen. Das war gute Arbeit gestern. Ich habe verdammtes Glück gehabt. Wenn die Axt vollständig gewesen wäre …"

Torsten Kluge sprach nicht weiter. Auch für den Rest der Fahrt schwieg er.

Still genoss Kommissarin Bernard das Lob ihres Kollegen und konzentrierte sich auf den dichten Berufsverkehr.

Das Trierer Gefängnis lag südwestlich der Innenstadt und zählte zu den kleineren Justizvollzugsanstalten des Landes Rheinland-Pfalz. Es nahm Gefangene aus dem Landesgerichtsbezirk Trier mit Freiheitsstrafen bis zu zwei Jahren auf. Darüber hinaus diente die Anstalt als Untersuchungsgefängnis.

Der Vernehmungsraum verfügte über eine installierte Videoanlage, mit der die Vernehmungen aufgezeichnet wurden. In einem benachbarten Raum hingen ein großer Flachbildschirm und zwei Lautsprecher an der Wand. Auf einem Tisch davor stand ein Mikrofon.

Wie im gesamten Gebäude roch es in dem kleinen Raum nach Reinigungsmitteln und Heizungsluft. In diesem Nebenraum konnten der Staatsanwalt, bestellte Zeugen oder andere Ermittler die Vernehmung eines Verdächtigen verfolgen.

Ein großer Vorteil der Videoanlage gegenüber einer einseitig verspiegelten Glasscheibe bestand darin, dass man sich die Vernehmung und die Reaktionen des Verdächtigen immer wieder ansehen konnte.

Was hat er gesagt? Wie hat er sich ausgedrückt? Welche Worte hat er betont? Wie war seine Mimik, seine Gestik.

Erfahrene Ermittler lasen das Verhalten eines Verdächtigen während einer Vernehmung, bauten darauf das weitere Verhör auf und formulierten die nächsten Fragen.

Hartmut Schröder wirkte nervös. Ständig kratzte er sich am Kopf und schaute in die Kamera, während er allein im Vernehmungsraum saß. Diese Übersprungsbewegungen verrieten seine innere Unruhe. Was erwartete ihn jetzt? Würde er der Situation gewachsen sein?

Durch dieses ständige Kratzen bildete sich Kommissarin Bernard bereits ebenfalls einen Juckreiz auf ihrer Kopfhaut ein. Hauptkommissar Jörg Rottmann erlöste sie von dem Drang, ihrem Kratzzwang nachzugeben. Schwungvoll öffnete er die Tür.

„Morgen. Wo ist Kluge?"

„Er beginnt jeden Moment mit der Vernehmung. Vielleicht noch auf dem Klo?"

Jörg Rottmann nickte zufrieden.

„Hab's schon gehört. Sie waren gut gestern. Gibt's Kaffee?"

Ein breites Grinsen verzerrte Jörg Rottmanns Gesicht.

Christine Bernard überhörte die Anspielung.

„Sie finden hier bestimmt irgendwo einen Automaten."

Jörg Rottmanns Grinsen erfror.

„Dachte ich mir fast."

Doch Rottmanns Grinsen fand einen neuen Platz im Gesicht der jungen Kommissarin.

„Bringen Sie mir einen mit?"

Hauptkommissar Rottmann erwiderte nichts und zog die Tür hinter sich zu.

Nicht unattraktiv dieser Rottmann, musste Christine Bernard zugeben.

Und er roch eindeutig besser als Hartmut Schröder, dem sie sich jetzt wieder zuwandte.

Torsten Kluge betrat den Vernehmungsraum. Er trug eine blaue Dokumentenmappe bei sich. Darin befanden sich alle Ermittlungsergebnisse, die bereits über Hartmut Schröder und seine Familie zusammengetragen werden konnten. Angaben zur Person, Auszug aus dem Strafregister, Ergebnisse von Zeugenbefragungen und Aussagen von Nachbarn oder Verwandten.

Hauptkommissar Kluge nahm auf dem einzigen Stuhl gegenüber Hartmut Schröder Platz und legte die flache Mappe auf den Tisch.

„Guten Morgen. Fühlen Sie sich gut? Kann ich Ihnen ein paar Fragen stellen?"

Hartmut Schröder nickte und grunzte Hauptkommissar Kluge etwas Unverständliches entgegen.

„Vernehmung von Hartmut Schröder ...", hörte Kommissarin Bernard ihren Kollegen in das Mikrofon vor ihm auf dem Tisch sprechen. Dann folgten weitere Formalitäten wie Uhrzeit, Datum, Tatvorwurf. Und der Hinweis, dass Hartmut Schröder das Recht habe, jederzeit einen Anwalt hinzuzuziehen.

Christine Bernard richtete sich auf eine längere Vernehmung ein und nahm den Kaffeebecher, den ihr Kollege Rottmann mitgebracht hatte, dankbar entgegen.

„Was bekommen Sie dafür?"

„Einen Euro oder Sie gehen heute Abend mit mir essen."

„Ich habe heute schon gegessen“, erwiderte sie gelangweilt und fischte einen Euro aus ihrer Hosentasche.

Enttäuscht winkte Jörg Rottmann ab und nippte an seinem heißen Kaffee. Seine junge Kollegin steckte ihren Euro wieder weg und pustete in ihren Becher. Beide schauten auf den Bildschirm und verfolgten Hauptkommissar Kluges vergebliche Bemühungen, Antworten auf seine Fragen von Hartmut Schröder zu bekommen.

Doch Hartmut Schröder mauerte. Mit vor der Brust verschränkten Armen saß er da und schaute im Vernehmungsraum umher.

„Herr Schröder, so geht das nicht“, erklang wieder Torsten Kluges Stimme. „Sie kommen hier nicht raus, indem Sie schweigen.“

Nach einer Viertelstunde gab Torsten Kluge auf. Entnervt sprach er in das Mikrofon: „Unterbrechung der Vernehmung von Hartmut Schröder um 9.22 Uhr.“ Dann war Hartmut Schröder allein im Vernehmungsraum und begann sich, unterbrochen von einigen verstohlenen Blicken in die Kamera, wieder zu kratzen. Kommissarin Bernard unterdrückte den in ihr aufkommenden Zwang, sich ebenfalls zu kratzen und wendete ihren Blick vom Bildschirm ab.

Torsten Kluge betrat den Raum.

„Oh ja. So einen Kaffee, den könnte ich jetzt auch gebrauchen.“

„Kollege Rottmann zeigt Ihnen sicher gerne, wo der Automat steht“, flachste die junge Kommissarin ein wenig zu vertraut den Hauptkommissar an. Doch Torsten Kluges Art war es nicht, solche kleinen Respektlosigkeiten zu ahnden. Erwartungsvoll schaute er seinen Kollegen Rottmann an, der ihm den Weg zum Automaten verriet. Dann deutete Jörg Rottmann mit dem Kopf in Richtung des Bildschirms, auf dem der sich immer noch kratzende Hartmut Schröder Grimassen in die Kamera hinein schnitt.

„Soll ich es mal versuchen?"

„Ja, mach nur. Ich kann mit dem Kerl einfach nicht."

Torsten Kluge und Jörg Rottmann verließen den Raum. Kollege Rottmann erschien Sekunden später auf dem Bildschirm und nahm vor Hartmut Schröder am Tisch Platz.

„Vernehmung von Hartmut Schröder ...", erklang die energische Stimme von Hauptkommissar Rottmann aus den Lautsprechern. Christine Bernard trank einen Schluck lauwarmen Kaffee.

„Herr Schröder ..."

Jörg Rottmann begann seine Vernehmung von Hartmut Schröder in einem deutlich aggressiveren Tonfall, als Torsten Kluge die Vernehmung begonnen hatte. Augenblicklich reagierte Hartmut Schröder und sprang auf. Mit einem lauten Gepolter fiel dabei sein Stuhl um.

„Was ist das hier? Guter Cop, böser Cop?"

„Sie gucken zu viel Fernsehen. Setzen Sie sich wieder hin", schrie Jörg Rottmann so laut, dass es zu Resonanzen in den Lautsprechern kam.

„Du kannst mich mal, du Arschloch. Mach, dass du hier raus kommst."

Hartmut Schröder geriet in Wut und machte nicht den Eindruck, als ließe er sich so einfach wieder beruhigen.

Jörg Rottmann hielt dagegen und schmetterte Hartmut Schröder immer wieder seinen Befehl entgegen, sich endlich zu setzen. Doch Hartmut Schröder drehte weiter auf. Er wurde immer aufgebrachter und es bestand die Gefahr, dass die Situation im Vernehmungsraum endgültig eskalierte.

Auf dem Tisch vor Kommissarin Bernard stand das Mikrofon mit einem roten Knopf auf dem Gehäusefuß. Darüber konnte man mit den Personen im Vernehmungsraum Kontakt aufnehmen. Selbstbewusst drückte sie auf den Knopf und sprach hinein: „Herr Rottmann, kann ich Sie einen Moment sprechen?"

Augenblicklich war es still im Vernehmungsraum. Der tobende Hartmut Schröder stellte seinen Stuhl wieder vor den Tisch und setzte sich darauf. Noch bevor sein Körper die Sitzfläche berührte, begann er, sich wieder zu kratzen.

Jörg Rottmann atmete deutlich hörbar entnervt aus und sprach ins Mikrofon: „Unterbrechung der Vernehmung von Hartmut Schröder um 9.53 Uhr." Dann verließ er den Raum.

Sofort sprang Hartmut Schröder auf. Wieder fiel sein Stuhl dabei um. Dann ging er ein wenig in die Knie, schob mit der Zunge seine Unterlippe vor und begann affenartige Laute von sich zu geben. Gleichzeitig schwenkte er seine Arme rechts und links vom Körper und machte ein paar humpelnde Schritte durch den Vernehmungsraum. Voller Spott imitierte er das Alphamännchen, das soeben den Raum verlassen hatte.

Als Jörg Rottmann den Nebenraum betrat, sah er auf dem Bildschirm, wie sich Hartmut Schröder wie ein Gorillamännchen mit beiden Fäusten auf die Brust schlug.

„Der ist doch gestört."

„Und unglaublich aggressiv. Ich musste Ihr Verhör unterbrechen. Der hätte jeden Moment die Kontrolle über sich verlieren können."

„Ich weiß."

Zu ihrer Überraschung verzichtete Jörg Rottmann auf sein übliches Machogehabe und kippte mit verzerrtem Gesicht den Rest seines kalten Kaffees hinunter.

Dann betrat Torsten Kluge den Raum.

„Mein Gott, wo warst du denn so lange?", fuhr Jörg Rottmann ihn an.

„Ich habe nicht daran gedacht, dass man für den Automaten Kleingeld braucht. Das musste ich mir erst besorgen. Also, fängst du jetzt an?"

Torsten Kluge deutete mit seinem Becher auf den Bildschirm, auf dem der immer noch Affen nachahmende Hartmut Schröder seine Runden durch den Vernehmungsraum drehte.

„Es ist schon vorbei. Unsere junge Kollegin hier hat soeben mein Verhör beendet."

Fragend richtete Hauptkommissar Kluge seinen Blick auf Christine Bernard.

„Die beiden wären sich sonst an die Gurgel gegangen. Es musste sein."

Torsten Kluge stellte seinen Kaffeebecher auf dem Tisch ab.

„Toll. Und jetzt?"

„Wir warten einen Moment und dann gehe ich wieder rein", presste Jörg Rottmann hervor.

Plötzlich verstummten die Urwaldgeräusche aus dem Lautsprecher. Hartmut Schröder rückte den Stuhl unter die Kamera. Dann erschien sein Gesicht riesenhaft auf dem Flachbildschirm, während er in das Objektiv der Videokamera glotzte.

„He, ihr Schwachmaten. Zuhören! Ich rede nur noch mit der Kommissarin mit dem Pferdeschwanz. Klar?"

Hartmut Schröders Gesicht verschwand vom Bildschirm. Er stellte den Stuhl wieder vor den Tisch und nahm darauf Platz.

„Ich hätte gerne einen Kaffee", murmelte es leise aus den Lautsprechern.

Christine Bernard blickte in die verblüfften Gesichter der beiden Hauptkommissare. Torsten Kluge hob seine rechte Hand und ließ sie resigniert wieder sinken. Christine Bernard deutete diese Geste als Zustimmung und verließ den Raum in Richtung Kaffeeautomat. Als sie mit dem heißen Becher gerade den Vernehmungsraum betreten wollte, trat Jörg Rottmann aus dem Nebenraum auf den Flur hinaus.

„Sieh an. Dem bringen Sie Kaffee, aber mir nicht."

Dann grinste er und ging weiter in Richtung der Toiletten.

„Fortsetzung der Vernehmung von Hartmut Schröder durch Kommissarin Christine Bernard …", sie schaute auf ihre weiße Armbanduhr, „… um 10.14 Uhr."

Dankbar zog Hartmut Schröder den Kaffeebecher näher zu sich heran und nippte vorsichtig an dem heißen Getränk.

„Danke.“

„Gern geschehen.“

Ohne es sich anmerken zu lassen, versuchte Kommissarin Bernard diese vertrauliche Situation zu ihren Gunsten weiter auszubauen. Fürsorglich sprach sie in freundlichem Tonfall weiter.

„Herr Schröder, ich rate Ihnen, einen Anwalt hinzuzuziehen. Ich rufe ihn gerne für Sie an oder lasse Ihnen ein Telefon bringen.“

„Ich brauche keinen Anwalt. Was der kann, kann ich auch. Es ist nichts passiert und ich habe nichts getan.“

„Gut. Wie Sie wollen. Wie geht es Ihnen? Fühlen Sie sich gut?“

„Wie es mir geht? Na blendend. Schon vergessen? Wegen Ihnen sitze ich im Knast.“

„Nein, Herr Schröder. Sie sitzen in Untersuchungshaft, weil Sie einen Polizeibeamten angegriffen und verletzt haben.“

„Ich habe Angst bekommen. Bei euch Bullen weiß man doch nie.“

„Der Kollege Kluge hat Ihnen nichts getan. Warum sind Sie vor uns geflüchtet und weshalb haben Sie auf ihn eingeschlagen? Sie haben ihn schwer verletzt.“

Hartmut Schröder antwortete nicht. Er kratzte sich am Kopf und schlürfte seinen Kaffee aus dem Becher. Unbeirrt fuhr Kommissarin Bernard fort.

„Uns liegt eine Vermisstenanzeige vor. Ihre Frau und Ihre Töchter wurden seit mehr als vier Wochen nicht mehr gesehen. Das wollten wir überprüfen und Sie dazu lediglich befragen. Aber Sie konnten keine glaubhaften Angaben zu dem Aufenthaltsort Ihrer Familie machen. Hinzu kommt der Hundekadaver in Ihrer Wäschekammer, der, sagen wir mal, etwas vernachlässigte Zustand Ihres ganzen Anwesens und Ihre Flucht, mit der Sie sich einer weiteren Befragung entziehen wollten. Was glauben Sie, Herr Schröder, wie das für den Richter aussieht? Das alles und Ihr Angriff auf meinen Kollegen waren genügend verdachtserhärtende Gründe für die Anordnung einer Untersuchungshaft. Sagen Sie uns, wo sich Ihre Familie aufhält, und Sie sind frei. Für den Angriff auf den Kollegen müssen Sie sich zwar trotzdem verantworten, aber vielleicht kommen Sie mit einer Geldstrafe davon."

Hartmut Schröder zog die Schultern hoch und rieb seine Hände aneinander.

„Es ist kalt."

„Es ist nicht kalt. Die Klimaanlage hält diesen Raum auf exakt 21,5 Grad Celsius. Es ist also nicht kalt."

„Mir ist aber kalt."

„Nehmen Sie Drogen, Herr Schröder?"

Hartmut Schröder antwortete nicht. Volle Konzentration auf seinen Kaffeebecher vortäuschend nippte er an dem heißen Getränk und ignorierte die letzte Frage der jungen Kommissarin.

Christine Bernard wertete Hartmut Schröders Schweigen zu ihrer letzten Frage als ein Ja. Dies würde auch seine erhöhte Kälteempfindlichkeit erklären.

„Wie heißt Ihre Frau, Herr Schröder?"

„Andrea."

„Und Ihre Töchter?"

„Claudia, Julia, Lisa, Lara, Sandra und die kleine Marita."

Ruhig blickte Hartmut Schröder auf eine Stelle auf dem Tisch zwischen ihm und dieser Kommissarin, die ihn so sehr an seine Frau Andrea erinnerte.

Christine Bernard hingegen studierte Hartmut Schröders Basisverhalten. Wie reagierte er, wenn er die Wahrheit sagte? Welche davon abweichenden Reaktionen zeigte er, sobald er log?

„Wie hieß der Hund?"

„Rocco."

„Was ist mit ihm passiert?"

„Er hat mich genervt."

„Und da haben Sie ihn erschlagen?"

„Ja."

„Wieso haben Sie ihn in der Kammer liegen gelassen? Warum haben Sie ihn nicht begraben?"

„Keine Zeit."

Hartmut Schröder antworte auf Christine Bernards Fragen in einem zunehmend aggressiven Tonfall.

Um ihn wieder zu beruhigen, beschloss sie, keine weiteren Fragen mehr nach dem Hund zu stellen. Schließlich war sie auf der Suche nach Hartmut Schröders Familie. Die Todesumstände des Hundes konnte sie auch später noch klären.

„Gab es noch mehr Haustiere?"

„Nein."

„Die Kinder hatten auch keine? Meerschweinchen, Kaninchen, Vögel?"

„Nein. Doch."

„Wie jetzt? Gab es nun weitere Haustiere oder nicht?"

„Uns sind immer wieder einmal Katzen zugelaufen. Meine Frau und die Kinder haben sie ins Haus gelassen und sich um sie gekümmert. Meistens streunten diese Viecher aber irgendwo auf dem Grundstück umher."

„Wie lange sind Sie und Ihre Frau bereits verheiratet?"

„Etwa zwanzig Jahre."

„Wie lange wohnen Sie beide schon auf dem Hof?"

„Beinahe genauso lang."

„Bewirtschaften Sie ihn noch?"

„Nein."

Kommissarin Bernard stellte ihre Fragen zügig hintereinander. Hartmut Schröder antwortete ebenso schnell. Dann startete sie einen übereifrigen Versuch, ihn bereits in dieser frühen Phase der Vernehmung zu überrumpeln.

„Wo befindet sich Ihre Familie jetzt?"

Ohne Verzögerung reagierte Hartmut Schröder auf diese ungeschickt gestellte Frage und brüllte.

„Das habe ich Ihnen doch schon gesagt. Im Urlaub!"

Dabei schlug er mit seiner Faust auf den Tisch.

Kommissarin Bernard wartete schweigend einen Augenblick und knabberte kurz an ihrer Unterlippe. Dann setzte sie ihre Vernehmung unbeirrt fort.

„Beruhigen Sie sich bitte."

Sie ließ Hartmut Schröder Zeit, einen Schluck Kaffee zu trinken.

„Wo ist Ihre Familie im Urlaub?"

„In Zandvoort. Das ist in Holland."

„Ich weiß. Ein Seebad. Mögen Sie Motorsport?"

Hartmut Schröder schaute irritiert auf. Dann änderte sich sein Gesichtsausdruck und er wurde misstrauisch.

„Wieso?"

„Was, wieso? Gucken Sie im Fernsehen Motorsportveranstaltungen oder fahren Sie hin und sehen sie sich an? Machen doch viele Männer."

Hartmut Schröder witterte anscheinend eine Falle, aber er antwortete: „Ja."

„Ja? Was ja?"

„Ja, ich schaue Autorennen und so 'n Zeugs im Fernsehen. Warum interessiert Sie das?"

„Weil Zandvoort ein bekannter Austragungsort für Motorsportveranstaltungen ist. Das fiel mir gerade so ein."

Hartmut Schröder schien beruhigt zu sein. Er gab sich mit der Antwort zufrieden, obwohl er ahnte, dass diese harmlos erscheinenden Fragen eben alles andere als harmlos waren.

„Herr Schröder, ich möchte eine Pause machen. Möchten Sie noch einen Kaffee?"

„Ja, aber vorher muss ich mal wohin."

„Ich sage einem Kollegen Bescheid. Er begleitet Sie."

Während Hartmut Schröder von einem Strafvollzugsbeamten auf die Toilette geführt wurde, betrat Christine Bernard den Nebenraum.

Torsten Kluge stand allein vor dem Flachbildschirm.

„Bis hierher ganz ordentlich. Mit Ihnen spricht er wenigstens. Möchten Sie weitermachen? Jörg und mich mag er wohl nicht."

Kollege Jörg Rottmann war es gewohnt, gelegentlich auf Ablehnung bei seinen Mitmenschen zu stoßen, aber Torsten Kluge trug offenbar etwas schwerer daran. Er legte Wert auf Harmonie, auch wenn das im Umfeld von Kriminellen ein frommer Wunsch war. Dennoch glaubte er, irgendwie mit jedem zurechtzukommen und eine einvernehmliche Lösung für Probleme aller Art erarbeiten zu können. Manchmal wirkte sein kumpelhafter Umgang mit Straftätern geradezu freundschaftlich.

Hartmut Schröder suchte hier aber keine Freunde.

„Ja, ich mache weiter. Erst muss ich aber überprüfen, ob in Zandvoort eine Familie irgendwo eingecheckt hat, die auf unsere Beschreibung passt."

„Das kann Tanja machen. Ich fahre nachher in die Kriminaldirektion, bringe sie her und mache dann Mittag."

Tanja Rieger war eine junge Polizeimeisterin. Sie arbeitete den Hauptkommissaren Kluge und Rottmann zu. Sie überprüfte die Angaben von Zeugen oder Beschuldigten, recherchierte Adressen, organisierte und verwaltete und trug nicht unwesentlich zu den Ermittlungsergebnissen der beiden Kommissare bei.

Christine Bernard fütterte den Kaffeeautomaten mit ihrem letzten Eurostück und begab sich wieder in den Vernehmungsraum.

Hartmut Schröder saß am Tisch und blickte auf, als sie den Raum betrat. Aus seiner letzten Bewegung schloss sie, dass er sich wieder am Kopf gekratzt hatte. Schnell legte er beide Hände in seinen Schoß und wippte nervös mit seinem Oberkörper leicht vor und zurück. Dankbar, beinahe unterwürfig, nahm er der Kommissarin den Kaffeebecher aus der Hand, den sie ihm entgegen hielt.

„Danke."

„Bitte."

„Verhören mich Ihre beiden Kollegen später auch noch mal?"

„Wenn Sie meine Fragen wahrheitsgemäß beantworten, nein. Warum?"

„Die sollen mir vom Hals bleiben. Ich rede nicht mit denen."

Zu gerne hätte Christine Bernard gefragt, warum Hartmut Schröder eine Vernehmung durch sie bevorzugte, aber sie konnte im Moment nicht einschätzen, wie er auf diese Frage reagieren würde. Womöglich beleidigte er ihre beiden zuhörenden Kollegen oder ahmte wieder irgendwelche Affen nach. Also unterließ sie es.

Sie nahm wieder auf ihrem Stuhl Platz und formulierte die nächste Frage.

„Wann erwarten Sie Ihre Familie aus dem Urlaub zurück?"

„Andrea ruft mich an."

„Sie wissen es nicht?"

„Ich sage doch, sie ruft mich an."

„Herr Schröder, uns liegt eine Vermisstenanzeige vor ..."

Hartmut Schröder schrie dazwischen: „Ja, von diesem Zemmer. Das Arschloch."

Christine Bernard hob beschwichtigend ihre Hand. Hartmut Schröder nippte an seinem Becher.

„Sie und Georg Zemmer sind wohl nicht besonders gut aufeinander zu sprechen. Herr Zemmer hat Sie immer wieder angezeigt. Körperverletzung, Nötigung, Hausfriedensbruch. Offenbar ging es um mehr als um belanglose Streitereien zwischen Nachbarn."

Hartmut Schröder zuckte mit den Schultern und rieb mit dem Rand des Kaffeebechers über seine Unterlippe.

„Zemmer ist ein Idiot. Ständig spionierte er hinter uns her und mischte sich in unsere Angelegenheiten ein."

„Vielleicht interessierte er sich nur für Sie. Soll unter Nachbarn schon mal vorkommen."

Hartmut Schröder überhörte Christine Bernards Spott.

„Er hat versucht, Rocco zu vergiften."

„Haben Sie dafür Beweise?"

Hartmut Schröder schüttelte den Kopf.

„Außerdem hat er sich an Andrea und die Kinder herangemacht."

„Vielleicht wollte er nur freundlich sein?"

Hartmut Schröder ignorierte Kommissarin Bernards Einwand.

„Als dann eines Morgens alle vier Reifen von unserem Wagen platt waren, habe ich ihm eins aufs Maul gehauen."

Kommissarin Bernard griff nach der Ermittlungsakte auf dem Tisch und zog sie zu sich heran. Dann lehnte sie sich auf ihrem Stuhl zurück und schlug ein Bein über das andere. Schweigend legte sie die Ermittlungsakte auf ihren Schoß und klappte sie auf. Sie las ein paar Zeilen, schlug die erste Seite um und las wieder mehrere Zeilen. Mit Daumen und Zeigefinger hielt sie das erste von mehreren aneinander gehefteten Blättern hoch, las erneut wenige Zeilen und schaute zu Hartmut Schröder auf.

„Hier steht, Sie haben seine Haustür eingetreten und ihn aus dem Haus gezerrt. Dann haben Sie ihn verprügelt. Herr Zemmer wurde in die Notaufnahme eingeliefert und blieb drei Tage zur Behandlung seiner Verletzungen im Krankenhaus. Was glauben Sie, Herr Schröder? Sind Sie ein gewalttätiger Mensch?"

„Quatsch."

„Ich denke schon."

Hartmut Schröder legte seine Unterarme auf die Tischplatte und drehte den Kaffeebecher in seinen Händen. Christine Bernard gewährte ihm eine kurze Pause und beobachtete ihn dabei. Die hochgezogenen Ärmel seines Sweatshirts gaben den Blick auf die Haut seiner Unterarme frei. Unauffällig suchte sie mit ihren Augen nach Tätowierungen, die Hinweise auf die Zugehörigkeit Hartmut Schröders zu bekannten links- oder rechtsextremen Gruppierungen geben konnten. Oft wies die Körperbemalung von Tätern auch auf deren allgemeine Gesinnung hin. Doch an Hartmut Schröders sichtbaren Hautflächen konnte sie keine Tattoos entdecken.

„Wie dem auch sei, Herr Schröder. Mehrere Dorfbewohner haben Ihre Familie seit Wochen nicht mehr gesehen."

„Wir sind nicht oft im Dorf."

„Wo kaufen Sie Ihre Lebensmittel?"

„Wir brauchen nicht viel."

„Außer Ihnen leben noch sieben Personen in Ihrem Haushalt und ein Hund. Ich glaube also schon, dass Sie einiges an Lebensmitteln benötigen."

„Wir haben einen Garten und stellen viele Lebensmittel selbst her."

„Der Garten ist vollkommen verwildert. Und Tiere für Eier, Milch oder Fleisch habe ich keine gesehen."

„Wir holen uns Eier und Milch von einem Landwirt. Obst pflücken wir uns von Bäumen, die niemand mehr aberntet. Wir suchen Pilze im Wald. Fleisch essen wir kaum."

„Nun gut, aber Mehl und Zucker oder Butter werden Sie doch nicht selbst machen. Was ist mit Kartoffeln oder Nudeln, Gemüse oder Reis?"

„Wir fahren einmal im Monat in den Supermarkt."

Hartmut Schröder wirkte auf Kommissarin Bernard wieder gefasst. Sein aufbrausendes Wesen und seine Neigung, schnell die Beherrschung zu verlieren, würde sie zu einem späteren Zeitpunkt ausnutzen. Sie blickte auf ihre Armbanduhr. Bis zum Mittagessen wollte sie Hartmut Schröder mit weniger kritischen Fragen in Sicherheit wiegen.

„Wie alt ist Ihre Frau?"

„Vierzig geworden."

„Und Ihre Kinder?"

„Claudia ist 19, Julia 17, Lisa 16, Lara 9, Sandra 6, Marita ist 4."

„Sie sind älter als Ihre Frau."

„Ja, na und. Ist das ein Problem?"

„Nein. Ich stelle es nur fest."

„Na dann ist ja gut."

„Lara und Sandra gehen noch zur Schule. Wie kommen die beiden dahin?“

„Mit dem Bus.“

„Geht Marita in den Kindergarten?“

„Nein. Sie ist lieber bei meiner Frau.“

„Bei Ihnen nicht?“

„Wie, was? Wie meinen Sie das?“

„Ist Marita gerne bei Ihnen? Liebt sie Sie, und lieben Sie sie?“

„Was sollen diese Fragen? Ich liebe alle meine Kinder. Und meine Frau. Sie sind das Einzige, was ich noch habe.“

An dieser Stelle hätte Kommissarin Bernard gerne gewusst, wie der Rest der Familie darüber denkt, aber auf diese Antwort würde sie wohl noch ein wenig warten müssen.

Wieder blickte sie in die Ermittlungsakte, las einen Moment darin und blickte zu Hartmut Schröder auf.

„Sie haben vor einem halben Jahr in einer Arztpraxis randaliert.“

Hartmut Schröder lachte laut auf.

„Da ist dem Penner beinahe das Frühstück aus dem Gesicht gefallen.“

„Doktor Brückner?“

„Genau. Und seinem Praxisgnom.“

„Praxisgnom?“

„Dieser Tippse, die bei ihm arbeitet. Kaum größer als ein Gartenzwerg.“

„Doktor Brückner war der Hausarzt …“

„War er nicht.“

„… Ihrer Familie?“

Hartmut Schröder widersprach, noch bevor Kommissarin Bernard ihren Satz beendet hatte.

„War er nicht?"

„Den brauchten wir nur, damit er Rezepte ausstellt. Und dafür hat er jedes Mal ordentlich kassiert. Damit er weiter seine dicke Angeber-Karre spazieren fahren kann."

Aufgebracht fuchtelte Hartmut Schröder mit einer Hand in der Luft herum und deutete in eine nur für ihn sichtbare Ferne.

„Beruhigen Sie sich."

Hartmut Schröder nickte stumm.

„Was war das Problem in Doktor Brückners Praxis an diesem Tag?"

„Wir brauchten ein Medikament für Claudia. Gegen Heuschnupfen. Der Brückner hat anstatt einer Großpackung aber nur Kleinpackungen verschrieben, damit wir möglichst oft in seine Praxis mussten. Das kostete uns jedes Mal völlig unnötig Geld."

„Wovon Sie ohnehin nicht viel besaßen ..."

Diesmal war es Kommissarin Bernard, die ihr Gegenüber unterbrach. Wieder nickte Hartmut Schröder nur und sprach weiter: „Von der stundenlangen Warterei bei jedem Besuch mal ganz abgesehen."

„Und da haben Sie versucht, ihn auf Ihre charmante Art zu überzeugen und haben anschließend die Anmeldung seiner Praxis verwüstet."

Entweder hatte Hartmut Schröder keinen Sinn für Ironie oder er ignorierte sie.

„Ich habe diesem Quacksalber ordentlich eine verpasst."

Amüsiert sprach er weiter. Die Erinnerung an seinen Auftritt in der Arztpraxis erheiterte ihn offenbar. „Den hätten Sie sehen sollen. Der feige Kerl hat sich in einem Behandlungsraum eingeschlossen und seine Angestellten ihrem Schicksal überlassen."

Christine Bernard blickte kurz in die Ermittlungsakte.

„Den Frauen haben Sie nichts getan?"

„Nur den Gnom habe ich geschubst. Der schrie immer nur, ich solle die Praxis verlassen. Das ging mir auf die Nerven."

„Und ...? Kam Doktor Brückner nach Ihrer Attacke Ihren Wünschen nach?"

Hartmut Schröder schaute Christine Bernard irritiert an.

„Nee. Er hat die Bullen angerufen."

„Auf die Idee, dass Ihre Gewalttätigkeiten Sie nicht weiterbringen, sind Sie wohl noch nicht gekommen?"

Hartmut Schröder nahm den Spott, der in diesen Worten lag sehr wohl wahr. Aber er verzog nur gelangweilt sein Gesicht und blickte zur Decke, ohne Kommissarin Bernard zu antworten, deren letzter Satz ohnehin mehr eine Feststellung als eine Frage war.

„Ich denke, wir machen jetzt eine Mittagspause und sprechen heute Nachmittag weiter."

„Wie Sie wollen. Ich hab' nix anderes vor."

Grinsend lehnte sich Hartmut Schröder auf seinem Stuhl zurück und führte mit einer provozierend lässigen Bewegung seinen Kaffeebecher an die Lippen. Mit einer kurzen Bewegung kippte er den Rest der Flüssigkeit in seinen Mund und stellte den leeren Becher mit einer überheblichen Geste zurück auf den Tisch. Hartmut Schröder fühlte sich sicher. Seine erste Vernehmung glaubte er gut überstanden zu haben.

Der Nebenraum des Vernehmungszimmers war leer. Hauptkommissar Torsten Kluge war wohl wie so oft zur Mittagszeit mit Jörg Rottmann unterwegs und die Kollegin Rieger war noch nicht da. Christine Bernard musste also alleine essen.

Mit einem kräftigen Tritt auf das Gaspedal verließ sie den Parkplatz des Untersuchungsgefängnisses und steuerte den Dienst-Audi zielbewusst zu einem Kaufhaus am Moselufer. Im Eingangsbereich gab es ein Selbstbedienungs-Restaurant. Nach dem Essen konnte sie sich auf einem Spazierweg am Fluss die Füße vertreten.

An einem der hinteren Tische am Fenster hatte sie oft nach dem Einkaufen mit ihrer Mutter gesessen und sich Tortellini in Sahnesoße bestellt. Traurig saß Christine nun allein an einem Tisch für vier Personen, aß Lasagne und beobachtete die Menschen auf dem Parkplatz vor dem Restaurant. Ein älterer Mann mühte sich damit ab, eine große Palme in sein Auto zu laden. Während er mit dem Mechanismus zum Umlegen der Rücksitzbank kämpfte, saß seine Frau teilnahmslos auf dem Beifahrersitz und betrachtete sich in den spiegelnden Scheiben der Gebäude-Fassade.

Die meisten Tische im Restaurant waren besetzt. Am Nachbartisch saß eine junge Mutter mit ihrem kleinen Sohn. Er mochte seine Bratwurst nicht essen und stocherte mit der Gabel lustlos auf seinem Teller herum.

„Dann iss nur die Pommes", hörte Christine Bernard die junge Frau resignieren, während sie weiter gelangweilt in einer Tageszeitung blätterte, die im Restaurant für die Gäste auslag. Verstohlen entnahm sie dem „Volksfreund" den Stellenteil, faltete ihn zusammen und ließ ihn in ihrer Jackentasche verschwinden. Dann fühlte sie sich beobachtet und blickte auf.

„Brauchen Sie die Zeitung noch?", entschärfte Christine Bernard die Situation.

Etwas verlegen reichte die junge Frau den Rest der Zeitung herüber. „Nein, danke. Ich habe alles, was ich brauche."

Die beiden Frauen sahen sich einen Moment lang an und lachten.

Das Tagesgeschehen interessierte Kommissarin Bernard wenig. Lug, Trug, Mord und Totschlag. Immer das Gleiche. Sie las nur die Überschriften.

Martina K. aus Trier hatte ein Gedicht eingesendet. Der Volksfreund veröffentlichte es unter „Leserbriefe".

Wenn dich die Sehnsucht übermannt,
Die dir schon lange wohl bekannt,
Und deine Freiheit nur kannst seh'n,
Dann ist es Zeit für dich zu geh'n.

Wenn wir nur atmen eine Luft,
Wo jeder Hilferuf verpufft,
Dann mach ein Ende mit dem Fleh'n,
Dann ist es Zeit für dich zu geh'n.

Wenn du's nicht hast bei einem Kuss,
Gefühl, das einfach da sein muss,
Dann geh' schnell weiter, bleib nicht steh'n,
Ist höchste Zeit für dich zu geh'n.

Wenn du dich über Stunden quälst,
Doch mir was anderes erzählst,
Wenn jeder Satz beginnt mit ich,
Dann ist es Zeit zu geh'n für mich.

Verzweiflungslyrik nannte Christines Mutter solche Verse. Was sie nicht davon abhielt, sie dennoch zu lesen und sich von der Melancholie der Zeilen anstecken zu lassen.

Es hätte nicht mehr lange gedauert und die ersten Tränen wären Kommissarin Bernard bei dem Gedenken an ihre Mutter über die Wangen gekullert.

„Hallo Christine. Schön, dich zu sehen. Siehst müde aus." Plötzlich stand Frank vor ihrem Tisch.

„Daran bist du ja nicht ganz unschuldig." Patzig setzte sie nach: „Und nun verschwinde."

Abrupt stand sie auf. Frank wich zurück. Dann brachte sie ihr Tablett in die Abräumstation. Unsicher blieb Frank an ihrem Tisch stehen.

Für Christine Bernard war er immer noch ein attraktiver Mann. Aber seinen Platz in ihrem Herzen hatte er verspielt. So viel stand fest.

Frank schaute ihr auf den Po und rief ihr nach: „Ich habe es immer gemocht, wenn deine Dienstpistole so frech an deiner Hüfte wackelt. Das verleiht dir etwas Autoritäres."

Christine Bernard kehrte zum Tisch zurück und griff nach ihrer Sommerjacke, die über der Stuhllehne hing. Sie zog sie über und verdeckte damit das Gürtelholster.

„Wenn du nicht sofort verschwindest, erschieße ich dich damit."

Sprachlos beobachtete die junge Mutter am Nachbartisch das Geschehen. Erst jetzt hatte sie bemerkt, dass diese sympathische junge Frau dort offenbar Polizistin war.

Schuldbewusst versuchte Frank, zu beschwichtigen.

„Das brächtest du glatt fertig. Tut mir leid, wie alles gekommen ist."

„Mir auch", fauchte Christine ihm entgegen.

Dann drängelte sie sich an Frank vorbei und ließ ihn stehen. Ohne sich noch einmal umzudrehen, verließ sie das Restaurant und ging hinunter an die Mosel. Die frische Luft tat ihr gut. Sie machte ein paar schnelle Schritte, beinahe rannte sie. Aber dann hielt sie sich zurück und versuchte, sich zu entspannen.

Es war nichts passiert. Sie hatte Frank getroffen. Na und? Der Scheißkerl hatte sie in ihrer schwersten Stunde sitzen gelassen. Sie hätte ihn damals schon erschießen sollen.

Bei diesem Gedanken huschte ein Grinsen über ihr Gesicht. Amüsiert spielte sie mit dem Gedanken und fragte sich, wer dann ihre Vernehmung führen würde? Rottmann? Sicher erregt ihn der Gedanke, ihr Handschellen anzulegen. Oh ja. Der wartete nur darauf, mit ihr in einem Raum allein zu sein. Allerdings unter anderen Vorzeichen.

Ein wenig gute Laune machte sich in der jungen Kommissarin breit, während sie am Moselufer entlangspazierte und dankbar die wärmenden Sonnenstrahlen auf ihrer Haut spürte. Eine leichte Brise kam auf und trieb den Geruch des Flusswassers heran. Christine Bernard griff nach ihren zusammengebundenen Haaren und entfernte das haltende Gummi. Der Wind wehte hinein und ließ sie fliegen.

„Ich bin jung, ich bin attraktiv und mein Herz findet irgendwann einen neuen Mann."

Bei diesem Gedanken wich ihre leise Zuversicht der Erinnerung an ihre vergeblichen Versuche, nach Frank einen anderen Mann kennenzulernen.

Gut aussehende Frauen werden offenbar entweder zu dämlich angemacht oder gar nicht erst angesprochen. Die Blödmänner überschätzen sich, die Besseren trauen sich nicht ran. Frauen wie sie machen Karriere, weil sie allein sind oder sind allein, weil sie Karriere machen. Und nun hatte sie seit Wochen keinen Sex und fror jeden Abend allein in ihrem Bett. Aber selbst die Initiative zu ergreifen kam für sie nicht infrage. Darin blieb sie konservativ. Sie wollte erobert werden.

Außer von Rolf. Franks chauvinistischem Kumpel. Er hatte gleich seine Chance gewittert. Seit Jahren bedauerte er, dass Christine nur Augen für Frank hatte. Aber Rolf ging gar nicht. So viel stand fest. Auf Machotypen wie Rolf und Rottmann stand Christine nun mal überhaupt nicht.

Da sie den Vormittag überwiegend sitzend verbracht hatte, verzichtete Kommissarin Bernard auf eine kurze Pause und blieb vor der Bank, auf der sie immer so gerne mit ihrer Mutter gesessen hatte, nur kurz stehen. Dann kehrte sie um und lief den gleichen Weg zurück.

Die Hitze im Dienstwagen entließ sie durch das halb geöffnete Seitenfenster. Während Christine Bernard bei Rot an einer Ampel wartete, band sie sich ihre Haare wieder zu einem Zopf zusammen. Nicht nur, aber eben auch, weil es im Fall Schröder der Wahrheitsfindung dienen könnte. Zumindest trug es dazu bei, dass Hartmut Schröder offenbar glaubte, dadurch Ähnlichkeiten zwischen der Kommissarin und seiner Ehefrau zu erkennen. Diesen Umstand wollte Christine Bernard weiter nutzen, um Sympathie aufzubauen. In der Hoffnung, leichter Antworten von Hartmut Schröder auf ihre Fragen zu bekommen.

Auf dem Flachbildschirm kratzte sich Hartmut Schröder wieder seine Kopfhaut wund. Hauptkommissar Kluge beobachtete ihn dabei.

Mit einem Kaffeebecher in der Hand trat Kommissarin Bernard durch die Tür.

„Mahlzeit."

Torsten Kluge räusperte sich.

„Mahlzeit. Ab jetzt machen Sie bitte Druck. Der gemütliche Teil der Vernehmung ist jetzt vorbei. Trauen Sie sich das zu?"

„Ja."

„Gut. Die Kollegin Rieger überprüft gerade, ob in Zandvoort irgendwo eine Familie abgestiegen ist, die auf unsere Beschreibung passt und wann Frau Schröder von den

Dorfbewohnern das letzte Mal im Nachbarort im Supermarkt beim Einkaufen gesehen wurde."

Torsten Kluge reichte Christine Bernard eine einfache Dokumentenmappe aus blauer Pappe.

„Ich habe alles, was wir bisher haben hier drin für Sie zusammengestellt."

„Danke. Frau Rieger soll bitte auch überprüfen, wann die beiden schulpflichtigen Töchter das letzte Mal zum Unterricht erschienen sind. Außerdem möchte ich gerne mehr über diesen Georg Zemmer wissen. Möglicherweise weiß er, wo Andrea Schröder und ihre Töchter sind. Können wir ausschließen, dass sie nicht sogar bei ihm sind?"

„Ich sag's ihr."

Wortlos stellte Kommissarin Bernard den Kaffeebecher vor Hartmut Schröder auf dem Tisch ab.

„So, Herr Schröder. Geht es Ihnen gut? Können wir weitermachen?"

Während sie sich ihren Stuhl etwas vom Tisch wegzog, schnaufte Hartmut Schröder lautstark und griff nach dem Becher vor ihm.

„Meinetwegen. Obwohl ich nicht weiß, was Sie noch wollen."

Christine Bernard setzte sich auf ihren Stuhl, lehnte sich bequem zurück und schlug die Beine übereinander. Dann öffnete sie die Dokumententasche und tat so, als ob sie etwas Wichtiges lese.

Viel enthielt die Mappe noch nicht. Adresse, Geburtsdaten, wo die Kinder zur Schule gingen, Typ und Kennzeichen des auf seinen Namen zugelassenen Kraftfahrzeugs, allgemeine Informationen über Hartmut Schröders Familie und das Dorf, in dem er lebte. Alles, was Torsten Kluge in der Kürze der Zeit über die Schröders hatte finden können. Und ein Auszug aus dem Strafregister von Hartmut Schröder. Minuten vergingen. Hartmut Schröder begann, sich zu kratzen.

„Herr Schröder", erhob Kommissarin Bernard plötzlich die Stimme. Ruckartig ließ Hartmut Schröder den Arm sinken.

„Sie wurden zweimal wegen Körperverletzung verurteilt. Sie verlieren schnell die Beherrschung, nicht wahr?"

„Wer mir auf den Sack geht, dem hau ich in die Fresse."

„Aha, und Sie glauben, das sei die richtige Methode sich in die Dorfgemeinschaft einzufügen?"

„Auf die scheiß ich. Die haben uns von Anfang an nicht leiden können."

„Wer konnte Sie nicht leiden?"

„Alle. Alle, wie sie da sind."

„Wie kommen Sie darauf."

„Wie die schon glotzen und tuscheln, wenn sie uns sehen oder am Haus vorbeigehen. Sie glauben, wir sehen sie nicht. Aber ich stehe hinter den Gardinen und kann sie beobachten."

„Beobachten Sie Ihre Nachbarn gerne?"

„Nee. Auf die scheiß ich."

„Das sagten Sie schon", murmelte Kommissarin Bernard kaum hörbar.

„Hier steht, Sie haben mehrmals Anzeige gegen Dorfbewohner erstattet. Jedes Mal ohne Erfolg."

„Weil die alle unter einer Decke stecken."

„Der Richter mit Ihren Nachbarn?"

„Ja, genau. Ist doch alles Inzucht hier. Sie müssen sich nur mal die Namen ansehen. Heißen doch alle gleich."

„Ich glaube, das ist in allen ländlich geprägten Gegenden so. Schröder ist ja auch nicht gerade ein seltener Name, oder? Gut. Lassen wir das."

Leise öffnete sich die Tür. Tanja Rieger betrat den Vernehmungsraum und klebte einen gelben Haftnotizzettel vor Kommissarin Bernard auf den Tisch. Dann verließ sie den Raum. Christine Bernard griff nach dem Zettel und sah Tanja Riegers Handschrift.

*In Zandvoort ist keine Familie
angereist, die der Beschreibung
entspricht.
Überprüfe Schule und Supermarkt.
Kollegen von der Streife befragen Georg Zemmer.*

„Herr Schröder, wo ist Ihre Familie?"

„In Zandvoort. Wie oft soll ich das noch sagen."

„Nein. Das ist sie nach unseren Informationen nicht. Haben Sie sich mit Ihrer Frau gestritten?"

„Nein."

„Ein Streit zwischen Ehepartnern ist nichts Besonderes. Kommt immer wieder mal vor."

„Wir haben uns aber nicht gestritten."

„Niemals?“

„Nein. Niemals.“

„Das glaube ich nicht.“

„Was fragen Sie dann, wenn Sie ohnehin glauben, was Sie wollen.“

„Was arbeiten Sie, Herr Schröder?“

„Ich bin Landwirt.“

„Und. Läuft das gut?“

„Nicht mehr.“

„Warum nicht?“

„Weil man uns boykottiert hat.“

„Wer hat Sie boykottiert?“

„Die Molkerei, die wollten unsere Milch nicht mehr.“

„Warum nicht?“

„Was weiß ich. Angeblich zu viele Keime drin.“

„Das heißt, Ihre Milch war verunreinigt. Haben Sie die Anlagen nicht gründlich genug gereinigt?“

„Natürlich haben wir das. Aber die waren nie zufrieden. Hatten ständig was zu meckern.“

„Und was geschah dann?“

„Wir haben das Milchvieh verkaufen müssen.“

„Was hat Ihre Frau dazu gesagt?“

„Sie wusste ja, dass die uns fertigmachen wollten. Es musste sein.“

„Das hat sie gesagt?“

„Wie? Äh, nein. Sie war wütend. Wütend auf die Schweine.“

„Wie ging es weiter?“

„Wir haben auf Selbstversorgung umgestellt.“

„Hat das gut geklappt?"

„Zu Anfang ja. Wir hatten zwei Kühe behalten, kauften ein paar Schweine, Ziegen, Hühner. Hat auch allen Spaß gemacht. Vor allem den Kindern. Aber es ist nicht einfach, alle Lebensmittel selbst herzustellen. Wir brauchten trotzdem Geld."

„Woher kam das?"

„Ich bin arbeiten gegangen."

„Wo?"

„Hier und da. Gelegenheitsarbeiten. Hier gibt's kaum Jobs. Und wenn, wird man ausgebeutet."

„Ging Ihre Frau auch arbeiten?"

„Nein. Sie hat die Kinder versorgt."

„Und, hat das Geld gereicht?"

„Nein."

„Was haben Sie gemacht?"

„Na was wohl. Ich bin zum Sozialamt gegangen."

Tanja Rieger betrat wieder den Vernehmungsraum und klebte ein neues Zettelchen vor Christine Bernard auf den Tisch. Ohne ihren Blick von Hartmut Schröder abzuwenden, griff Kommissarin Bernard danach.

Während Polizeimeisterin Rieger die Tür hinter sich zuzog, ruhten Christine Bernards Augen auf dem Geschriebenen.

Kinder waren nach dem
Ende der Sommerferien
nicht mehr in der Schule.

Angeblich krank.
Andrea Schröder war
Anfang August das
letzte Mal im
Supermarkt einkaufen.

„Herr Schröder, Sie lügen mich an. Wir wissen, dass Ihre Familie nicht in Zandvoort ist. Sie haben Zandvoort gesagt, weil es ein Ort an der See ist, den Sie aus dem Fernsehen kennen."

Hartmut Schröder holte Luft und setzte an, um Christine Bernard zu unterbrechen. Doch mit einer abwehrenden Handbewegung sprach sie weiter.

„Warum waren Lara und Sandra seit Wochen nicht mehr in der Schule?"

„Sie waren krank."

„Aber sie waren gesund genug, um in den Urlaub zu fahren? Das verstehe ich nicht."

„Sie brauchten die Luftveränderung."

„Waren Sie mit den beiden beim Arzt?"

„Nein. Wir brauchen keinen Arzt."

„Jeder braucht irgendwann einen Arzt."

„Wir nicht mehr. Wir kennen uns jetzt mit Kräutern aus."

„Woran waren Lara und Sandra denn erkrankt?"

„Sie hatten Husten und bekamen schlecht Luft."

„Und was haben Sie dagegen getan?"

„Saft vom Spitzwegerich gegeben. Und sie an die See geschickt."

„Herr Schröder, ich glaube Ihnen kein Wort."

„Kann ich noch einen Kaffee haben?"

„Nein. Nicht solange Sie mich belügen."

Ob der dünne Faden der Sympathie zwischen Hartmut Schröder und ihr bereits stark genug war, um ihn jetzt schon zu belasten, wusste Kommissarin Bernard nicht. Aber einen Versuch war es ihr wert.

„Sagen Sie mir die Wahrheit und Sie bekommen Ihren Kaffee."

Nervös wippte Hartmut Schröder mit seinem rechten Bein und schien angestrengt nach einem Ausweg zu suchen. Oder überwand er sich gerade dazu, endlich die Wahrheit zu sagen?

„Meine Frau hat mich verlassen und die Kinder mitgenommen."

Hartmut Schröder senkte den Blick, beugte sich vor und legte beide Unterarme auf die Tischplatte. Dann drückte und drehte er mit beiden Händen den leeren Kaffeebecher.

„Wieso sagen Sie das erst jetzt?"

„Bin ich nicht stolz drauf."

„Wo sind Ihre Frau und die Kinder jetzt?"

„Keine Ahnung. Sind einfach auf und davon."

„Einfach so? Sie haben keine Idee, wo sie sein könnten?"

„Nein."

„Hat Ihre Frau Verwandte, Eltern, Freunde, wo sie sein könnte?"

„Keine Ahnung."

„Keine Ahnung? Sie sind seit mehr als zwanzig Jahren verheiratet und wissen praktisch nichts über die Familie oder Freunde Ihrer Frau?"

„Nein.“

„Das glaube ich nicht.“

„Ist aber so.“

„Herr Schröder, so kommen wir nicht weiter. Wir brechen hier ab und unterhalten uns morgen weiter. Nutzen Sie die Gelegenheit und überdenken Sie Ihre Aussage noch einmal.“

Christine Bernard griff nach der Dokumentenmappe und stand auf. Wortlos verließ sie den Vernehmungsraum.

In Begleitung eines Justizvollzugsbeamten verschwand Hartmut Schröder vom Bildschirm. Torsten Kluge schaltete das Gerät aus und reckte sich.

„Ich glaube ihm“, gähnte er seiner Kollegin entgegen.

„Ich nicht. Irgendetwas stimmt da nicht.“

„Also ich hatte von Anfang an die Vermutung, dass seine Frau mit den Kindern abgehauen ist. Denken Sie nur daran, wie das in dem Haus ausgesehen hat. Erbärmlich. Abscheulich. So will doch niemand leben.“

„Ich weiß nicht. Wir sind keinen Schritt weiter. Wir wissen immer noch nicht, wo seine Familie ist. Und wo geht eine Frau mit sechs Kindern hin, die keine Freunde und Verwandten hat? Das stimmt doch nicht. Sie können das glauben. Ich glaube das nicht.“

„Vielleicht ist sie in ein Frauenhaus gegangen.“

„Na schön. Kollegin Rieger kann das bitte überprüfen. Ich fahre morgen noch einmal in dieses Haus.“

„Aber nicht allein. Ich hole Sie morgen früh ab. Wir fahren gemeinsam da raus.“

Hauptkommissar Kluge steuerte den Dienstwagen zurück zur Kriminaldirektion. Christine Bernard schaute aus dem Fenster. Doch die Stadt, die daran vorüberglitt, nahm sie kaum wahr.

Sie traute diesem Hartmut Schröder nicht über den Weg. Am liebsten hätte sie sofort alle Frauenhäuser in der Gegend selbst überprüft und Hartmut Schröder noch in der Nacht mit dem Ermittlungsergebnis konfrontiert, von dem sie ganz selbstverständlich annahm, dass es keins geben würde. Genau das würde Polizeimeisterin Rieger morgen bestätigen. Darin war sich Christine Bernard sicher. Doch bis dahin musste sie sich gedulden.

Torsten Kluge ließ seine Kollegin vor dem Gebäude der Kriminaldirektion aussteigen und verabschiedete sich von ihr. Dann fuhr er zur Kontrolle seiner Platzwunde ins Krankenhaus.

Christine Bernard stieg in ihren weißen Renault Mégane und hielt auf dem Heimweg am Supermarkt an. Sie kaufte grünen Salat, Thunfisch, schwarze Oliven und etwas Weißbrot. Mit einem Glas Riesling dazu aß sie vor dem Fernseher.

Sie lag schon im Bett, als ihr stummgeschaltetes Handy auf dem Nachttisch aufleuchtete und Franks SMS anzeigte.

„Schön, dass wir uns heute begegnet sind."

Schüchtern schickte die frühe Herbstsonne ihre Strahlen durch das farbige Blätterwerk der umstehenden Bäume und vertrieb damit den ersten Raureif des Jahres von den grünen Flecken auf dem langsam zuwachsenden Hof. Seit

Jahren hatte sich niemand mehr die Mühe gemacht, Moose und Gräser daran zu hindern, Zentimeter für Zentimeter von Hartmut Schröders Grundstück für die Natur zurückzuerobern. Vereinzelte Büsche folgten bereits. Kleine Bäumchen drückten sich durch die Spalten zwischen schiefen Pflastersteinen hindurch.

Torsten Kluges Stirn zierte nur noch ein großes hautfarbenes Pflaster. Ein Verband war nicht mehr nötig.

Vorbeugend hatte Hauptkommissar Kluge Überzieher für die Schuhe und zwei weiße Overalls von der Spurensicherung mitgebracht. Diesmal sollte ihre Kleidung nicht wieder entsorgt werden müssen. Nur die Handschuhe hatte er vergessen.

Torsten Kluge steckte den Schlüssel ins Schloss und drückte die Haustür auf. Hartmut Schröders Tagespost schob sich darunter zusammen. Der Auffangkorb auf der Innenseite der Haustür hing schief an nur einer Schraube. Durch den Türschlitz fallende Post verfehlte ihn und landete auf dem Boden. Rechnungen, Angebote und Werbebroschüren. Kein Hinweis auf den Verbleib von Andrea Schröder und ihren Kindern.

Der schon bekannte Verwesungsgestank waberte Kommissarin Bernard und ihrem Kollegen entgegen, ersetzte die frische Morgenluft in ihren Atemwegen und sorgte augenblicklich bei beiden für Übelkeit.

Flach atmend warf Christine Bernard einen kurzen Blick in das Badezimmer. Was sie sah, ließ sie weiter vermuten, dass Hartmut Schröders Frau nicht mit ihren Kindern auf und davon war. Alles, was man üblicherweise für eine Reise mitnehmen würde, stand auf der Ablage vor dem Spiegel, auf der Waschmaschine und auf der Fensterbank. Zahnbürsten und Becher, Haarbürsten, Kosmetikbeutel, Nageletui, Fön, Shampoo, Duschgel und Deos.

Eine gründliche Durchsuchung der oberen Etage bestätigte Kommissarin Bernards Eindruck. Kleiderschränke und Schubladen waren gefüllt mit Kleidung. Reisetaschen und Koffer standen in den Zimmern auf den Schränken oder lagen unter den Betten.

Hartmut Schröder hatte auf Christine Bernard einen ungebildeten Eindruck gemacht. Seine Frau hingegen schien belesen zu sein. Ein halbhohes Bücherregal im Schlafzimmer der beiden war gefüllt mit Büchern verschiedener Autoren. Meist Klassiker. Christine Bernards Augen wanderten über die Buchrücken.

„Die gute Erde" von Pearl S. Buck, „Früchte des Zorns" von John Steinbeck und „Das Licht der Flüsse" von Robert Louis Stevenson.

Beim Anblick des kleinen grünen Buches huschte ein Lächeln über Christine Bernards Gesicht. Sie liebte diese Sommererzählung und strich zärtlich mit dem Finger über den schmalen Buchrücken. Ihr Blick wanderte weiter. „Grün ist die Hoffnung", „Wassermusik" und „Der Samurai von Savannah" von T.C. Boyle.

Der unterste Regalboden war gefüllt mit den Werken von Paulo Coelho. Die Bücher des brasilianischen Autors schien Andrea Schröder besonders zu schätzen. Sie las also gern.

Ihre Vorliebe für Literatur hatte sie offenbar ihren Töchtern vererbt. Auch in deren Zimmern standen Bücher in Regalen oder lagen aufgeschlagen auf den Nachttischen.

Das ganze Haus sah trotz aller Verwahrlosung so aus, als hätte die Familie es nur kurz verlassen und würde bald zurückkehren.

Die Suche nach Hinweisen auf den Aufenthaltsort der Familie blieb erfolglos. Keine Notizen, Briefe, Prospekte, Reisekataloge oder Ansichtskarten. Letzte Gewissheit brachten drei gefundene Prepaid Handys. Es waren wahrscheinlich die Mobiltelefone von Claudia, Julia und Lisa. Die Akkus waren leer.

Kommissarin Bernard ließ die Geräte in Druckverschlussbeutel fallen und steckte sie in ihre Jackentasche. Die Kollegen aus der Kriminaltechnik würden die Handys später aufladen und den Inhalt der Speicher und der SIM-Karten auslesen, um die Geräte den einzelnen Mädchen zuordnen zu können.

„Welcher Jugendliche verreist ohne sein Handy?"

Bevor Torsten Kluge seiner Kollegin antworten konnte, klingelte sein eigenes Handy. Mühsam fischte er es unter seinem Overall hervor.

„Kluge."

„Guten Morgen."

„Okay. Danke."

Während er sein Mobiltelefon wieder unter seinem Overall verschwinden ließ, legte er seine Stirn in Falten und bestätigte Christine Bernards Vermutung.

„Tanja hat alle sozialen Einrichtungen in und um Trier herum abtelefoniert. Nirgendwo ist eine Andrea Schröder mit oder ohne Töchter aufgetaucht. Sie hat in der Vergangenheit auch keinen Kontakt zu jemandem dort aufgenommen."

Die gründliche Durchsuchung von Hartmut Schröders Büro brachte ebenfalls keine brauchbaren Hinweise auf den Verbleib von Andrea Schröder und ihren Töchtern.

„Dachboden?", schlug Hauptkommissar Kluge einsilbig vor. Christine Bernard nickte stumm.

Über die kleine Treppe im ersten Stock, im Zimmer eines der Mädchen, betraten Christine Bernard und Torsten Kluge den großen Heuboden.

Sonnenstrahlen fielen durch Ritzen in den Wänden und durch zwei Dachfenster und beleuchteten den Speicher ausreichend. Auch dort stand Verwesungsgeruch in der Luft, der aber weniger aufdringlich war als in der Wäschekammer unten im Haus.

Als hätten sie sich abgesprochen, nahmen sich Christine Bernard und Torsten Kluge jeder eine Seite des Speichers vor und durchsuchten ihn.

Alte Möbelstücke verstellten den Weg. Matratzen, Bettgestelle, Kartons mit Büchern und Akten, Decken und ausgediente Haushaltsgeräte stapelten sich übereinander. Jeder prüfende Handgriff wirbelte Staub auf, der im Licht der einfallenden Sonnenstrahlen tanzend aufstieg, um sich träge an anderer Stelle wieder niederzulassen. Armdicke, verstaubte mit ausgesaugten Insektenkadavern gespickte

Spinnweben baumelten von der Decke. Bedrohlich hing ein alter Flaschenzug an einem verrosteten Drahtseil im Dachgiebel und bewahrte eine riesige Heuzange mit weit geöffnetem Greifer und langen spitzen Zinken geradeso davor, krachend auf den morschen Bretterboden herabzustürzen.

Der überwiegende Teil des Dachbodens diente der Lagerung von Heu und Stroh. Durch eine Luke im Boden konnte man es in den darunterliegenden Stall fallen lassen. Neben dieser Luke lag eine Holzleiter. Wie Christine Bernard schon vermutet hatte, war Hartmut Schröder während seiner Flucht vor der jungen Kommissarin damit offenbar auf den Dachboden gestiegen und hatte die Leiter anschließend hinaufgezogen.

Torsten Kluge und Christine Bernard waren am Ende des Dachbodens angelangt und konnten dort deutlich einen süßlichen Verwesungsgeruch feststellen. Christine Bernard vermutete die Ursache unter einem großen, nicht gepressten Haufen Heu und deutete stumm auf eine Heugabel. Wortlos griff Torsten Kluge danach und reichte sie seiner Kollegin weiter. Heftig schlug Christines Herz vor Aufregung gegen ihre Rippen, während sie das trockene Gras mit der Gabel zur Seite schob.

Eine tote Katze. Stark verwest und von Würmern bereits bis auf die Knochen und das Fell aufgefressen. Torsten Kluge und Christine Bernard stießen beide ihren angehaltenen Atem aus und wendeten sich erleichtert ab. Nur ein totes Tier.

Auch wenn sich Christine Bernard diese immer wiederkehrenden Gedanken noch verbot, ihre Befürchtung, dass sich in diesen Mauern etwas Schreckliches abgespielt haben könnte, wich nicht mehr von ihr.

‚Nun mal keine Panik', beruhigte sie sich in Gedanken selbst. ‚Noch haben wir nichts gefunden, was solche Befürchtungen bestätigen könnte.'

Als hätte Torsten Kluge die Gedanken seiner Kollegin erraten, versuchte er, sie zu beruhigen.

„So gruselig das hier ist und so verdächtig dieser Schröder auch sein mag, wir haben keinen Beweis dafür gefunden, dass er seiner Familie etwas angetan hat. Sie werden vermisst, wir werden sie weiter suchen. Ende der Geschichte. Vorerst."

Christine Bernard holte tief Luft und steckte die Heugabel in einen Strohballen.

„Ich will mir diese Vorratskammer unten noch einmal ansehen."

Torsten Kluge nickte. Sie verließen den Speicher und folgten dem Verwesungsgeruch des Hundes aus der Wäschekammer hinunter in den Hausflur.

„Warten Sie. Ich hole eine Taschenlampe aus dem Wagen."

Während Torsten Kluge das Haus verließ, bedauerte Christine Bernard, keine Handschuhe dabei zu haben. Vorsichtig schob sie einen Fuß vor den anderen durch den Unrat am Boden der Kammer, um an den Lichtschalter zu gelangen. Mit zwei Fingern am ausgestreckten Arm drehte sie die verdreckte Glühbirne an.

Schmutzig gelbes Licht beleuchtete das umgestürzte Regal und die herabgefallenen Gläser und Gegenstände.

Zwei tote Mäuse lagen zu ihren Füßen zwischen einer angefressenen Pfirsichhälfte und einem zerborstenen Glas mit Drehverschluss. Zerkleinerte Pflanzenreste schwammen mit den Scherben vermischt in einer Flüssigkeit am Boden. Kommissarin Bernard ging in die Hocke, um besser sehen zu können. Diese Mäuse lagen vor zwei Tagen noch nicht dort. Dessen war sie sich sicher. Vorsichtig tauchte sie ihre Finger in die Flüssigkeit und rieb sie zwischen den Fingerspitzen. Von der klebrigen, sirupartigen Flüssigkeit stieg ein süßlicher Geruch mit einer Note nach Pfirsich und Vanillezucker auf. Der Inhalt der zersprungenen Gläser hatte sich miteinander vermischt. In dem schummrigen Licht der Kammer war es kaum möglich festzustellen, was für Pflanzenreste das waren. Wahrscheinlich irgendwelche Kräuter aus Hartmut Schröders Garten, mit denen er angeblich die Krankheiten seiner Familie behandelt hatte.

Dem Tode so nah

Christine Bernard suchte an sich nach einem Taschentuch, doch sie hatte keines dabei. Dann betrat Hauptkommissar Kluge die Vorratskammer und leuchtete mit einer Taschenlampe den Raum ab.

„Was haben Sie da?"

„Keine Ahnung. Irgendein Gebräu von unserem Landwirt."

Kommissarin Bernard stand auf und suchte mit den Augen nach einem Kleidungsstück oder einem Lappen, um sich die Finger abzuwischen. Doch in der Kammer befand sich kein einziges Stück Stoff. Stattdessen verschiedenste Werkzeuge, unzählige Einmachgläser, Kabel mit und ohne Stecker, Holzkisten mit Nägeln und Schrauben, volle und leere Weinflaschen, Getränkekisten, ein Korb mit keimenden Kartoffeln, ein weiterer mit verschrumpelten Karotten und zwei Paar alte Gummistiefel.

Torsten Kluge schaltete die Taschenlampe aus.

„Hier ist nichts. Ich schaue mir die Wäschekammer noch mal an."

Er ließ seine Kollegin in der Kammer zurück und lief auf dem Flur dem Verwesungsgestank entgegen. Dort atmete er lautstark ein und hielt die Luft an. Kommissarin Bernard hörte, dass er die Tür zur Wäschekammer aufstieß. Dankbar, von dieser Aufgabe befreit zu sein, drehte sie mit den trockenen Fingern der anderen Hand den Lichtschalter aus und suchte in der Küche nach einem Handtuch oder Lappen. Doch was sie fand, war entweder restlos verdreckt oder gar verschimmelt. Sie verließ das Haus. Im Wagen würde sie sicher einen Lappen oder Papiertaschentücher finden.

Die Vormittagssonne hatte auf ihrer Wanderung über den Hof auch die letzten Reste Raureif aufgelöst. Vereinzelte Wassertropfen lagen auf Moosen und Flechten oder hingen noch glitzernd an Grashalmen und trotzten der Verdunstung. Ein leichter Wind ließ sie auf und nieder wippen und trug den Geruch von Gülle von einem der angrenzenden Felder heran.

Plötzlich verspürte die junge Kommissarin ein heftiges Kribbeln an der Unterlippe. Gedankenlos tastete sie danach mit ihren feuchten Fingern. Sofort mischte sich ein scharf brennender Geschmack auf ihren Lippen unter die klebrige Süße von Pfirsichen. Hastig spuckte sie aus und wischte sich mit ihrem Handrücken über den Mund. Sie vermutete eine Attacke irgendeines Insektes, aber auf ihrem Handrücken war außer ihrem Speichel nichts zu sehen.

Das Brennen und Kribbeln verbreitete sich in Christine Bernards Mund und auch ihre Fingerspitzen begannen zu kribbeln, als wären sie eingeschlafen. Dann befiel das überaus unangenehme Gefühl auch ihre Zehen und verbreitete sich an den Füßen. Kommissarin Bernard fühlte sich plötzlich äußerst unwohl. Schweißperlen bildeten sich auf ihrer Stirn. Sie begann, stark zu schwitzen. Wieder griff sie unbedacht mit den klebrigen Fingern zu und zog den Rollkragen ihres Pullovers von ihrem Hals weg. Die kühle Luft auf ihrer Haut verbesserte nur kurz ihr Befinden. Schnell ging sie zum Dienstwagen und setzte sich bei geöffneter Tür halb auf den Beifahrersitz. Das Kribbeln an ihren Fingerspitzen wurde unerträglich. Hastig wischte sie den Rest der Flüssigkeit an ihrem Overall ab. Doch das Kribbeln wurde stärker. Auch die Haut an ihrem Hals, die sie gerade noch berührt hatte, reagierte und fühlte sich stärker durchblutet an. Sie stampfte mit den Füßen auf den Boden, um ihre Durchblutung anzuregen. Ihre Füße waren bereits bis zu den Waden hoch eingeschlafen. Kurz darauf wurde ihr ganzer Körper von einem heftigen Brennen und Kribbeln erfasst. Angst breitete sich in ihr aus und vertrieb mühelos all die Rationalität in Christine Bernard, auf die sie selbst immer so stolz war. Irgendetwas stimmte nicht mit ihr, aber sie konnte sich nicht erklären, was geschehen war. Sie begann zu frösteln. Ein Schauer schüttelte sie.

„Was ist los mit Ihnen?"

Torsten Kluge hockte plötzlich vor ihr und fixierte besorgt ihre Gesichtszüge.

„Ist Ihnen nicht gut?"

„Weiß nicht. Mir ist kalt. Meine Haut brennt und kribbelt wie Nadelstiche."

Torsten Kluges Antwort hörte sie nicht mehr. Heftige Muskelkrämpfe schüttelten die junge Kommissarin. Kalt wie Eiswasser pulsierte ihr Blut durch ihre Adern und lähmte ihre Bewegungen. In einem heftigen Anfall würgte sie plötzlich ihren Mageninhalt hervor. Unter schwersten Krämpfen krümmte sich Christine Bernard. Ihre Muskeln gehorchten ihr nicht mehr. Sie verlor Urin, kurz darauf Stuhl. Das eisige Blut in ihr lähmte jede ihrer Bewegungen. Sie hatte das Gefühl, an ihrem eigenen Blut zu erfrieren. Eiskristalle schienen nach ihrem Herzen zu greifen. Farben verloren sich vor ihren Augen und bildeten einen grauen Brei. Längst war ihre Angst grenzenloser Panik gewichen. Für sie bestand kein Zweifel mehr. Hier auf diesem verdammten Hof, vor diesem verfluchten Haus und in den Armen ihres Kollegen würde sie sterben. Sie konnte nicht mehr sprechen. Speichel tropfte ihr aus dem Mund und sickerte in ihren Rollkragen. Die Schmerzen wurden unerträglich. Ihr Herz stolperte unregelmäßig durch das Eiswasser und verlangsamte mit jedem Schlag seinen Takt. Das Atmen fiel ihr schwer. Die Welt flog an ihrem Seitenfester vorbei. Kurz glaubte sie, das hübsche Gesicht ihrer Mutter darin zu erkennen. Dann wurde ihr Kopf hart gegen den Türholm geschleudert.

„Ein Notfall! Polizistin in Lebensgefahr! Vermute Kontamination mit Kontaktgift! Kollegin noch bei Bewusstsein, aber nicht mehr ansprechbar! Bereiten Sie alles vor! Ich brauche einen Hubschrauber! Ich bin in 5 Minuten da!"

Wild brüllte Torsten Kluge seine Befehle in das Handy und erwartete, dass sie widerspruchlos und augenblicklich ausgeführt wurden. Mühelos trieb der starke Motor den schweren Dienstwagen die Straße entlang. Der Hauptkommissar raste Richtung Hermeskeil in das nächstgelegene Krankenhaus. Für den Weitertransport und die optimale Versorgung in einer Spezialklinik würde dort ein Hubschrauber bereitstehen.

Rücksichtslos jagte Torsten Kluge den Audi über die Bundesstraße. Volle Beleuchtung, Sondersignal. Wild flatterte das Kabel vom Blaulicht auf dem Dach im offenen

Fenster. Doch er hatte keine Zeit, die Scheibe wieder hochzufahren. Mit über zweihundert Stundenkilometern überholte er Fahrzeuge und zwang entgegenkommende Autos zum Ausweichen.

‚Bloß keinen Unfall bauen. Konzentrier dich. Sonst ist sie tot', ermahnte er sich immer wieder selbst.

Der Anblick seiner kollabierenden Kollegin erschreckte ihn zutiefst. Er hatte schon viel gesehen, aber einen derart heftigen Zusammenbruch in so kurzer Zeit nicht. Immer schon hatte er sich davor gefürchtet, einen Kollegen im Dienst zu verlieren. Und nun lag da diese junge Kommissarin und kämpfte um ihr Leben. Sie verlor aus allen Körperöffnungen Flüssigkeit und atmete kaum noch.

Die Baustelle, die schlechte Straße und die rote Bedarfsampel am Ortseingangsschild verschwanden in einer grauen Staubwolke. Mit Vollgas flog der Dienstwagen die Hauptstraße hinauf. Beinahe hätte Hauptkommissar Kluge die Einfahrt verfehlt, die vor den Haupteingang des Krankenhauses führte. Mit einem lauten Krachen rumpelte der Audi über einen Kantstein. War das Rad noch da? Ein letzter Tritt auf das Gaspedal, dann Wechsel auf das Bremspedal. Kupplung vergessen. Der Motor starb ab. Egal. Der Audi stand vor der Trage. Zwei Sanitäter rissen die Beifahrertür auf. Kommissarin Bernard konnte nur so gekrümmt wie sie in dem Autositz saß auf die Trage gelegt werden. Ihr Blick war starr und leer. Ob sie überhaupt noch irgendetwas wahrnahm, konnte niemand sagen.

Obwohl sich die Notaufnahme nur eine Etage unter dem Erdgeschoss befand, dauerte die Fahrt mit dem Aufzug für

Torsten Kluge eine Ewigkeit. Ungeduldig und nervös wartete er darauf, dass sich die Kabinentür öffnete. Offenbar erging es den Sanitätern ähnlich, denn beim Verlassen der Kabine schlug die Rolltrage krachend gegen die sich aufschiebende Aufzugtür. Torsten Kluge drängelte sich an den beiden Sanitätern vorbei aus dem Aufzug, stemmte sich gegen die sich wieder schließende Tür und zog gleichzeitig an der Rolltrage. Mit einem Kreischen hinterließ eine Ecke des Rahmens der Trage eine tiefe Schramme in dem Edelstahlelement.

Im Laufschritt schoben sie die schwach stöhnende und apathisch vor sich hinstarrende Kommissarin in die Notaufnahme. Ein Arzt und zwei Krankenschwestern warteten bereits auf sie und schoben Christine Bernard sofort in das erste Zimmer. Vorbereitete Infusionsflaschen baumelten von ihren Ständern herab. Der Arzt zog eine Spritze auf, eine Krankenschwester begann sofort damit, einen Zugang an Christine Bernards Unterarm zu legen. Ihre Kollegin legte ihre Hand auf Torsten Kluges Brust und schob ihn zur Tür hinaus.

„Sie warten bitte hier draußen."

Dann fiel die Tür ins Schloss. Torsten Kluge hörte, wie dahinter Kommandos erteilt wurden. Fragen nach Vitalwerten. Schnelle Antworten. Das Team war in Eile, aber nicht hektisch. Professionell wurde die Lage beurteilt und sofort danach gehandelt.

Schwere Schritte holten Kluges Aufmerksamkeit zurück in den Gang der Notaufnahme. Vor ihm standen zwei Sanitäter und ein Mann mit einem Helm auf dem Kopf. Ein Notarzt. Hatte er seinen Helm vergessen abzunehmen oder behielt er ihn auf, weil er wusste, dass jede Sekunde zählt?

„Der Hubschrauber ist da."

Ohne weitere Erklärung schob der Notarzt Hauptkommissar Kluge beiseite und betrat den Raum, in dem das Team der Notaufnahme um das Leben seiner jungen Kollegin kämpfte. Für wenige Sekunden gestattete die aufgestoßene Tür einen Blick auf das Geschehen.

„Hat sie etwas von dem Gift verschluckt?", rief jemand, ohne aufzuschauen.

„Nein. Ich weiß es nicht genau. Aber ich glaube, nein. Sie hatte wohl etwas davon an den Fingern."

Aufgewühlt beantwortete Torsten Kluge alle an ihn gestellten Fragen, ohne dabei den Blick von seiner Kollegin abwenden zu können. Völlig hilflos lag sie auf der Trage zwischen Schläuchen und Kabeln. Eine Sauerstoffmaske verdeckte ihr Gesicht. Dann fiel die Tür wieder ins Schloss. Wenn er doch nur wüsste, mit was für einem Höllenzeug Christine da in Berührung gekommen war. Ihm wurde übel und er nahm auf einem der Stühle vor der Anmeldung Platz.

Dann flog die Tür zum Behandlungszimmer auf.

„Auf geht's. Abflug."

Auf dieses gerufene Kommando reagierten die beiden Sanitäter sofort und zogen die Rolltrage mit der Kommissarin auf den Flur und dann wieder im Laufschritt in Richtung Aufzug.

„Wo fliegen Sie sie hin?"

„UKS Homburg."

Dann verschwand die Rolltrage mit Kommissarin Bernard in der Aufzugkabine. Infusionsflaschen baumelten über ihr. Irgendein Gerät stand neben ihr auf der Trage und wurde von einem Sanitäter daran gehindert herabzufallen. In unregelmäßigen Abständen beschlug die Atemmaske aus transparentem Kunststoff auf Christine Bernards Gesicht.

Die Aufzugtüren hatten sich längst zusammengeschoben und Christine Bernard schwebte im Helikopter in Richtung der Toxikologie des Universitätsklinikums des Saarlandes, bevor Torsten Kluge die Kraft fand, zu seinem Dienstwagen zurückzukehren.

Zwei Krankenhauspatienten standen rauchend neben seinem Wagen.

„So können Sie aber nicht mehr fahren."

Dabei deutete einer der beiden mit der Zigarette zwischen Zeige- und Mittelfinger auf das rechte Hinterrad. Die Aluminiumfelge war gebrochen. Der Reifen war platt.

Fluchend dachte Hauptkommissar Kluge daran, das Reserverad zu montieren. Aber vielleicht waren die Radaufhängung und die Hinterachse des Audis ebenfalls beschädigt. Er griff nach seinem Mobiltelefon und entschied sich dafür, den Wagen abholen zu lassen. Bis dahin konnte er sich in die Cafeteria des Krankenhauses setzen und auf seine Kollegen warten.

Mit weit ausholenden Schritten durchquerte Jörg Rottmann die Cafeteria. Noch bevor er den kleinen Tisch erreicht hatte, polterte er los.

„Was zur Hölle habt ihr da draußen angestellt?"

Torsten Kluge schaute auf. „Keine Ahnung." Verzweifelt schüttelte der Hauptkommissar seinen Kopf. „Die

Bernard hat in irgendwas hineingefasst, da ging es auch schon los."

„Ein Kontaktgift? Wo soll denn das herkommen? Dieser blöde Provinzbauer ist doch nicht beim Geheimdienst. Und wieso hatte sie keine Handschuhe an?"

Wutschnaubend rückte sich Jörg Rottmann einen Stuhl vor dem Tisch zurecht und setzte sich seinem Freund und Kollegen gegenüber.

„Ich habe die scheiß Handschuhe vergessen."

„Mach dir keine Vorwürfe. Wer weiß, ob sie sich beim Abstreifen der Handschuhe nicht auch vergiftet hätte", versuchte Jörg Rottmann Torsten Kluge zu beruhigen.

„Was für eine perfide Sau", fluchte er.

„Ich glaube nicht, dass der Schröder da irgendwas geplant hat. Die Bernard hat bei seiner Festnahme eine Tür eingetreten, ein Regal ist umgefallen und Gläser gingen zu Bruch. Und heute hat sie in die Matsche am Boden gefasst und der Zirkus ging los."

„Die Frage ist, wozu hat der Kerl so ein gefährliches Zeug im Haus? Und wo hat der das überhaupt her?"

„Schröder hat bei der Vernehmung was von Kräutern erzählt, die er und seine Frau selbst verarbeiten und sich verabreichen."

„Ja, aber so ein Zeug wächst doch nicht einfach auf der Wiese. Diesen Giftmischer nehmen wir hoch. Lorscheider ist außer sich und läuft in seinem Büro bereits den Teppich durch. Der unterschreibt uns jetzt alles."

Torsten Kluge und Jörg Rottmann standen auf und verließen die Cafeteria.

„Ja, ich denke auch, wir sollten mit ein paar Kollegen und der Spurensicherung das ganze Grundstück auf den Kopf stellen. Wer weiß, was da sonst noch herumliegt. Ich muss nur warten, bis mein Wagen abgeholt wird."

„Der ist bestimmt schon weg. Als ich kam, forderten zwei Kollegen von der Schutzpolizei bereits einen Abschleppwagen an."

So wie Jörg Rottmann vermutet hatte, war der beschädigte Dienst-Audi tatsächlich bereits verladen worden. Aber der Fahrer des Abschleppwagens brauchte zur Verbringung eines Polizei-Fahrzeugs von einem Beamten eine Unterschrift. Er wartete bereits ungeduldig mit einem Klemmbrett in der Hand vor dem Krankenhaus. Hauptkommissar Kluge nahm Stift und Klemmbrett entgegen und unterschrieb.

„Wo sind denn die Kollegen?"

„Die hatten einen Einsatz."

Torsten Kluge stieg zu Jörg Rottmann in den Wagen. Der beendete gerade sein Telefongespräch mit Staatsanwalt Lorscheider.

„Kriminaltechnik und Spurensicherung sind unterwegs. Wir bekommen ein paar Frischlinge von der Landespolizeischule zur Unterstützung."

„Prima. Aber vorher brauche ich etwas zu essen."

Je einen großen Dönerteller verschlingend standen die beiden Hauptkommissare am Fenster eines Imbisses gegenüber des Krankenhauses. Jörg Rottmann bestellte sich einen Kaffee.

„Du hast echt Schwein gehabt. Wenn es dich auch erwischt hätte, wärt ihr beide da verreckt."

Torsten Kluge nickte stumm. Die vorbeirauschenden Fahrzeuge auf der Straße nahm er nicht wahr. Auch nicht den Imbissbesitzer, der mit zwischen Ohr und Schulter eingeklemmten Telefonhörer lautstark eine Bestellung wiederholte und sie notierte.

„Sswei Döner ohne Sswiebel. Ein Pizza Ssalami, ein grosse Ssalat." Dann schaute er auf die billige Küchenuhr hinter dem Tresen. „Fumssehn Minute."

„Wäre echt schade um unsere hübsche Kollegin. Habe gerade beschlossen, sie zu mögen."

Jörg Rottmann grinste und führte die Tasse an seine Lippen. Torsten Kluge atmete tief ein und wieder aus.

„Hoffentlich schafft sie es und es bleibt nichts zurück."

„Morgen nehmen wir uns diesen Schröder vor. Aber vorher drehen wir seine Scheißbude auf links."

Jörg Rottmann stürzte den Rest Kaffee hinunter, stellte die Tasse auf den Unterteller und schob beides von sich. Damit gab er das Zeichen zum Aufbruch.

Auf dem Hof von Hartmut Schröder wimmelte es von Beamten in Uniform und einigen wenigen Kollegen in weißen Overalls. Die Straße vor dem Anwesen war beidseitig von Fahrzeugen zugeparkt. Jörg Rottmann ließ seinen Dienstwagen auf dem mit hohem Gras bewachsenen Seitenstreifen stehen. Zu Fuß näherte er sich zusammen mit Torsten Kluge dem Anwesen. Als die beiden auf das Grundstück einbogen, wurden sie sofort ungeduldig von Polizeihauptmeister Hagemann begrüßt.

„Wir warten schon auf euch. Kann's losgehen?"

Torsten Kluge und Jörg Rottmann begrüßten ihren Kollegen von der Spurensicherung. Günther Hagemann deutete auf den Hauseingang.

„Wir beginnen drinnen?“

„Ja. Dort hat sich die Kollegin Bernard kontaminiert. Gleich rechts, in der Vorratskammer. Ich zeig's dir.“

Während Torsten Kluge mit Günther Hagemann, gefolgt von weiteren Kollegen der Spurensicherung, auf das Haus zulief, hörte er Jörg Rottmanns Stimme über den Hof schallen.

„Alle mal herhören. Wir suchen Hinweise auf den Verbleib einer etwa vierzig Jahre alten Frau und ihrer sechs Kinder im Alter zwischen neunzehn und vier Jahren. Es ist möglich, dass der Täter sie getötet und anschließend hier versteckt hat. Auch möglich, dass er die Leichen vergraben hat. Oder er hat sie verbrannt und anschließend nur die Reste vergraben. Oder Schlimmeres. Sie wissen, worauf Sie achten müssen. Wir beginnen mit dem Gelände um das Haus herum und den Nebengebäuden. Wenn die SpuSi drinnen fertig ist, durchsuchen mein Kollege und ich das Haus. Wir treffen uns alle wieder hier. Noch Fragen?“

Aus der Menge erklang die Stimme einer jungen Beamtin.

„Was ist mit den Nachbargrundstücken?“

„Ich glaube, wir können zunächst davon ausgehen, dass der Täter hier genug Möglichkeiten zum Verstecken hatte, und er das Risiko, auf einem benachbarten Grundstück bemerkt zu werden, nicht eingegangen ist. Sollten wir hier aber nichts finden, spreche ich mit Staatsanwalt Lorscheider. Vielleicht lässt er die Suche auf die benachbarten Grundstücke ausdehnen. Wir werden sehen.“

Die Beamten schwärmten aus. Jörg Rottmann betrat das erste Mal Hartmut Schröders Haus.

„Ach du Scheiße", fluchte er, wich vor dem Eingang wieder zurück und drehte angewidert den Kopf zur Seite. Hauptkommissar Jörg Rottmann war noch nie zimperlich gewesen, aber der Gestank der Verwesung war auch für ihn nur schwer zu ertragen. Torsten Kluge trat aus dem Haus heraus und reichte seinem Kollegen ein Paar Einmalhandschuhe.

„Hier, zieh die über. Wer weiß, was hier sonst noch so rumliegt."

„Was stinkt denn hier so?"

„Ein toter Hund. Günther nimmt schon Proben."

Gemeinsam durchsuchten die beiden Hauptkommissare Hartmut Schröders Haus. Diesmal galt Torsten Kluges Interesse nicht möglichen Hinweisen auf den Aufenthaltsort von Andrea Schröder und ihren Kindern, sondern konkreten Anzeichen auf ein Verbrechen. Hartmut Schröders Behauptung, seine Frau habe ihn verlassen, glaubte Torsten Kluge nicht mehr. Wer so ein tödliches Gift im Haus hatte, der hatte auch einen Grund dafür. Erkrankte Familienmitglieder behandelte man damit sicher nicht.

Die Sonne verschwand hinter den Kronen der Bäume, es wurde kühl und dämmrig. Die Feuchtigkeit des Herbstabends kroch über die Wiesen und den Beamten in die Uniformen. Alle waren müde.

Nachdem die Suche nach Andrea Schröder und ihren Töchtern auf dem Grundstück von Hartmut Schröder ergebnislos verlaufen war, dehnte Jörg Rottmann nach Rücksprache mit Staatsanwalt Walter Lorscheider die Suche auf das Nachbargrundstück einer alten Dame aus. Mehr unmittelbare Nachbarn gab es nicht. Die wenigen verbliebenen Wiesen von Hartmut Schröder grenzten entweder an die Bundesstraße oder an entfernte Äcker oder Waldstücke. Unwahrscheinlich, dass Hartmut Schröder alleine sieben Leichen über eine so große Strecke verbracht hatte, wo doch sein eigenes Grundstück ausreichende Möglichkeiten bot, sie zu verstecken. Die Suche wurde vorerst eingestellt.

Es wurde dunkel im Haus. Das Licht der wenigen Lampen und die an ihren Kabeln von der Decke baumelnden Glühbirnen reichten kaum aus, um die Suche darin fortzusetzen.

Günther Hagemann hatte seine Aufmerksamkeit ohnehin seit einer halben Stunde auf die verwilderten Reste von Hartmut Schröders Garten verlagert und auf das Aufstellen von Scheinwerfern verzichtet.

„Was zur Hölle macht der da?"

Ungeduldig deutete Jörg Rottmann mit ausgestrecktem Arm auf den am Boden knienden Polizeihauptmeister der Spurensicherung. Aber aus der Entfernung von mehr als zwanzig Metern sah er Günther Hagemann lediglich irgendwelche Pflanzenteile mit einer Pinzette in eine Plastiktüte stecken.

„Keine Ahnung."

Erschöpft zog Hauptkommissar Kluge seine Handschuhe aus und achtete peinlich genau darauf, dass seine Haut mit der Außenseite nicht in Berührung kam. Zu sehr steckte ihm der schreckliche Zwischenfall mit seiner jungen Kollegin am Morgen noch in den Gliedern.

Endlich löste sich Günther Hagemann von dem Gestrüpp am Boden und ging freudestrahlend auf die beiden zu. Schon aus der Entfernung ahnten die beiden Hauptkommissare, dass ihr Kollege etwas gefunden hatte.

„Haha. Ich hab's."

Hauptkommissar Rottmann versuchte zu erkennen, was Günther Hagemann in seinen Händen hielt.

„Was? Was hast du?"

„Die Lösung. Hier."

Beinahe glücklich hielt Polizeihauptmeister Hagemann einen Plastikbeutel vor sich in die Luft und deutet mit dem Zeigefinger der anderen Hand darauf.

„Was soll das? Was ist das?"

Jörg Rottmann bewies wieder einmal, dass er nicht zu den Geduldigsten im K1 gehörte.

„Blauer Eisenhut."

„Blauer was?"

„Eisenhut. Aconitum napellus. Die giftigste Pflanze Europas. Nur Aconitum ferox, der in Asien heimisch ist, übertrifft das Zeug hier in seiner Giftigkeit."

„Wie kommt das hierher?"

„Wächst einfach. Gärtner lieben diese Pflanze. Hat halt schöne blaue Blüten. Wird auch als Schnittblume in Sträußen gerne genommen."

„Und so etwas darf hier einfach so wachsen und dann auch noch verkauft werden? Wieso ist das Zeug nicht verboten?"

„Keine Ahnung. Frag Lorscheider, der ist Jurist."

„Und wie wirkt das Zeug?"

„Schon der Kontakt mit der Haut reicht. Die Chancen für Kontaminierte stehen schlecht. Es geht alles sehr schnell. In der freien Natur ist das Zeug selten geworden. Die Pflanze steht sogar unter Naturschutz. Kollegin Bernard …"

Günther Hagemann schüttelte langsam den Kopf und machte einen resignierten Gesichtsausdruck.

„Vergiftungserscheinungen zeigen sich schon nach zehn bis zwanzig Minuten. Zuerst tritt ein Kribbeln im Mund, in den Fingern und an den Zehen auf. Übelkeit, mehrfaches Erbrechen, kolikartige Durchfälle, kalter Schweiß, blassfahle und marmorierte Haut, Frösteln. Es folgen Störungen im Empfindungsbereich, vor allem bei der Kälteempfindlichkeit."

Torsten Kluge lief ein Schauer über den Rücken. Er zog die Schultern hoch.

„Kollegin Bernard klagte über das Gefühl, statt Blut Eiswasser in den Adern zu haben."

Günther Hagemann nickte bestätigend und sprach weiter: „Ein typisches Symptom. Ein Vergifteter zeigt Krämpfe, schnelle Atmung, Herzrhythmusstörungen, Abfall des Blutdrucks, eine erhöhte Harnausscheidung, kalte Haut, Bewusstseinsstörungen und eine Lähmung der Muskulatur. Auch das Sehen von Farben ist beeinträchtigt. Vergiftete erleiden stärkste Schmerzen. Die Körpertemperatur sinkt ab, die Atmung wird unregelmäßig, der Blutdruck erreicht kritische Werte, der Tod erfolgt durch Herzversagen oder Atemstillstand. Das Ende ist bei starker Vergiftung schon nach 30 bis 45 Minuten erreicht. Es bleibt kaum Zeit, Gegenmaßnahmen einzuleiten. Spätfolgen sind ebenfalls kaum auszuschließen."

Günther Hagemann schloss seine Ausführungen damit, dass er die kleine Plastiktüte wie einen wertvollen Schatz in einem Aluminiumkoffer verstaute.

„Übrigens, die Brühe in der Vorratskammer ist wahrscheinlich ein Konzentrat aus Blättern und der Wurzelknolle des Blauen Eisenhuts. Genaueres, wie immer, später."

Torsten Kluge und Jörg Rottmann folgten Günther Hagemanns Bewegungen stumm mit ihren Blicken. Er schloss den Koffer, streifte sich die Handschuhe ab und legte seine Finger um den Griff des Koffers. Dann richtete er sich auf und schleppte den Koffer zu seinem Wagen, in dem zwei seiner Kollegen saßen und auf ihn warteten. Noch einmal drehte er sich um.

„Wie lange hast du mit ihr bis ins Krankenhaus gebraucht?"

Torsten Kluge erwachte aus seiner Starre und räusperte sich.

„Zehn, fünfzehn Minuten?"

Günther Hagemann schnitt eine Grimasse und wiegte den Kopf hin und her.

„Drückt ihr die Daumen. Vielleicht hat's gereicht. Ich rufe auf jeden Fall gleich die behandelnden Ärzte im UKS an."

Die letzten Worte von Günther Hagemann wurden von seinem Stöhnen überlagert, während er sich hinter das Steuer seines Dienstwagens faltete. Mit einem Kopfnicken zum Abschied zog er die Wagentür zu. Dann sahen ihn die beiden Hauptkommissare telefonieren.

Jörg Rottmann zog nun ebenfalls seine Handschuhe aus und schnippte sie in ein Gebüsch davon. Auch er achtete mit einem gehörigen Respekt darauf, auf keinen Fall mit der Außenseite der Handschuhe in Berührung zu kommen. Wer konnte schon wissen, was genau sie in diesem Haus alles angefasst hatten und was davon auf der Oberfläche der Handschuhe haften geblieben war?

„Lass uns hier verschwinden. Ich hab genug für heute."

Jörg Rottmann ließ den Dienstwagen Richtung Trier rollen. Torsten Kluge telefonierte mit dem UKS in Homburg. Er wurde mehrmals verbunden und musste warten. Seine Gedanken kreisten, das Beste hoffend, um Christine Bernard. Ein Toxikologe sprach kurz mit ihm. Hauptkommissar Kluge brummte mehrmals bestätigend. Dann beendete er das Gespräch und schob sein Handy in die Hosentasche.

„Sie können noch nichts sagen. Sie lebt, aber ihr Zustand ist kritisch. Morgen wissen sie mehr."

Tränen waren noch nie Torsten Kluges Sache gewesen. Jörg Rottmanns sowieso nicht. Aber ein paar Gläser Hochprozentiges konnten sicher dabei helfen, dass es auch diesmal so blieb.

Für ihren Heimweg spät in der Nacht nahmen sie sich ein Taxi. Den Dienstwagen ließen sie vor dem „Chez Paul" stehen.

Paul Brenners Bar war ein beliebter Treffpunkt für Polizisten. Warum, das wusste keiner mehr so genau. Es war eben eine gewachsene Tradition, die von den älteren Kollegen an die jüngeren weitergegeben wurde.

Kriminaldirektor Josef Weinig und Staatsanwalt Walter Lorscheider sahen das zwar nicht so gern, weil dort Damen auch der Prostitution nachgingen, aber da es bisher keinerlei Ärger mit Paul Brenner und seinen Mädchen oder dem Handel von Drogen gegeben hatte, duldeten die beiden Vorgesetzten diesen Status quo. Schließlich konnten sie ihren Beamten ja nicht befehlen, wo sie ihre Freizeit zu verbringen hatten.

Das konnten sie nur dann, wenn im „Chez Paul" etwas Illegales geschah. Das war aber bisher nicht der Fall.

Als Hauptkommissar Rottmann am nächsten Morgen seinen Dienstwagen vor dem „Chez Paul" abholte, stand Torsten Kluge noch unter der Dusche. Jörg Rottmann war schon immer der Aktivere von den beiden. Typ Sportler. Meist braun gebrannt. Ein Frauentyp. Zumindest für die Sorte Frauen, die leicht zu haben waren.

Sein schwarzer BMW der 5er Baureihe stand auf der Straße vor Torsten Kluges Stadtwohnung in zweiter Reihe geparkt und blockierte eine Fahrspur. Genervten, hupenden Autofahrern hätte er gerne seinen ausgestreckten Mittelfinger gezeigt. Aber derart respektloses Verhalten dem Steuerzahler gegenüber würde sein Chef, Staatsanwalt Walter Lorscheider, niemals dulden und entsprechend hart ahnden. Die beiden Hauptkommissare hatten etwas Besseres, als jemandem ihren Mittelfinger zu zeigen. Einen Dienstausweis. Gegen den konnte ja niemand etwas einwenden. Auch wenn Jörg Rottmann ihn wieder einmal provozierend auf die Windschutzscheibe des ersten genervten Autofahrers in der Schlange klatschte und dabei grinste als wollte er sagen: „Leck mich." Dann lehnte er sich mit den Händen in den

Hosentaschen an seinen BMW und beobachtete, wie sich der Berufsverkehr mühsam an ihm vorbeiquälte. Wegen seines eigenwilligen, bisweilen pubertären Verhaltens hatte Polizeipsychologin Karin Vollmer immer wieder Zweifel daran, ob sie Rottmann überhaupt noch frei herumlaufen lassen konnte. Für sie gehörte er in einen Kindergarten oder in einen Käfig und nicht in das K1 der Kriminaldirektion Trier.

Müde ließ Torsten Kluge sich in den Beifahrersitz fallen und stöhnte: „Morgen. Ich glaube, man altert in Schüben."

„Morgen. Das war wohl eher ein Schub zu viel Alkohol gestern für so 'n Bübchen wie dich. Frühstück?"

„Frühstück. Aber fahr langsam. Mir ist schlecht."

Minuten später parkte der BMW auf dem Gelände einer McDonalds Filiale. Der Parkplatz war zu dieser frühen Stunde fast leer, doch Jörg Rottmann ignorierte die freien Flächen und parkte direkt vor der Eingangstür. Er fand seine Art des Parkens völlig in Ordnung. Immerhin konnte man die Eingangstür des Schnellrestaurants noch ungehindert öffnen.

Zwei Croissants mit Ei und Schinken waren schnell gegessen. Die beiden großen Becher Kaffee nahmen sie mit in den Wagen. Keine Minute später rollte der Dienst-BMW in Richtung Autobahn und weiter zum UKS nach Homburg.

Auf die Vernehmung von Hartmut Schröder hatte keiner der beiden Kommissare Lust. Lieber warteten sie auf die Ergebnisse der Spurensicherung und hingen während der etwas mehr als einstündigen Fahrt ihren Gedanken nach. Jeder wusste von dem anderen genau, worum dessen Gedanken kreisten. Um den Gesundheitszustand von Kommissarin Christine Bernard.

Kommissarin Bernard schlief, als Torsten Kluge und Jörg Rottmann das Krankenzimmer betraten. Erleichtert stellten sie fest, dass sie ohne Sauerstoffmaske atmete und nur noch eine einzige Infusion mit einem Zugang an ihrer rechten Armbeuge verbunden war. Beruhigt schlichen sie lautlos hinaus und schlossen leise die Tür.

Wieder leistete Jörg Rottmanns Ausweis gute Dienste. Er zauberte den behandelnden Arzt Doktor Geisner aus seiner Frühstückspause herbei.

„Wie geht es unserer Kollegin?"

„Eine Aconitin-Vergiftung. Ein hochgiftiges Alkaloid. Aconitin ist eines der stärksten Pflanzengifte überhaupt, die tödliche Dosis für einen Erwachsenen liegt bei 5–10 mg. Chemisch gesehen ist das Aconitin ein hochaffines Terpenalkaloid. Sehr schwer erkennbar."

Jörg Rottmann verdrehte seine Augen.

„Sehr schön. Was heißt das?"

„Es geht ihr wieder gut. Sie ist natürlich erschöpft, aber sie wird wieder. Die Rettungskette hat in diesem Fall perfekt funktioniert. Die Erstversorgung in Hermeskeil ging schon in die richtige Richtung. Das Wichtigste bei Vergiftungen ist Geschwindigkeit. Je eher der Patient bei uns ist und wir wissen, womit er sich vergiftet hat, desto besser können wir Gegenmaßnahme einleiten. Dass sie so schnell ins Krankenhaus eingeliefert wurde, hat ihr das Leben gerettet."

Torsten Kluge dachte an den beschädigten Dienstwagen. Das war es wert gewesen.

„Wie geht es weiter?"

„So schnell, wie sie hier war, ist sie auch schon wieder weg. Morgen kann sie nach Hause. Arbeiten sollte sie aber noch nicht."

Langsam wurde es voll vor Christine Bernards Zimmertür. Staatsanwalt Walter Lorscheider erschien im Gang und begrüßte seine beiden Hauptkommissare und Doktor Geisner. Der durfte das soeben Gesagte noch einmal wiederholen, dann verabschiedete er sich und lief mit wehendem Kittel seinem verlassenen Frühstück entgegen.

Walter Lorscheider ließ es sich nicht nehmen, einen Blick in das Krankenzimmer zu werfen. Christine Bernard war wach und hatte sich in ihrem Bett aufgesetzt. Erschöpft lächelnd begrüßte sie ihren Chef und ihre beiden Kollegen und bevor irgendjemand noch etwas sagen konnte, streckte sie Torsten Kluge beide Arme entgegen und forderte ihn auf, sich zu ihr herunterzubeugen. Dann legte sie ihre Arme um seinen Hals und hielt ihn fest.

„Danke", flüsterte sie ihm ins Ohr.

Während Christine Bernard und Torsten Kluge feuchte Augen bekamen und sich voneinander lösten, ließ Jörg Rottmann den Macho raushängen.

„Sollen wir solange rausgehen?"

Walter Lorscheider räusperte sich.

„Wie fühlen Sie sich?"

„Mittlerweile ganz gut. Doktor Geisner hat mir gesagt, was passiert ist. Ich bin nur noch etwas müde. Aber das gestern war die Hölle. Wirklich die Hölle. Ich dachte, Chris, das war's."

Staatsanwalt Lorscheider atmete auf.

„Frau Bernard, ich bin froh, dass Sie wieder wohlauf sind, und ich wünsche Ihnen von der gesamten Kriminaldirektion Trier weiterhin gute Besserung." Damit war der offizielle Teil erledigt und Walter Lorscheider zog den einzigen Stuhl im Raum an das Bett heran und setzte sich. Torsten Kluge und Jörg Rottmann nahmen links und rechts am Fußende auf Christine Bernards Bett Platz und ihr war es etwas peinlich, derart in den Mittelpunkt zu rücken. Doch dieses unangenehme Gefühl wurde rasch von ihrer Neugierde verdrängt.

„Was gibt's Neues?"

Der Chef kam seinen beiden Kommissaren zuvor.

„Nach Ihrer dramatischen Rettung, bei der leider ein Dienstwagen stark beschädigt wurde ..."

Walter Lorscheider machte eine Pause, schaute Torsten Kluge strafend an, winkte dann aber lächelnd ab und sprach weiter.

„... habe ich die Durchsuchung des Anwesens Schröder angeordnet. Wir warten auf die Auswertungen der Kriminaltechnik und der Spurensicherung. Polizeihauptmeister Hagemann kann allerdings jetzt schon sagen, dass Sie sich mit dem Gift einer Pflanze kontaminiert haben. Blauer Eichenhut oder so ähnlich heißt das Zeug. Man hat Reste der Pflanze auf dem Grundstück gefunden."

„Eisenhut", verbesserte Jörg Rottmann.

„Was?"

„Eisenhut, Blauer Eisenhut", wiederholte er.

„Wie dem auch sei. Sauerei, so was. Hartmut Schröder bleibt natürlich in Haft. Die Kollegen setzen morgen die Vernehmung fort."

Christine Bernard hörte aufmerksam zu. Doch bei dem letzten Satz platzte es aus ihr heraus: „Das würde ich gerne machen."

„Was bitte?"

„Die Vernehmung führen."

„Sie sind krankgeschrieben."

„Auf meine Verantwortung", antwortete die gerade dem Gifttod entronnene Kommissarin eifrig.

„Wir werden sehen", vertröstete Walter Lorscheider diese überaus forsche junge Frau lächelnd, die ihn, dass konnte jeder sehen, damit so sehr amüsierte.

Hilfesuchend wechselten Christine Bernards Blicke zwischen Jörg Rottmann und Torsten Kluge hin und her. Aber was sollten die sagen? Immerhin saß dort ihr Chef und der schien wenig geneigt zu sein, sich vom Gegenteil überzeugen zu lassen. Also musste es laufen, wie es immer lief. Heimlich. Ohne dass Walter Lorscheider etwas davon erfuhr. Wieder einmal hinter seinem Rücken, wie er es selbst ausgedrückt hätte.

„Was ist mit Andrea Schröder und den Kindern?"

Walter Lorscheider hob eine Hand und ließ sie resigniert wieder sinken.

„Keine Spur. Die Fahndung läuft."

„Das gibt's doch nicht. Und die Durchsuchung?"

Christine Bernard schaute ihre beiden Kollegen an.

Torsten Kluge reagierte als Erster.

„Nix. Gar nix. Die toten Viecher und diese Pflanzenreste sind in der Rechtsmedizin. Hagemann hat Proben in die Pathologie geschickt und wartet auf die Laborergebnisse.

Die beschlagnahmten Mobiltelefone, ein Computer und das Auto von Schröder sind in der Kriminaltechnik zur Untersuchung. Wir warten auf Rückmeldungen von der KTU und der SpuSi."

„Und das Gelände? Frische Erdaufwürfe, Brandreste, ein versteckter Keller, ein Erdloch oder Ähnliches?"

Verteidigend, wenn auch beinahe entschuldigend, kam Walter Lorscheider seinen scheinbar hilflosen Kommissaren zuvor.

„Auch nichts dergleichen und bevor Sie fragen, auch das Nachbargrundstück und angrenzende Felder und Wälder brachten keine Hinweise auf den Verbleib von Frau Schröder und ihren Kindern."

„Das gibt's doch nicht", wiederholte sich Christine und wäre am liebsten sogleich aus dem Bett gesprungen.

„Und was ist mit diesem Zemmer? Georg Zemmer?"

„Den haben wir überprüft. Georg Zemmer hatte im Sommer eine Bypass-Operation. Danach sechs Wochen Reha. Der sitzt bei seiner Frau zu Hause und erholt sich weiter. Seit dem tätlichen Angriff auf ihn traut er sich nicht mehr in Hartmut Schröders Nähe."

„Kann ich verstehen. Wir haben also nichts."

Walter Lorscheider hob wieder seine Hand, diesmal beschwichtigend. „Nicht entmutigen lassen. Wir werden den Fall lösen, so, wie wir das meistens tun, aber nicht heute und schon gar nicht von einem Krankenbett aus."

Damit erhob er sich und reichte seiner Kommissarin die Hand. „Ich muss los. Erholen Sie sich gut. Ich freue mich darauf, wenn Sie wieder im Dienst sind."

Der Chef hatte gesprochen. Der Chef verschwand. Christine Bernard war mit ihren Kollegen Rottmann und Kluge allein im Zimmer.

Torsten Kluge fand wieder als erster zu Worten: „Ich bin übrigens Torsten."

„Christine."

„Jörg. Das werden wir bald ordentlich begießen."

Torsten Kluge verzog sein Gesicht.

„Nicht so bald. Mir steckt der gestrige Abend noch in den Knochen."

Christine Bernard schaute ihn fragend an. Jörg Rottmann antwortete für ihn: „Der verträgt nix."

Christine Bernard lachte und flachste: „Morgen bin ich wieder fit. Dann übernehme ich."

Wie auf ein Kommando standen Jörg Rottmann und Torsten Kluge auf. Einer nach dem anderen beugte sich zu der jungen Kollegin herunter und umarmte sie.

„Ich komme dich morgen holen. Rufst du mich an?"

Christine Bernard nickte stumm.

Das vertraute Du und die Umarmung seiner jungen Kollegin waren Torsten Kluge noch etwas fremd. Ganz im Gegensatz zu Jörg Rottmann. Der genoss es sichtlich und er ließ seiner Fantasie bereits freien Lauf, wie es mit ihm und dieser überaus attraktiven Kollegin weitergehen könnte.

Dann verabschiedeten sich die beiden Hauptkommissare und Christine Bernard war wieder allein, allein mit ihren Gedanken an Andrea Schröder, die sechs Kinder und deren undurchsichtigen Vater.

Am späten Nachmittag war die letzte Infusion durchgelaufen und wurde entfernt. Ebenso der Zugang an der Armbeuge. Nur ein kleiner Stapel Tupfer an ihrem Arm, fixiert mit einem Streifen Heftpflaster, zeugte noch von der dramatischen Rettungsaktion am Vortag.

Noch etwas wackelig auf den Beinen machte Christine Bernard sich auf den Weg in die Cafeteria. Dort gab es Zeitschriften zu kaufen und einen großen Becher Kaffee. Sie suchte sich einen Platz am Fenster und blätterte in einem Magazin.

Wenige Minuten später schleppte sich ein junger Mann an den Nachbartisch. Er trug einen Kopfverband, hatte ein verbundenes Knie und der rechte Unterarm hing geschient in einer Schleife vor seiner Brust. Ungeschickt hielt er einen Becher in seiner freien aber ebenfalls verbundenen Hand. Kaffee tropfte auf den Boden.

„Warten Sie, ich helfe Ihnen."

Christine Bernard sprang auf, nahm ihm den Becher aus der Hand und stellte ihn auf der Tischplatte ab. Dann half sie dem, wie sie feststellte, attraktiven jungen Mann beim Hinsetzen.

„Meine Güte. Was ist denn mit Ihnen passiert?"

Gequält lächelte er unter seinem Kopfverband hervor und stöhnte.

„Das Haus meiner Mutter. Es ist böse."

Christine Bernard musste lachen und dieses Lachen tat ihr gut. Ohne dass dieser junge Mann sie dazu aufgefordert hatte, griff sie nach ihrem Magazin und ihrem Kaffeebecher, setzte sich zu ihm an den Tisch und stellte sich vor.

„Christine Bernard."

„Torben Heintz."

„Was ist mit dem Haus Ihrer Mutter?"

„Ich habe das alte Haus von meiner Mutter geerbt. Ich bin zwar kein geschickter Handwerker, aber die Dachrinne war undicht und musste repariert werden."

„Und dabei ist etwas schief gelaufen", orakelte Christine Bernard amüsiert."

Torben Heintz machte einen resignierten Gesichtsausdruck und lächelte gequält.

„Richtig. Und undicht ist die Dachrinne trotzdem noch."

„Warum rufen Sie keinen Handwerker?"

„Ja, warum nicht? Warten Sie. Da war doch was ... Geld, richtig, jetzt fällt es mir wieder ein. Kein Geld."

Wieder musste Christine Bernard lachen.

„Da sind wir schon zwei. Deshalb also wollten Sie die Dachrinne selbst reparieren."

„Genau. Ich stellte also die Leiter an und entdeckte an einem vorstehenden Dachpfosten eine kleine Rolle. Da konnte man ein Seil drum herum legen und damit dann etwas nach oben ziehen. Wie bei einem Flaschenzug."

Christine Bernard nickte gespannt.

„Also band ich das Seil an meinem Stück Dachrinne fest, stieg die Leiter hinauf, legte das Seil um die Rolle und zog daran. Aber dann verkeilte sich das Ende des Stücks Dachrinne in den Sprossen der Leiter. Ich zog etwas kräftiger und das Stück Dachrinne kam wieder frei. Aber das scharfkantige Ende schlug gegen mein Knie. Ich war einen Moment unkonzentriert und bin von der Sprosse abgerutscht und die Leiter hinunter gefallen. Dabei hielt ich weiter an dem Seil fest. Das Teil der Dachrinne sauste nach oben, ich nach unten. In der Mitte begegneten wir uns und es traf mich am Kopf. Ich schlug auf dem harten Boden auf und brach mir den Unterarm. Durch den plötzlichen Schmerz habe ich das Seil losgelassen und die Dachrinne sauste wieder herab und traf mich erneut am Kopf."

Torben Heintz griff mit einem traurigen Gesichtsausdruck nach seinem Becher Kaffee. Christine Bernard hingegen liefen Tränen über ihre Wangen und sie gluckste vor Lachen.

„Entschuldigung", prustete sie heraus. „Es tut mir leid."

„Lassen Sie nur. Die ganze Notaufnahme und die Station, auf der ich liege, haben sich schon halb totgelacht. Warum soll es Ihnen anders ergehen?"

Wieder hatte Christine große Mühe, sich zu beherrschen. „Es ist aber auch zu komisch."

„Ich weiß. In diesem Haus passiert mir dauernd so etwas. Es mag mich nicht."

Kichernd trank Christine Bernard einen Schluck Kaffee.

„Und weswegen sind Sie hier?"

„Eine Vergiftung."

Torben Heintz nickte einmal. „Aha."

Erwartungsvoll schaute er sie an. Christine Bernard schwieg. Torben Heintz setzte nach.

„Und, wie ist es passiert?"

„Das erzähle ich Ihnen lieber ein anderes Mal. Ist alles noch zu frisch."

„Okay. Und was machen Sie so, wenn Sie nicht gerade im Krankenhaus liegen."

„Ich bin bei der Polizei."

„Oops. Dann darf ich Ihnen nicht erzählen, dass ich noch irgendwo zwei Joints rumliegen habe."

„Ich bin nicht bei der Drogenfahndung."

„Sondern?"

„Im Moment arbeite ich bei der Kriminalpolizei in Trier. Todesermittlungen. Fahndung. KDD - Kriminaldauerdienst. Rund um die Uhr im Einsatz und immer als Erste am Tatort."

„Oha, klingt, als ob Sie die ganz bösen Jungs jagen."

„So ungefähr."

Dieser Torben gefiel Christine Bernard immer besser. Sehr sympathisch. Von seinen Haaren konnte sie nicht viel erkennen. Sie tippte mal auf blond, passend zu seinen blauen Augen. Er war ein wenig größer als sie und hatte schmale, feine Hände. Kein Handwerker. Bei diesem Gedanken lächelte sie ihn belustigt an.

„Was machen Sie so, wenn Sie keine Dachrinnen reparieren?" Wieder hätte Christine Bernard beinahe schallend drauflos gelacht. Mühsam beherrschte sie sich. Dankbar antwortete Torben Heintz.

„Ich spiele Cello in einem Orchester in Saarbrücken."

Christine war beeindruckt. „Cool. Sie sind der einzige klassische Musiker, den ich kenne."

„Mögen Sie klassische Musik?"

„Ja, sehr."

„Was mögen Sie besonders?"

Christine hatte den Eindruck, als wollte Torben Heintz lediglich prüfen, ob sie ihre Vorliebe für klassische Musik nur vorgegeben hatte, um ihm zu gefallen.

„Samuel Barber, Adagio for Strings, Johann Sebastian Bach, Cello-Suite Nr.1 und Antonio Vivaldi, Vier Jahreszeiten, der Winter und Händels Largo und …"

Torben Heintz war offenbar überzeugt und unterbrach sie mit erhobener Hand.

„Okay. Okay. Sie kennen sich ja wirklich aus."

„Sie dachten, ich will Sie nur beeindrucken?"

„Nein, äh, ja. Entschuldigen Sie bitte."

Lächelnd trank Christine Bernard einen Schluck Kaffee. Torben Heintz stand auf.

„Ich glaube, wir müssen jetzt auf unsere Zimmer. Es gibt gleich Abendessen."

Christine Bernard schaute auf die große, runde Uhr über der Essensausgabe.

„Sie haben recht. Ich bringe Sie hin."

„Das ist zwar nicht nötig, aber ich würde mich trotzdem freuen."

Kühn bot er ihr lächelnd den unverletzten Arm an. Sie ergriff ihn und führte Torben Heintz in sein Zimmer.

„Ich würde Sie gerne wiedersehen."

„Ich werde morgen entlassen. Ich muss zurück nach Trier."

„Schade."

„Wir werden uns trotzdem wiedersehen."

„Wie das?"

„Ich arbeite bei der Polizei. Schon vergessen?"

„Ich könnte Ihnen auch einfach meine Telefonnummer geben."

„Bedaure, ich habe nichts zu schreiben."

Christine Bernard grinste.

„Lassen Sie mir den Spaß. Ich finde Sie schon. Und dann helfe ich Ihnen mit Ihrer Dachrinne."

Torben Heintz deutete einen militärischen Gruß an und setzte sich auf sein Bett. Eine Krankenschwester brachte ein Tablett. Christine Bernard verließ das Zimmer.

„Erholen Sie sich gut. Bis bald."

Ihre Appetitlosigkeit seit Beginn des Tages wich einem lange nicht mehr verspürten Heißhunger. Ungeduldig wartete Kommissarin Bernard auf ihr Abendessen. Den Rest des Abends blätterte sie in ihrem Magazin und dachte an Torben Heintz. Ein wohliges Gefühl begleitete sie bei ihren Gedanken an den hübschen Musiker. Die Erinnerung an seinen missglückten Reparaturversuch ließ sie lächeln. In ihrer Fantasie gingen sie gemeinsam aus. Er spielte auf seinem Cello für sie die Suite Nr.1 von Johann Sebastian Bach. Dieses Stück liebte ihre Mutter so sehr und Christine Bernard hatte diese Musik das letzte Mal auf deren Beerdigung gehört. Ein Stück zum Weinen schön, zum Herauslassen all dessen, was wir Menschen so gerne für uns behalten.

Tränen folgten der bitteren Süße ihrer Gedanken an Torben und an ihre verstorbene Mutter und befreiten Christine Bernard für einen Moment von der Anspannung durch die Belastungen der vergangenen Tage, Wochen und Monate. Da sie keine Kleidung zum Wechseln mit in das Krankenhaus gebracht hatte, wollte sich Kommissarin Bernard unbedingt umziehen, bevor sie in die Kriminaldirektion fuhr. Überrascht stellte sie fest, wie sehr sie sich nach dem eigenen

Badezimmer und ihrem Kleiderschrank sehnte, obwohl sie sich selbst bisher immer für bedürfnisarm gehalten hatte.

Geistesgegenwärtig hatte Polizeimeisterin Rieger ihr wenigstens saubere Unterwäsche ins Krankenhaus gebracht.

Ungeduldig wartete sie am nächsten Morgen in der Eingangshalle des Universitätsklinikums auf Torsten Kluge. Noch vor dem Frühstück hatte sie ihren Kollegen angerufen, damit er sie wie vereinbart abholte und nach Hause brachte. Es dauerte noch fast eine halbe Stunde, bevor Torsten Kluge mit einem neuen Dienstwagen vor dem Krankenhaus vorfuhr.

An der verschmutzten Kleidung seiner Kollegin erkannte auch Hauptkommissar Kluge, was wohl das erste Anliegen seiner Kollegin sein würde.

„Nach Hause?“

Christine Bernard nickte.

„Nach Hause, bitte. Ich muss unter die Dusche und brauche frische Klamotten.“

Der BMW rollte los. Geschickt zog Christine Bernard im Sitzen ihre Jacke aus, legte sie auf die Rückbank und schnallte sich an.

„Ist das der Wagen von Rottmann?“

„Nein. Wir haben einen neuen.“

„Was ist mit dem alten?“

„Der ist über den Kantstein da gerumpelt.“

Mit diesen Worten deutete Torsten Kluge im Vorbeifahren auf eine Stelle in der Einfahrt zum Krankenhaus und gab kräftig Gas. Der Vortrieb drückte ihn und seine Kollegin in die Sitze.

Christine Bernard musterte ihren Kollegen von der Seite. „Danke, noch mal.“

Torsten Kluge blickte sie kurz an und blickte wieder nach vorn. „Gern geschehen.“

„Was haben wir?“

„Nicht viel.“ Natürlich wusste Hauptkommissar Kluge sofort, was seine junge Kollegin wissen wollte.

„Hagemann hat seinen eigenen Verdacht bestätigt. In einem der geborstenen Gläser befanden sich gemörserte Pflanzenreste des Blauen Eisenhuts. Da hast du hinein gefasst. Über die Haut drang das Gift in deinen Körper ein. Aber das weißt du ja schon.“

Christine Bernard nickte schweigend.

„Hagemann hat die Pflanzen auch im verwilderten Garten auf dem Grundstück von Schröder gefunden. Der hat die also dort angebaut. Die Katze auf dem Dachboden, erinnerst du dich?“

Wieder nickte Christine Bernard stumm.

„In ihren Resten fand Hagemann ebenfalls dieses Gift Aconitum Dingsbums.“

„Napellus“, ergänzte Kommissarin Bernard. „Das vergesse ich so schnell nicht. Hat nicht viel gefehlt …“

Sie vervollständigte den Satz nicht.

„Napellus“, wiederholte Torsten Kluge. „Jedenfalls ist die Katze wohl daran gestorben.“

„Er hat sie vergiftet?“

„Wahrscheinlich. Sie lag schon mehrere Wochen dort. Sie hat also nicht von der Flüssigkeit in dieser Vorratskammer getrunken oder eine von den toten Mäusen gefressen.“

„Hmm", Christine Bernard schaute aus ihrem Seitenfenster. „Warum hat er den Hund nicht auch vergiftet?"

„Keine Ahnung. Aber wir werden ihn fragen."

„Was haben wir sonst noch?"

„Nix. Gar nix. Die Fahndung hat bisher nichts gebracht. Andrea Schröders Eltern sind tot. Großeltern ebenfalls, Geschwister hat sie keine, Freunde anscheinend auch nicht."

„Gibt's das, ein Mensch ohne soziale Kontakte?"

„Im Dorf gibt es eine junge Frau, zu der Frau Schröder hin und wieder Kontakt hatte. Aber außer einigen wenigen Gesprächen über den Gartenzaun hinweg war da nichts. Bei ihr ist Frau Schröder auch nicht. Sie hatte auch keine Idee, wo Andrea Schröder mit ihren Kinder abgeblieben sein könnte."

„In den Zimmern waren doch Handys."

„Ja, richtig. Der Speicher und die SIM-Karten wurden ausgewertet. Offenbar haben sich die Geschwister gegenseitig SMS geschrieben und miteinander telefoniert. Nur zwei Gespräche gingen an ehemalige Klassenkameradinnen. Belangloses Zeug. Laut Bewegungsprotokoll des Mobilfunkbetreibers haben die Mädchen nur zwischen Hof, Dorf und Schule gependelt. Keine Freundinnen, keine Freunde. Die beiden Älteren haben nach ihrer Schulzeit zwar Ausbildungen begonnen, aber nach kurzer Zeit wieder abgebrochen."

Christine kniff ungläubig die Augen zusammen.

„Sechs Mädchen kaserniert im Haus. Kaum zu glauben. Klingt nach diesen Amish-People aus den USA. Eine Sekte?"

Torsten Kluge schüttelte den Kopf.

„Sieht nicht danach aus. Die haben einfach nur zurückgezogen gelebt."

„Zurückgezogen", äffte Kommissarin Bernard ihren Kollegen nach. „Ja, das sind sie nun wirklich. Offenbar sogar unsichtbar."

Torsten Kluge war der resignierte Unterton in Christine Bernards Rede nicht entgangen und er war froh, sie mit einem noch nicht zugeordneten Ermittlungsergebnis ablenken zu können.

„Hagemann hat gelben Sand gefunden, den es auf dem Grundstück nicht gibt. Er haftet an dem Spaten, mit dem Schröder den Hund erschlagen hat."

„Dann hat er damit irgendwo etwas vergraben. Habt ihr in seinem Wagen oder an seinen Schuhsohlen Spuren davon gefunden?"

„Nein. Das hätten wir aber bestimmt. In der Karre kannst du Kartoffeln züchten, so verdreckt ist die."

„Und die Schuhe, die er bei seiner Festnahme anhatte?"

„Wurden noch nicht untersucht. Holen wir nach."

„Andererseits ist ein Spaten mit Erde dran auf einem heruntergekommenen Bauernhof nichts Besonderes."

„Nur dann nicht, wenn die Erde von dort oder den umliegenden Grundstücken stammt. Und danach sieht es nicht aus."

Christine Bernard war unzufrieden. Sie hatte sich mehr aussagefähige Ermittlungsergebnisse erhofft. Irgendwas, woran sie ansetzen konnte.

„Ich kann es kaum erwarten, dem Kerl wieder gegenüberzusitzen."

„Daraus wird heute nichts."

Torsten Kluge hatte so lange wie möglich mit dieser schlechten Nachricht warten wollen, aber Christine Bernard kam ihm in ihrem Eifer zuvor. Fragend sah sie ihn an.

„Wieso nicht?"

„Du musst noch einen Tag warten. Lorscheider besteht darauf, dass du dich noch einen Tag ausruhst."

Natürlich wusste Kommissarin Bernard, dass es wenig Sinn machte, sich über die Anordnung ihres Chefs zu ärgern. Sie tat es trotzdem. Sie war ungeduldig, wollte endlich wissen, wo Andrea Schröder und ihre Töchter geblieben waren. Und sie wollte dem Mann gegenübersitzen, dessen Giftmischerei sie beinahe das Leben gekostet hätte.

„In diesem Kuhstall hat die Spurensicherung übrigens ein Seil mit einem dilettantisch geknüpften Knoten gefunden. Offenbar wollte sich damit jemand selbst oder dieser Jemand einen anderen erhängen."

Das war merkwürdig, fand Christine Bernard. Wozu erhängen, wenn man doch ein so wirksames Gift herstellen kann? Wenn Hartmut Schröder seine Familie getötet hatte, wäre es sehr mühsam gewesen, sie alle nacheinander auf dem Heuboden aufzuhängen. Außerdem hatte man nur ein einzelnes Seil gefunden. Für Kommissarin Bernard sah das eher nach einem Selbstmordversuch aus. Aber wer wollte sich umbringen? Hartmut Schröder? Seine Frau? Eine seiner Töchter?

Das alles waren Spekulationen. Christine Bernard war sich sicher, der Schlüssel zu dem Fall lag ausschließlich im Auffinden von Andrea Schröder und den Kindern.

Hartmut Schröder selbst war schwer zu knacken. Ob er überhaupt jemals verraten würde, wo sich seine Familie wirklich befand?

Die Räder der rechten Fahrzeugseite stemmten sich den Bordstein hoch. Torsten Kluge hielt den Wagen vor Kommissarin Bernards Wohnung an und ließ den Motor laufen.

„Wir sehen uns morgen. Ich hole dich ab?“

Christine Bernard beantwortete die Frage mit einem kurzen Nicken und griff nach ihrer Jacke auf der Rückbank.

„Bis morgen.“

Dann stieg sie aus und verschwand im Hauseingang.

Torsten Kluge zog den BMW vom Gehsteig und fädelte sich wieder in den fließenden Verkehr ein.

Die Vernehmung

Obwohl sie vergessen hatte, sich den Wecker zu stellen, erwachte sie zu der üblichen Zeit am frühen Morgen. Sie griff als Erstes nach ihrem Mobiltelefon auf dem Nachttisch, hob die Stummschaltung wieder auf und schaute auf das Display. Eine ungelesene SMS, ein entgangener Anruf von der Polizeiärztin des K1 Frauke Prinz und zwei weitere entgangene Anrufe von Torsten Kluge. Er hatte am Abend versucht, sie zu erreichen. Doch Christine war früh zu Bett gegangen.

Sie hatte den halben Tag versucht, sich mit leichten Hausarbeiten in ihrer Wohnung von dem Fall Hartmut Schröder abzulenken, was ihr aber nicht gelang. Das Gedankenkarussell drehte sich unaufhörlich weiter in ihrem Kopf.

Nachdem sie sich das zweite Mal am Dampfstrahl ihres Bügeleisens die Finger verbrannt hatte, gab sie auf und verbrachte den Rest des Tages mit einer großen Dose dänischen Butterkeksen auf dem Sofa vor dem Fernseher.

Obwohl sie in der vergangenen Nacht mehr als zwölf Stunden geschlafen hatte, fühlte sie sich müde und abgeschlagen. Die Strapazen der Vergiftung hinterließen ihre Spuren. Auch ihr Kreislauf war noch nicht so stabil, wie sie es sich wünschte. Ab und zu wurde ihr noch ein wenig schwindelig.

Gleichzeitig konnte sie es kaum erwarten, Hartmut Schröder wieder gegenüberzusitzen und die Ermittlungen voranzutreiben. Doch damit würde sie sich vorerst gedulden müssen. Sie las die SMS.

Torsten Kluge hatte am gestrigen Tag vergessen, ihr zu sagen, dass sie am frühen Vormittag einen Termin bei Frauke Prinz hatte. Polizeiärztin Frauke Prinz hatte wohl vergeblich versucht, Christine Bernard zu erreichen. Also erst ins K1, dann zum Untersuchungsgefängnis.

In der Küche gähnte sie eine leere Keksdose an. Kommissarin Bernard verzichtete auf ein Frühstück, ging unter die Dusche und machte sich anschließend auf den Weg.

Christine Bernard mochte Frauke Prinz. Und die Polizeiärztin erwiderte die ihr entgegengebrachte Sympathie. Die beiden Frauen konnten sich vom ersten Augenblick ihres Zusammentreffens an gut leiden.

Christine Bernard lief der stets etwas eigenwillig gekleideten Ärztin zunächst auf den Gängen des K1 über den Weg oder sie trafen sich zufällig beim Mittagessen.

Als sie sich einmal überraschend in der Stadt beim Shoppen begegneten, setzten sie sich spontan in ein Café und plauderten bis in den frühen Abend hinein.

Im Gegensatz zu Christine Bernard liebte Frauke Prinz Kleidung in kräftigen Farben, Kontraste und einen starken Auftritt. Nicht selten sogar aufreizend. Sie hatte beinahe weiße Haut, pechschwarze Haare, hellblaue Augen und trug einen knallroten Lippenstift dazu auf. So war sie nun mal. Stets ein wenig schrill, manchmal ein wenig zu laut.

So ganz anders als die zurückhaltend gekleidete und die leisen Töne schätzende Christine Bernard.

Aber genau so sind Freunde. Oft ein bisschen gleich und manchmal ein wenig anders.

Auf dem Parkplatz vor dem K1 war keine Lücke mehr frei. Kommissarin Bernard stellte ihren Wagen hinter dem Cabrio von Frauke Prinz ab.

Im Büro der Polizeiärztin war niemand. Christine Bernard trat trotzdem ein und nahm auf einem Stuhl vor Frauke Prinz' Schreibtisch Platz.

Es verging kaum eine Minute und Frauke Prinz erschien leise fluchend mit einem Plastikbecher Kaffee in der Hand.

„Guten Morgen. Muss dieses Gebräu immer so verdammt heiß sein?"

„Guten Morgen."

Mit vor Schmerz verzogenem Gesicht setzte Frauke Prinz den Becher auf dem Schreibtisch ab.

Christine Bernard stand auf und begrüßte die Ärztin mit einer Umarmung. Etwas länger als nötig drückte Frauke Prinz Christine an sich.

„Wie geht es dir?"

Die beiden Frauen lösten sich voneinander. Frauke Prinz nahm hinter ihrem Schreibtisch Platz.

„Ist okay."

Diese herzliche Umarmung und die wirklich interessierte und nicht als Floskel gemeinte Frage ihrer Freundin nach ihrem Befinden lösten einige Tränen bei Christine Bernard aus. Schnell tupfte sie sich mit den Ärmeln ihrer Jacke die Augen trocken.

„Dass du mit den Nerven zu Fuß bist, ist kein Wunder."

„Geht schon."

„Ich wollte dich sehen, bevor ich Lorscheider sage, dass du dienstfähig bist. Bist du dienstfähig?"

„Ja, natürlich."

„Diese Frage hätte ich mir wohl auch sparen können."

Beide Frauen lachten.

„Ich habe den Befund aus dem UKS Homburg hier. Du hast wirklich Glück gehabt."

„Ich weiß. Wenn Torsten nicht gewesen wäre ..."

Wieder kündigten sich Tränen an, die Christine Bernard aber erfolgreich unterdrückte. Sie schluckte, räusperte sich und sprach mit etwas belegter Stimme weiter.

„... müsstet ihr euch eine neue Kommissarin suchen."

Es entstand eine kurze Pause. Frauke Prinz erinnerte sich an den letzten Satz in Doktor Geisners Befund. „Spätfolgen der Aconitin Vergiftung sind nicht auszuschließen".

Während ihres Studiums schrieb ein befreundeter Mediziner in seiner Doktorarbeit über heimische Giftpflanzen, dass ein Giftanschlag auf den Propheten Mohammed im siebten Jahrhundert fehlschlug, weil dieser den bitteren Geschmack des Blauen Eisenhuts sofort bemerkte. Mohammed soll aber der Sage nach drei Jahre später dann doch an den Folgen des Giftes gestorben sein. Die exakten Todesumstände des Patienten wurden leider nicht überliefert.

„Sobald du dich in Zukunft aus irgendeinem Grund nicht wohlfühlst, meldest du dich bitte bei mir. Ich möchte sicherstellen, dass du fit bist."

Christine Bernard nickte. Der Ernst, der unüberhörbar in der Stimme ihrer Freundin lag, verunsicherte sie. War sie denn nicht gesund aus dem Krankenhaus entlassen worden?

„Du machst mir etwas Angst. Ich dachte, mit mir ist alles in Ordnung."

„Wenn du dich gut fühlst, kannst du beruhigt sein. Mach dir keine Sorgen."

Frauke Prinz hatte beschlossen, Christine Bernard mit ihrer Sorge um die Gesundheit der Freundin nicht weiter zu belasten.

Doch Kommissarin Bernard war nur wenig beruhigt. Sie spürte, dass Frauke Prinz sie nur aus Rücksicht beruhigte. Sie selbst hatte genug über das Gift des Blauen Eisenhuts gelesen, um zu wissen, wie hinterhältig die Folgen einer Vergiftung damit noch nach Jahren auftreten konnten.

Die beiden Frauen standen auf und umarmten sich zum Abschied. Christine Bernard schluckte trocken, Frauke Prinz klopfte ihr sanft auf den Rücken.

„Alles gut. Mach dir keine Gedanken. Und jetzt lauf los und zeig diesem Schröder, was du drauf hast. Und wenn es dir zu viel wird, dann lässt du deine beiden Männer auch mal was machen. Wozu sonst hast du gleich zwei Hauptkommissare an deiner Seite?"

Es war später geworden, als sie vermutet hatte. Die lieben Worte von Frauke Prinz hatten Christine Bernard gut getan. Aber jetzt konnte sie es kaum erwarten, diesen Hartmut Schröder vor sich sitzen zu haben. Sicher warteten die beiden Hauptkommissare Kluge und Rottmann schon auf sie.

Ungeduldig fuhr sie durch den dichten Straßenverkehr zum Untersuchungsgefängnis. Doch sie hatte nichts verpasst. Der Beginn der Vernehmung von Hartmut Schröder musste an diesem Morgen verschoben werden.

Hartmut Schröder hatte beim Frühstück einen türkischen Mitgefangenen im Streit lebensgefährlich verletzt, indem er ihm den Stiel seines Löffels in die Brust gerammt hatte. Dann trat er solange auf Hassan Onay ein, bis drei herbeieilende Vollzugsbeamte den tobenden Schröder von dem am Boden liegenden Mann wegziehen konnten. Anschließend gab es einen lautstarken Tumult im Speisesaal, weil die türkischen Mitgefangenen die Herausgabe von Schröder zwecks Vergeltung verlangten. Es dauerte über eine Stunde, bis sich die Aufregung gelegt hatte und Hartmut Schröder in den Vernehmungsraum gebracht werden konnte.

„Das ist doch ein Tier", hörte Christine Bernard ihren Kollegen Hauptkommissar Rottmann feststellen, als sie mit einem Becher Kaffee in der Hand den Nebenraum des Vernehmungsraums betrat.

„Du bringst dem Schwein doch nicht noch Kaffee?", bellte er los, kaum, dass sie ganz durch die Tür getreten war.

Wortlos setzte sich Kommissarin Bernard auf einen freien Stuhl, sah ihren Kollegen stumm an und trank demonstrativ gelassen einen Schluck aus dem Becher. Deutlich hörbar, aber erleichtert, atmete Jörg Rottmann aus.

„Guten Morgen, Jörg. Ich freue mich auch, dich zu sehen. Aber das mit der Begrüßung, das übst du bitte noch mal."

Torsten Kluge und Jörg Rottmann grinsten.

„Ich geh mir auch einen Kaffee holen."

Jörg Rottmann öffnete die Tür und stand plötzlich Walter Lorscheider gegenüber. Der Staatsanwalt schob seinen Hauptkommissar wieder in den Raum zurück.

„Guten Morgen, Frau Bernard, die Herren. Schön, dass ich Sie alle zusammen antreffe."

Walter Lorscheider schloss die Tür, schob seine Hände in die Hosentaschen und wippte seinen schlanken Körper mit den Fußspitzen auf und ab.

„Geht es Ihnen gut?", wandte er sich zunächst an Christine Bernard. Sie schloss ihre Augen kurz und nickte, während sie an ihrem Kaffee nippte.

„Fein."

Walter Lorscheider deutete mit seinem Kinn auf den Bildschirm.

Hartmut Schröder beschäftigte sich wieder mit seinem üblichen Ritual. Er kratzte sich am Kopf.

„Ich brauche jetzt Ergebnisse", fuhr Staatsanwalt Lorscheider fort und wendete sich wieder an seine junge Kommissarin.

„Machen Sie Druck. Hetzen Sie ihn. Lassen Sie ihm keine Zeit zum Nachdenken. Und Sie beide unterstützen Ihre Kollegin dabei. Mit Ihnen redet der sowieso nicht. Das Scharmützel heute im Speisesaal können Sie gegen ihn verwenden, aber der Verbleib seiner Familie steht im Vordergrund. Denken Sie daran, ich habe auch Vorgesetzte. Wenn wir diesen Fall nicht bald abschließen, lernen Sie die kennen. Und glauben Sie mir, dass wollen Sie nicht."

Walter Lorscheider nickte noch einmal bestätigend und verließ den Raum. Jörg Rottmann folgte ihm wortlos und machte sich auf den Weg zum Kaffeeautomaten.

Torsten Kluge schaute auf seine Armbanduhr und räusperte sich.

„Ich fahre rüber in die Kriminaldirektion und bringe Tanja mit. Dann löse ich Jörg ab. Du wartest bis Jörg hier ist und gehst da nicht vorher rein."

Beide nickten stumm. Zuerst Christine Bernard zustimmend, dann Torsten Kluge bestätigend. Gleichzeitig stand er auf und ließ seine Kollegin allein.

Christine setzte sich auf Torsten Kluges Stuhl direkt vor den Monitor und beobachtete Hartmut Schröder. Dabei versuchte sie, sich eine Strategie zurechtzulegen, wie sie vorgehen wollte. Doch es gelang ihr nicht.

War es die geringe Erfahrung mit Vernehmungen bei schweren Verbrechen? War es eine natürliche Nervosität vor der bevorstehenden Aufgabe oder hatte sie Angst? Angst vor dem Mann, in dessen Haus sie beinahe gestorben wäre?

Auf dem Tisch vor ihr lag die mittlerweile mehrere Zentimeter dicke Ermittlungsakte. Sie öffnete die Dokumentenmappe. Obenauf lag jenes Foto von Hartmut Schröders Familie, welches sie in seinem Schlafzimmer aus dem Rahmen genommen hatte. Gedankenverloren betrachtete sie jedes einzelne Gesicht, bis sich eine Hand auf ihre Schulter legte. Erschrocken fuhr sie herum und verschüttete etwas von ihrem Kaffee.

„Scheiße, Mann. Musst du mich so erschrecken?"

„Sorry", Jörg Rottmann hob beschwichtigend die Hand, „Das wollte ich nicht."

Kommissarin Bernard stellte ihren Kaffeebecher auf dem Tisch ab und stand auf. Angespannt klappte sie die Dokumentenmappe zu und klemmte sie sich unter den

Arm. Dann schob sie beide Hände in die hinteren Hosentaschen.

„Ich geh da jetzt rein."

„Und ich bleibe hier und passe auf."

Christine Bernard warf die schwere Ermittlungsakte mit aller Kraft auf den Tisch. Lautstark knallte sie auf die Tischplatte. Hartmut Schröder erschrak und zuckte zusammen. Nervös kratzte er sich weiter am Kopf, bis er es bemerkte und beide Hände unter seine Oberschenkel schob. Leicht vorgebeugt saß er mit gesenktem Kopf auf seinem Stuhl und schaute unter seinen Augenbrauen hervor zu der offensichtlich wütenden Kommissarin auf. Etwas in ihrer Grundhaltung zu ihm hatte sich verändert. Das spürte er deutlich. Ob es mit dem Vorfall im Speisesaal am Morgen zu tun hatte? Hatte sie ihre Taktik geändert, um ihn jetzt weichzukochen?

Wortlos nahm Christine Bernard auf ihrem Stuhl gegenüber von Hartmut Schröder Platz, beugte sich leicht vor und legte ihre gefalteten Hände auf die Tischplatte. Stumm starrte sie ihn sekundenlang an. Hartmut Schröder hielt ihrem Blick zunächst stand. Dann bildeten sich Schweißperlen auf seiner Stirn und er wich ihrem Blick aus. ‚Gewonnen', dachte Christine.

„Warum wollten Sie mich töten?"

Überrascht riss Schröder seine Augen auf und stammelte.

„Ich? Sie? Wieso? So ein Quatsch. Ich sitze im Knast. Schon vergessen. Wegen Ihnen, übrigens."

Hartmut Schröder war verwirrt, gab sich aber lässig und übertrieben selbstsicher.

Wovon redete diese Frau? Wie und vor allem wann sollte er versucht haben sie zu töten? Wollte man ihn reinlegen?

Sein kurzer Versuch, die Oberhand in diesem Gespräch zurückzuerlangen, war kläglich gescheitert. Angestrengt überlegte Hartmut Schröder, was die Frage dieser Kommissarin bedeuten sollte.

Laut klatschend schlug Christine Bernard mit der flachen Hand auf die Tischplatte. Wieder erschrak Hartmut Schröder und zuckte zusammen. Er erwartete ein solch rüdes Verhalten von ihr nicht und hatte offenbar Probleme damit, es einzuordnen.

„Sie sitzen hier, weil wir glauben, dass Sie Ihre Familie getötet haben. Mit dem Gift des Blauen Eisenhuts."

Hartmut Schröder reagierte mit einem kurzen nervösen Kratzen am Kopf, bevor er seine Hände wieder unter seine Oberschenkel schob und mit dem Oberkörper leicht vor und zurück wippte.

„Weiß nicht, wovon Sie reden."

Wieder schlug Christine Bernard mit der flachen Hand lautstark auf den Tisch.

„Hören Sie auf damit", schrie Hartmut Schröder.

„Ach, mögen Sie das Geräusch etwa nicht?"

Provozierend schlug Christine Bernard erneut mit ihrer Hand auf die Tischplatte.

„Warum haben Sie die Katze vergiftet? War es die Katze einer Ihrer Töchter? War es die Katze von Claudia? Oder die von Julia? Lisas Katze? Laras? Sandras? Oder etwa das Kuscheltier von der kleinen Marita?"

Hartmut Schröder schüttelte seinen Kopf.

„Also die Katze Ihrer Frau."

Hartmut Schröder nickte.

„Warum haben Sie sie vergiftet."

Hartmut Schröder schaute zur Seite.

„Hab ich nicht."

Christine Bernard hob ihre Hand. Hartmut Schröder zuckte zusammen und noch bevor sie ihre Hand niedersausen lassen konnte, antwortete er: „Ich hab es ausprobiert."

Langsam ließ Kommissarin Bernard ihre Hand sinken.

„Lügen Sie mich nie wieder an."

Erleichtert rutschte Hartmut Schröder auf seinem Stuhl hin und her.

„Sie haben also die Katze Ihrer Frau vergiftet. Warum?"

„Marita hatte eine Tierhaarallergie."

„Und deswegen bringen Sie das Tier gleich um? Es hätte doch gereicht die Katze auszusperren, anstatt sie zu vergiften. Erzählen Sie mir nicht so einen Quatsch."

Ungehalten starrte Christine Bernard Hartmut Schröder an. Ihm wurde klar, dass er dieser Kommissarin etwas anderes anbieten musste. Angestrengt suchte er nach Erklärungen.

„Es sollte ein homöopathisches Heilmittel werden. Kein Gift."

„Wieso fühle ich mich dann nicht geheilt?"

„Was haben Sie denn damit zu tun? Es war für meine Frau und die Kinder gedacht."

„Wo haben Sie das Gift aufbewahrt?"

„In einem Glas in der Vorratskammer."

„Dieses Glas ist zerbrochen und ich habe in die Flüssigkeit gefasst."

Hartmut Schröder wurde blass.

„Das wollte ich nicht. Das müssen Sie mir glauben."

„Was wollten Sie nicht?"

„Dass Sie sich vergiften."

„Wieso nicht? Ist doch so heilsam, Ihr Heilmittel." Christine Bernards Sarkasmus peitschte durch den Raum.

„Ich wollte es noch verdünnen."

„Der Katze Ihrer Frau haben Sie es aber unverdünnt gegeben. Herr Schröder, das ist doch alles Blödsinn. Sagen Sie endlich, wo sich Ihre Familie befindet, und wir lassen Sie in Ruhe."

„Meine Frau ist mit den Kindern ausgezogen. Hab ich doch schon gesagt."

Laut klatschend schlug Christine Bernards Handfläche abermals auf die Tischplatte. Erstaunlicherweise erschrak Hartmut Schröder erneut, obwohl er diese Reaktion der Kommissarin mittlerweile ahnen musste.

„Schwachsinn! Sie lügen!"

Insgeheim musste Christine Bernard schmunzeln, weil der letzte Ausruf von ihr eher in das Repertoire von Jörg Rottmann gepasst hätte, und der saß im Nebenraum und hörte sicher amüsiert zu.

„Ich will einen Kaffee."

„Vergessen Sie's."

Jetzt war es Hartmut Schröder, der die junge Kommissarin stumm fixierte. Mühelos hielt sie seinem Blick stand. Offenbar kam er zu dem Schluss, die entzogene Zuwendung anstatt mit Gegenwehr durch kleine Häppchen Wahrheit wiederzuerlangen.

„Das Zeug war viel zu stark. Ich musste es testen, bevor ich ein Heilmittel daraus machte."

„Und da haben Sie die Katze Ihrer Frau vergiftet."

Hartmut Schröder nickte.

„Das blöde Viech hat sowieso immer in die Beete geschissen."

„Warum haben Sie den Hund nicht auch vergiftet?"

„Wollte ich ja, aber der hat das nicht gefressen", platzte es aus Hartmut Schröder heraus. Hastig korrigierte er sich. „Ich meine, ich hatte keine Zeit ..."

„Wofür keine Zeit?", unterbrach Kommissarin Bernard Hartmut Schröder und setzte sofort nach.

„Wofür hatten Sie keine Zeit? Hatten Sie keine Zeit, darauf zu warten, bis er an dem Gift stirbt? Wobei hat der Hund Sie gestört?"

Doch Hartmut Schröder antwortete nicht. Er wusste, er hatte mit seiner unbedachten Äußerung soeben einen Fehler gemacht.

„Warum haben Sie den Hund nicht irgendwo vergraben?"

Kommissarin Bernard spürte, dass Hartmut Schröder versuchte zu blockieren.

„Keine Zeit", wiederholte sich Hartmut Schröder.

„Was genau hatten Sie denn so Vieles zu tun?"

Hartmut Schröder schwieg erneut. Christine Bernard musste ihn wieder zum Sprechen bringen. Sie musste mit irgendetwas wieder sein Interesse wecken. Ihn auflockern.

„Sie sagen, Sie wollten ein Heilmittel herstellen. Gegen was sollte das sein? Wie wirkt es?"

„Es hilft gegen Erkältungen. Bronchitis, Fieber, Schnupfen."

Diese Aussage von Hartmut Schröder deckte sich mit der Beschreibung der pharmazeutischen Verwendung des Blauen Eisenhuts, die Günther Hagemann der Ermittlungsakte hinzugefügt hatte.

‚Seine Hausaufgaben hat er offenbar gemacht. Das muss man ihm lassen', dachte Kommissarin Bernard. Dann lenkte sie das Gespräch wieder auf die noch unbeantwortete Frage.

„Also haben Sie den Hund mit dem Spaten erschlagen, weil das schneller ging als vergiften."

Hartmut Schröder nickte.

„Weil Sie keine Zeit hatten."

Wieder nickte Hartmut Schröder.

„Warum nicht? Hat der Hund Sie gestört? Wobei?"

Christine spürte, dass sie Hartmut Schröder mit dieser Frage nervte. Er verschwieg ihr etwas Wichtiges. Plötzlich schien er eine geeignete Antwort gefunden zu haben.

„Der blöde Köter hat auch in meine Beete geschissen und darin gegraben."

„Und das hat Ihnen gereicht, um ihn zu erschlagen? Warum haben Sie ihn nicht angebunden? Hatten Sie keine Leine?"

„Hatte keine Leine?", wiederholte Hartmut Schröder.

Damit hatte Christine Bernard Hartmut Schröder eine Vorlage geliefert. Das war ein Fehler. Doch den korrigierte sie sogleich.

„Aber Sie hatten einen Strick. Den haben wir gefunden. Wieso haben Sie den nicht verwendet?"

Hartmut Schröder zuckte mit den Schultern.

„Weiß nicht. Was für einen Strick?"

Kommissarin Bernard wollte sich weitere Fragen nach dem zur Schlinge geknoteten Strick für später aufheben und wechselte das Thema.

„Lassen wir das. Warum haben Sie heute Morgen einen Ihrer Mitinsassen angegriffen?"

Offenbar hatte Hartmut Schröder mit dem schnellen Themenwechsel ein Problem. Irritiert schaute er auf. Dann reagierte er.

„Das Schwein hat mich beleidigt."

„Beleidigt? Womit?"

„Wieso interessiert Sie der Kerl? Sie wissen doch, wie sich diese Kanaken hier aufspielen."

„Ah, ja. Kanake also. Hmm. Wissen Sie, was das Wort bedeutet? Nein?"

Kommissarin Bernard wartete nicht auf eine Reaktion von Hartmut Schröder. Aufgebracht fuhr sie fort.

„Nun. In der griechischen Mythologie zum Beispiel war es der Name einer Tochter von Aiolos, dem Stammvater der Aioler, und seiner Frau Enarete.

Kanake war auch eine Geliebte von Poseidon. Poseidon, Sie wissen schon, der Gott des Meeres.

Oder meinen Sie mit Kanake die unter deutschen Seeleuten verbreitete Bezeichnung für Kameraden aus Polynesien?

Oder war Ihr ‚Kanake' etwa ein melanesischer Ureinwohner aus Neukaledonien?"

Kommissarin Bernards Stimme wurde immer lauter. Sie war kurz davor ihre Fassung zu verlieren und unterbrach die Vernehmung. Offensichtlich hatten sie die Strapazen der letzten Tage doch mehr mitgenommen, als sie sich zugestehen wollte.

Wütend sprang sie auf und stürmte durch die Tür hinaus. Der Vollzugsbeamte auf dem Flur schloss sie wieder.

„Das ist ein rassistisches und ungebildetes Arschloch. Was regst du dich so auf", empfing sie Torsten Kluge im Nebenraum.

Polizeimeisterin Rieger stand neben ihm, trat einen Schritt vor und reichte Christine Bernard die Hand.

„Tanja. Ich bin froh, dass Sie wieder da sind."

Dankbar nahm Kommissarin Bernard das angebotene Du an und lächelte.

„Christine."

Tanja Rieger setzte sich halb stehend mit vor der Brust verschränkten Armen auf die Tischkante.

Torsten Kluge deutete auf den sich am Kopf kratzenden Hartmut Schröder auf dem Bildschirm.

„Das angebliche Heilmittel betreffend hat er recht. Günther hatte diese Vermutung auch schon. Möglicherweise ist Hartmut Schröder sogar nur zufällig auf die giftige Wirkung dieses Krauts aufmerksam geworden."

„Könnt ihr bitte Proben von seinen Schuhen und von den Hundepfoten nehmen und feststellen lassen, ob da dieser gelbe Sand dran haftet?“

Tanja Rieger nickte stumm, stieß sich von der Tischkante ab und verließ den Raum.

„Der Schlüssel liegt bei diesem Eisenhut. Das ist das Teufelszeug schlechthin. Du hast richtig Glück gehabt. Das hätte ohne Weiteres schief gehen können.“

Wäre die Erinnerung an ihre lebensgefährliche Vergiftung nicht noch so frisch, hätte Christine Bernard über Torsten Kluges besorgtes Gesicht schmunzeln können.

„Ich mach dann jetzt weiter.“

„Willst du nicht mal eine Pause machen? Es ist gleich Mittag.“

„Hab keinen Appetit.“

Torsten Kluge nickte stumm.

Kommissarin Bernard hätte die Vernehmung gerne sofort wieder aufgenommen. Hartmut Schröder aber nicht. Er bestand auf seiner Mittagspause und faselte etwas von einer Vernehmungsdauer von maximal fünfundvierzig Minuten. Damit hatte er sogar recht. Aber ohne Gegenleistung wollte Christine Bernard ihm dieses Recht nicht gewähren. Irgendetwas sollte er ihr anbieten, bevor sie ihn entließ.

„Für wen war der Galgenstrick im Kuhstall bestimmt?“

Hartmut Schröder schaute auf die Tischplatte und versuchte, Zeit zu schinden. Kommissarin Bernard streckte ihre Beine unter dem Tisch aus, lehnte sich auf ihrem Stuhl zurück und verschränkte die Arme vor der Brust. Sie hatte alle Zeit der Welt. Er aber nicht. Die Essensausgabe würde in einer halben Stunde schließen. Ob er etwas gegessen hatte oder nicht. Kaffee konnte er dann auch vergessen. Diese verdammte Beamtin schien sich einen Scheißdreck für seine Bedürfnisse zu interessieren.

„Ich muss aufs Klo."

„Geht jetzt nicht", log Christine Bernard.

„Der Kollege vor der Tür isst gerade zu Mittag. Bis er wiederkommt, können Sie meine Frage beantworten. Für wen war der Galgenstrick bestimmt?"

Hartmut Schröder fühlte sich zunehmend unwohl. Er musste tatsächlich auf die Toilette. Er hatte Hunger und Durst und keine Lust mehr auf die Fragerei.

„Der war für mich."

„Warum?"

„Meine Frau hat mich verlassen. Schon vergessen?"

Der laute Knall kam für Hartmut Schröder völlig überraschend. Erschrocken zuckte er zusammen. Christine Bernards vorschnellende und herabsausende Handfläche klatsche auf die Tischplatte. Dann schaute sie auf ihre Armbanduhr.

„Noch zwanzig Minuten."

„Was? Was ist in zwanzig Minuten?"

„Dann macht die Essensausgabe zu."

„Ich gehe was essen. Sie bleiben hier."

Verdutzt sah Hartmut Schröder sie aus dem Raum gehen.

„He. Sie können mich nicht …"

Den Rest von Hartmut Schröders Protest überlagerte das Geräusch der zufallenden Tür. Müde betrat sie den Nebenraum. Torsten Kluge stand vor seinem Stuhl und schaute auf den Bildschirm. Tanja Rieger saß am Tisch, schrieb einen kleinen gelben Zettel und zerknüllte ihn, als Christine Bernard den Raum betrat.

„Der gelbe Sand an dem Spaten befindet sich auch an einem Paar von Schröders Schuhen und an den Pfoten seines Hundes. Aber nicht im Auto."

Siegesgewiss nickte Kommissarin Bernard ihrer Kollegin bestätigend zu.

„Dort, wo wir diesen gelben Sand finden, finden wir auch Andrea Schröder und ihre Töchter. Ich habe keinen Zweifel mehr daran, dass Hartmut Schröder seiner Familie etwas angetan hat. Entweder hält er sie irgendwo gefangen oder er hat sie …"

Hauptkommissar Kluge legte seine Stirn in Falten.

„Ist es nicht ein bisschen gewagt. Ich meine, er bleibt bei seiner Aussage, dass seine Frau ihn verlassen hat. Allen Umständen zum Trotz könnte es doch so sein. Er ist schräg, stimmt, und der Vorfall heute Morgen im Frühstücksraum beweist erneut, dass er schnell gewalttätig wird, aber ein Entführer oder Mörder seiner eigenen Familie? Wir werden ihm das nicht beweisen können."

„Ich weiß."

Christine Bernard knabberte an ihrer Unterlippe. Hartmut Schröder sagte etwas. Undeutlich raunte seine Stimme aus den Lautsprechern. Keiner hatte ihn verstanden. Er sprach zu leise. Kommissarin Bernard kehrte in den Vernehmungsraum zurück.

„Ohne meine Frau und meine Kinder macht mein Leben keinen Sinn mehr. Sie sind weg. Sie kommen nicht wieder. Deswegen habe ich versucht, mich aufzuhängen. Aber der Knoten war irgendwie falsch. Ich hing mit dem Hals in der Schlinge, bekam aber weiterhin Luft. Ich hätte tagelang so hängen bleiben können."

„Warum haben Sie sich nicht vergiftet? Sie wussten doch, wie schnell das Zeug wirkt."

„Sie haben es doch gespürt, was das Zeug mit einem macht."

„Und davor hatten Sie Angst. Angst vor den Schmerzen, den Krämpfen. Angst vor einem langsamen, quälenden Tod."

„Ja."

Hartmut Schröder saß mit gesenktem Kopf auf seinem Stuhl. Die Hände wieder unter seine Oberschenkel geschoben. Wortlos stand Kommissarin Bernard auf, öffnete die Tür und gab dem Vollzugsbeamten mit einer stummen Geste zu verstehen, dass er Hartmut Schröder in den Speisesaal führen sollte.

Polizeimeisterin Rieger und Hauptkommissar Kluge traten auf den Flur hinaus.

„Mittagessen?"

Torsten Kluge suchte Blickkontakt. Christine Bernard nickte.

„Heute mal vietnamesisch?"

Sein Blick wechselte von Christine Bernard zu Tanja Rieger. Die antwortete: „Gerne." Christine nickte wieder nur.

In der Nähe des Hauptbahnhofs ließen sie sich Erdnusshühnchen mit Reis servieren. Die Mittagssonne schien durch die hohen Fenster in das Restaurant hinein. Schwer hing der Geruch nach frittiertem Fleisch und Gemüse in der Luft. Fast alle Tische waren besetzt. Eine Serviererin kassierte am Nachbartisch.

Tanja Rieger schob ihren leeren Teller von sich und erhob ihre Stimme gegen das allgemeine Raunen im Gastraum.

„Ich schließe mich der Einschätzung von Christine an. Der Schröder weiß, dass seine Familie nicht zurückkehrt. Das hat er vorhin klar und deutlich gesagt. Und er weiß genau, wie das Gift wirkt. Die Katze wird es ihm wohl nicht erzählt haben. Für mich geht es nur noch darum, herauszufinden, wo er seine Frau und seine Töchter gelassen hat."

Torsten Kluge nickte mehrmals leicht und trank einen Schluck Mineralwasser.

„Wir haben das Grundstück abgesucht, aber nichts gefunden. Die Fahndung nach Andrea Schröder und ihren Kindern hat nichts ergeben. Wir brauchen ein Geständnis von Hartmut Schröder oder Glück. Vielleicht findet jemand die Leichen und informiert die Polizei."

Während er die letzten Worte sprach, schaute er seine junge Kollegin an und stellte plötzlich fest, wie wenig er über diese attraktive Kommissarin wusste. Seit ihrem Dienstantritt im K1 hatte er ihr kaum eine private Frage gestellt. Mehr als das Wenige, was in ihrer Personalakte stand, wusste er nicht über sie. Torsten Kluge nahm sich vor, das zu ändern.

Christine Bernard nahm die Veränderung in Torsten Kluges Blick wahr, konnte sie aber nicht deuten. Während ihr

Kollege sprach, war sie in ihren Gedanken weit weg bei Torben Heintz, diesem ungeschickten Heimwerker, der ziemlich lädiert noch im UKS Homburg lag. Die Erinnerung an sein unglaubliches Missgeschick ließ Christine Bernard lächeln. Tanja Rieger sah es, Torsten Kluge nicht.

Eine Serviererin räumte die leeren Teller ab. Hauptkommissar Kluge bestellte für sich und seine Kolleginnen Kaffee.

„Für mich bitte nicht." Christine Bernard lehnte dankend ab und blieb bei Mineralwasser.

„Was ist das eigentlich für ein gelber Sand an dem Spaten? Ich meine, wo kommt der her?"

Torsten Kluge zuckte mit den Schultern und schaute Tanja Rieger erwartungsvoll an.

„Günther sagt Bausand. Gewaschen. Zum Auffüllen, Verputzen, Vermischen oder was weiß ich. Feinkörnig. Gut haftend."

Die Serviererin brachte zwei Tassen Kaffee. Tanja Rieger sprach weiter: „Also kein Sand, der in dieser Form in der Natur vorkommt. Auf dem Grundstück vom Schröder hat die Spurensicherung auch nichts davon gefunden."

Nachdenklich rührte Tanja Rieger in ihrem Kaffee. Dann hob sie die Tasse an ihre Lippen. Aber sie trank nicht sondern stellte sie wieder zurück auf den Unterteller.

„Habt ihr auf dem Grundstück irgendwo verlegte Gehwegplatten gesehen oder ist euch eine kleine Baustelle, frischer Putz oder Ähnliches aufgefallen?"

Christine und Torsten Kluge schüttelten ihre Köpfe.

„Dann weiß der Teufel, wo der Sand herkommt. Da in dem untersuchten Fahrzeug nichts von diesem Sand gefunden wurde, muss er in der Umgebung zu finden sein. Oder gab es andere Fahrzeuge auf dem Hof?"

Kommissarin Bernard dachte kurz nach.

„Nein. Ich habe nur schrottreife Traktoren und Landmaschinen gesehen. Halb zugewuchert. Sicher nicht mehr fahrbereit."

Torsten Kluge trank einen Schluck Kaffee und räusperte sich: „Laut Kraftfahrtbundesamt ist auch kein weiteres Fahrzeug auf Hartmut Schröder oder ein anderes Familienmitglied zugelassen. Nur dieser alte Kombi."

Tanja Rieger trank einen Schluck Kaffee. Hauptkommissar Kluge rief die Serviererin herbei und bezahlte.

Während Hartmut Schröder aus seiner Zelle geholt wurde und wenig später den Vernehmungsraum betrat, wartete Christine Bernard eine Etage tiefer darauf, dass der Kaffeeautomat den Becher füllte. Vorsichtig balancierte sie die heiße Flüssigkeit die Treppe hinauf über den Gang in den Vernehmungsraum. Dort war sie froh, den glühenden Becher, nicht ohne ein wenig verschüttet zu haben, endlich vor Hartmut Schröder abstellen zu können. Sie wäre sicher eine miserable Kellnerin, tadelte sie sich selbst. Ihre nassen Finger schob sie in ihre Hosentasche und rieb sie dort am Stoff trocken.

Hartmut Schröder zog den Becher näher zu sich heran und wischte mit dem Ärmel seines Sweatshirts die Tischplatte trocken.

„Danke."

Christine Bernard nickte.

„Woher stammt der gelbe Sand, den wir an Ihren Schuhen, am Spaten und an den Füßen Ihres toten Hundes gefunden haben?"

Hartmut Schröder zuckte mit den Schultern, griff nach seinem Kaffeebecher und pustete hinein. Desinteresse signalisierend trank er den ersten Schluck.

Tanja Rieger und Torsten Kluge betraten den Nebenraum und sahen die Ermittlungsakte von Hartmut Schröder auf dem Tisch liegen. Christine hatte sie sicher dort vergessen, weil sie für diesen Schröder einen Kaffee holen war. Tanja Rieger beschrieb einen kleinen Haftnotizzettel, klebte ihn auf den Deckel der Dokumentenmappe und brachte beides in den Vernehmungsraum. Wortlos übergab sie die Akte an Christine Bernard und verließ den Raum wieder.

Kommissarin Bernard lehnte sich auf ihrem Stuhl zurück, legte ein Bein über das andere und darauf die Akte. Dann las sie Tanja Riegers Notiz.

Lorscheider kommt gleich.

Walter Lorscheider im Nebenraum sitzen zu wissen, machte Christine Bernard wenig aus. Sie wusste mittlerweile, wenn jemand aus dem verschlossenen und verstockten Schröder etwas herausbekam, dann sie. Außerdem stand sie in Staatsanwalt Lorscheiders Gunst. Ihr Rücken war also frei. Kommissarin Bernard öffnete die Ermittlungsakte und ließ die beiden Gummibänder auf den Karton schnappen. Das Geräusch war lauter, als sie beabsichtigt hatte, und es ließ Hartmut Schröder zusammenzucken. Dann entnahm sie der

Akte das Foto von Hartmut Schröders Familie, schob es ihm wortlos hinüber und legte die Dokumentenmappe beiseite.

„Reden wir über Ihre Familie."

Hartmut Schröder umfasste mit beiden Händen den Kaffeebecher und schaute auf das Foto. Dann bemerkte Christine Bernard Hartmut Schröders gerötete Augen. Überrascht und irritiert wartete sie auf eine Reaktion von ihm. Doch nichts geschah. Hartmut Schröder kniff mehrmals die Augen zusammen, zog sich einen Ärmel seines Sweatshirts herunter und wischte sich damit die Tränen aus dem Gesicht. Geduldig wartete Christine Bernard und wusste, irgendetwas in Hartmut Schröder war soeben aufgebrochen. Sie durfte jetzt keinen Fehler machen, nichts Falsches sagen oder tun. Deswegen blieb sie still sitzen und sprach nicht. Sie wartete weiter, bis Hartmut Schröder bereit war. Bereit, für was immer dann noch folgen sollte.

„Ich konnte nicht mehr für sie sorgen, nicht mehr beschützen, nur noch erlösen."

Kommissarin Bernard wagte es nicht, etwas zu sagen. Sie wagte nicht einmal, sich zu bewegen. Hartmut Schröder setzte offenbar endlich zu einem Geständnis an. Und er sprach weiter.

„Andrea war eine wunderbare Frau. Wir hatten es weiß Gott nicht leicht. Aber wir hielten zusammen. Wir dachten immer, in einem Dorf rücken die Menschen zusammen, sind nicht so gleichgültig wie in der Stadt. Aber es war ganz anders. Ständig gab es Streit mit den Dorfbewohnern. Dann haben wir uns auf unseren Hof zurückgezogen. Irgendwann gingen wir nur noch ins Dorf, um die nötigsten

Besorgungen zu machen. Mehr als zwanzig Jahre lebten wir gemeinsam dort und hatten doch keine Freunde. Nicht einmal friedliche Nachbarn. Bis auf die Alte, die neben uns ihr Grundstück hat. Aber solange ihr Mann noch lebte, hatten wir auch mit der ständig Theater. Nachdem der gestorben war, traute sie sich allein wohl nicht mehr uns Scherereien zu machen."

Kommissarin Bernard ergriff behutsam wieder die Initiative und begann, das Verhör auf die wichtigste Frage hinzusteuern. Wo waren Andrea Schröder und die sechs Mädchen?

„Worum ging es in den Auseinandersetzungen mit den anderen Dorfbewohnern?"

„Sie mischten sich ständig in unsere Angelegenheiten ein. Sie maulten herum, weil meine Frau ein wenig Gemeindeobst von den Bäumen gepflückt hatte oder sie störten sich an dem Rauch aus unserem Kamin und warfen uns vor, zu feuchtes Holz zu verbrennen. Ein anders Mal hatte unser Hund angeblich auf eine Wiese gekackt oder Andreas Katze hatte Löcher in fremde Beete gegraben. Die Liste der Vorwürfe ist schier unendlich. Dabei waren wir doch selbst Landwirte und wussten, dass Haustierkacke auf Weiden, besonders von Hunden, Parasiten enthalten kann, der bei Kühen zu Fehlgeburten führt. Außerdem kann es durch Haustierkot auch zu einer Verunreinigung der Milch kommen."

„Ist das so?"

„Ja."

„Das wusste ich nicht. Interessant. Reden Sie weiter."

„Unser Rocco hat das Hofgrundstück nie verlassen. In unseren Stall durfte er auch nicht. Wir hatten doch selbst Milchvieh und kannten das Risiko.

Als dann das Gerücht umging, ich hätte meine Kinder sexuell missbraucht, habe ich einigen von diesen Schwätzern eins auf die Schnauze gehauen. Von da an wurde in jeder Hexennacht unser Auto beschädigt oder irgendetwas anderes verschleppt oder kaputtgemacht. Unsere Mülltonne habe ich nach tagelanger Sucherei zwei Kilometer weit von unserem Haus entfernt am Waldrand gefunden. Scheißbrauch."

In dieser Hinsicht musste Christine ihm recht geben. Sie hatte ebenfalls wenig Verständnis für die Unsitte in den Dörfern des Hunsrücks, in der sogenannten Hexennacht vom 30. April auf den 1. Mai betrunken durch die Gemeinden zu ziehen und Gartenmöbel, Mülltonnen oder sonstigen Hausrat von fremden Grundstücken zu entwenden und ihn irgendwo abzulegen.

Für die Kollegen von der Streife waren es besonders arbeitsreiche Nächte, weil betrunkene Jugendliche das Brauchtum ausnutzten, um randalierend, nicht selten marodierend, durch die Orte zu ziehen und am Ende wegen Sachbeschädigung, Ruhestörung, Körperverletzung, sexueller Nötigung oder Ähnlichem festgenommen wurden oder zumindest eine Nacht zur Ausnüchterung auf dem Revier verbrachten. Verkehrsgefährdungen wegen abgestellten Parkbänken auf Straßenkreuzungen oder Mülltonnen auf Bundesstraßen waren in diesen Nächten noch die geringsten Vergehen.

„Warum sind Sie nicht weggezogen?"

„Wohin denn? Glauben Sie, dass es in anderen Dörfern besser ist? Unser Lebensmodell war gescheitert. Es liegt nicht an diesem oder jenem Ort. Diese ganze Gesellschaft ist doch krank. Wer den Konsumterror nicht mitmacht oder nicht mitmachen kann, wird ausgegrenzt. Als Erkennungszeichen für Gleichgesinnte dienen die bekannten Marken und Statussymbole. 3er BMW, Handy und immer die teuersten Klamotten. Besonders Kinder werden durch die Medien, allgemeinen Gruppenzwang, durch Werbung und was weiß ich dahingehend trainiert. Wer den anderen nicht folgt und kritiklos konsumiert, ist keiner von uns. Wenn man die Menschen darauf anspricht, ziehen sie sich beinahe angeekelt zurück und meiden einen. Im günstigsten Fall bleiben sie fortan unter sich und man wird ignoriert. So viel Glück hatten wir leider nicht. Wir wurden schikaniert. Sie hören ja wenigstens noch zu. Auch wenn ich mir denken kann, dass Sie nicht meiner Meinung sind."

Kommissarin Bernard spürte die Erleichterung, die Hartmut Schröder erfasste. Wer weiß, wie lange er schon mit niemandem über seine Probleme und die Sorgen seiner Familie hatte reden können.

„Sie sagen, Sie wurden schikaniert. Wie sahen diese Schikanen aus? Nennen Sie mir ein Beispiel."

Hartmut Schröder überlegte offensichtlich und trank einen Schluck Kaffee. „Immer wenn die Kinder in der Schule mal Läuse hatten, waren es natürlich unsere Kinder, die sie eingeschleppt hatten."

„Gab es dafür Beweise?"

„Selbstverständlich nicht. Aber das Gegenteil konnten wir natürlich auch nicht beweisen. Unsere Mädchen hatten es in der Schule besonders schwer und wurden für ihre schlechten Leistungen noch gehänselt. Die verantwortlichen Lehrer hatten unsere Mädchen längst aufgegeben. ‚Aus denen wird nichts', mussten wir uns auf dem Elternabend anhören. Wir gingen nie wieder hin. Post von der Schule habe ich ungeöffnet weggeworfen.

Die Eltern der Klassenkameradinnen von Lara und Sandra verboten ihren Kindern, die beiden bei uns zu besuchen. Angeblich aus Angst vor Läusen, Krätze oder anderen Krankheiten."

Christine Bernard erinnerte sich an den katastrophalen Zustand des Anwesens von Hartmut Schröder, verbot es sich aber, eine Bemerkung darüber zu machen. Sie selbst hätte sicher auch größte Bedenken gehabt, ihre Kinder dorthin gehen zu lassen. Aber hier und jetzt wollte sie nicht bewerten, sondern nur zuhören. Lauern. Versuchen, Hartmut Schröder einen Hinweis auf den Aufenthaltsort seiner Familie zu entlocken.

„Claudia, Julia und Lisa haben keine Ausbildung. Warum nicht?"

„Mit Claudia und Julia haben wir es ja versucht. Aber die Ungerechtigkeiten und Benachteiligungen und Hänseleien setzten sich in den Ausbildungsbetrieben weiter fort. Meine Kinder wurden gemobbt. So heißt das doch heute. Irgendwann habe ich sie nicht mehr hingefahren. Ich musste sie doch beschützen. So etwas hält doch keiner aus."

„Was haben die den ganzen Tag zu Hause gemacht?"

„Wir waren beinahe Selbstversorger. Da gab es immer etwas zu tun. Obst und Gemüse ernten und einkochen, die Hühner und die Kaninchen füttern, Kartoffeln ausgraben und einkellern."

„Trotz dieser Bemühungen Ihrer ganzen Familie waren Sie auf Sozialhilfe angewiesen?"

„Ja. Haben Sie schon einmal Sozialhilfe beantragt?"

Kommissarin Bernard schüttelte verhalten ihren Kopf. Hartmut Schröder nahm die leichte Bewegung wahr und sprach weiter.

„Dachte ich mir. Jemandem wie Ihnen passiert so etwas nicht, glauben Sie. Sie fühlen sich sicher. Aber Sie täuschen sich. In der Gesellschaft, in der wir leben, braucht nur eine Kleinigkeit schief zu gehen und Sie landen auf dem Sozialamt. Und was Sie dann dort erleben, werden Sie kaum für möglich halten. Egal, wie lange Sie gearbeitet haben, nach spätestens zwei Jahren wirft man Ihnen ein paar Euro Sozialhilfe hin und Sie müssen zusehen, wie Sie damit zurechtkommen. Haben Sie schon einmal ein Schreiben von denen gelesen?"

„Vom Sozialamt? Nein."

„Drohungen und Unterstellungen. Keinerlei Rücksicht auf unsere persönlichen Lebensbedingungen."

Gerne hätte Christine Bernard versucht, Hartmut Schröder davon zu überzeugen, dass Bewilligungen von Mitteln aus den Sozialkassen eben auch einer Kontrolle unterliegen und einer Rechtfertigung bedürfen. Nur weil er glaubte, er und seine Familie würden immer und überall gemobbt, konnte er nicht einfach zu Hause bleiben und sich auf seinen Hof zurückziehen. Den Inhalt der Schreiben vom

Sozialamt konnte Kommissarin Bernard sich denken. Darin würde man Hartmut Schröder und alle arbeitsfähigen Familienmitglieder aufgefordert haben, sich darum zu bemühen, für den eigenen Lebensunterhalt selbst aufzukommen. Und dazu gehört natürlich eine Ausbildung. Aber Christine Bernard arbeitete nicht bei den Sozialbehörden, sondern bei der Kriminalpolizei. Und sie konnte es kaum erwarten, von Hartmut Schröder zu erfahren, wo sich seine Frau und seine Kinder befanden. Also ließ sie Hartmut Schröder weiterreden.

„Die haben uns das Geld gekürzt. Unsere finanzielle Lage wurde immer bedrohlicher. Tagelang haben wir nur Nudeln und gehackte Kräuter aus dem Garten oder gesammelte Pilze aus dem Wald gegessen. Dann ging uns das Geld für Saatgut aus. Im Jahr darauf konnten wir kaum etwas ernten."

„Haben Sie nicht versucht Arbeit zu bekommen?"

„Doch, natürlich. Meine Frau auch. Aber dort wo wir wohnen, gibt es praktisch keinen funktionierenden öffentlichen Nahverkehr. Schulbusse gibt es, aber wenn die in den Schulferien nicht fahren, kommt man höchstens früh morgens weg und dann erst abends wieder zurück. Wir hatten nur ein Auto. Also musste einer zu Hause bleiben. Meine Frau hat versucht, eine Putzstelle zu bekommen. Aber mit uns ‚Asozialen' wollte keiner zu tun haben. Einmal habe ich für einen Paketdienst gearbeitet. Zwölf Stunden am Tag, wenn es gut lief. Am Monatsende bekam ich neunhundert Euro überwiesen. Wer soll denn davon leben? Und dann ziehen sie einem noch jedes angeblich auf der Tour verloren gegangene Paket vom Lohn ab. Sauerei, so was. Ich konnte überhaupt nicht kontrollieren, ob das stimmt. Früh morgens um vier Uhr dreißig musste ich meinen Kleintransporter mit Paketen beladen und am Abend, nicht selten bis zwanzig Uhr dreißig, oft noch länger, vor der Rampe auf das Entladen meines Fahrzeugs warten. Scheiß Job. Zeitarbeit war auch nicht besser. Moderner Sklavenhandel, wenn Sie mich fragen. Die reinste Ausbeutung. Der Chef der Firma fuhr dicke Mercedes' von dem Geld, welches seine Leute weniger bekamen. Dem hätte ich am liebsten den Schädel eingeschlagen. Claudia sollte einen Job als Kellnerin in einer Kneipe annehmen. Hat sie auch gemacht. Nach ein paar Tagen fasste ihr der Chef unter den Rock. Noch am selben Abend habe ich ihn rausgeklingelt und ihm den Laden mal ein bisschen aufgeräumt. Dieses Schwein hat mich tatsächlich angezeigt. Nach ein paar Tagen hat er die Anzeige zurückgezogen."

„Freiwillig?", unterbrach Christine Bernard Hartmut Schröders Redeschwall.

„Natürlich nicht. Dieser Sau habe ich es richtig gezeigt."

Hartmut Schröder hatte sich in Rage geredet. Mit hochrotem Kopf und erhobener Faust saß er da. Bei jedem Wort spuckte er kleine Speicheltröpfchen auf die Tischplatte.

„Ich wollte meine Familie vor dieser beschissenen Welt da draußen schützen. Ihnen das Leid ersparen, das ich auf uns zukommen sah. Ein Leben in Armut, am Rand dieser verfallenen Gesellschaft. Wenn wir im Ort eingekauft haben, glotzen uns alle an und tuschelten hinter unserem Rücken über uns. Meine Frau hatte einen Ausschlag und ist zum

Arzt ins Dorf gegangen. Er wollte ihr nichts verschreiben, aber das Medikament, das er ihr empfahl, konnten wir uns nicht leisten. Wissen Sie, was dieser Quacksalber zu meiner Frau gesagt hat?"

Kommissarin Bernard blickte Schröder fragend an.

„Sie sollte sich öfter waschen, das täte auch ihren Kindern gut. Daraufhin habe ich bei der Kassenärztlichen Vereinigung angerufen und mich beschwert. Aber eine Krähe hackt der anderen nun mal kein Auge aus."

Jetzt sah Christine Bernard eine Möglichkeit, Hartmut Schröders Rede in eine neue Richtung zu lenken.

„Und deshalb haben Sie begonnen, Pflanzen und Kräuter selbst zu Medikamenten zu verarbeiten."

„Genau. Andrea hat eine Sendung im Fernsehen gesehen und sich ein Buch aus der Leihbücherei beschafft."

„Hat das gut geklappt, mit den eigenen Heilmitteln?"

„Besser jedenfalls, als den Mist zu kaufen, den uns dieser Doktor Unverschämt empfohlen hat."

„Wann haben Sie den Blauen Eisenhut angepflanzt?"

„Vor zwei Jahren. Marita liebte die blauen Blüten so sehr. Aber dann hat sie sich daran vergiftet. Nicht schwer, sie wurde wieder gesund. Wir wussten nicht, dass das Gift dieser Pflanze auch durch die Haut in den Körper eindringen konnte."

„Wie lange war Marita krank?"

„Vier Tage. Ich habe ihr jeden Tag vorgelesen. Die Geschichte von Siebenschön gefiel ihr besonders gut. Kennen Sie sie?"

„Nein."

Staatsanwalt Walter Lorscheider betrat den Nebenraum und stellte sich hinter Torsten Kluge, der ohne aufzuschauen dasaß und weiter auf den Bildschirm starrte.

„Na, wie sieht es aus? Was haben wir? Wie kommt sie voran?"

Hauptkommissar Kluge reckte sich, drückte seinen Rücken durch und legte beide Hände an seinen Hinterkopf.

„Das sieht gut aus. Er labert wie ein Taschenbuch. Dieser Schröder genießt ihre Aufmerksamkeit. Das muss sie weiter nutzen. Sobald sie Desinteresse zeigt, bietet er ihr wieder etwas an, um wieder ihre Aufmerksamkeit zu erlangen. Christine wird das schaffen, da bin ich mir sicher. Bald erfolgt der Durchbruch."

Zufrieden stellte Walter Lorscheider fest, dass sich sein Ermittlerteam offenbar näher gekommen war. Das vertraute Du mit dem Torsten Kluge seine junge Kollegin bei ihrem Vornamen genannt hatte, war ihm nicht entgangen. Staatsanwalt Lorscheider legte großen Wert auf Harmonie im Ermittlerteam. Er wusste, dass dies immer positive Auswirkungen auf die Aufklärungsquote hatte, weil Menschen in einer angenehmen Arbeitsumgebung nun mal aufmerksamer und gewissenhafter arbeiteten.

„Wenn sie da drinnen fertig ist, schicken Sie sie mir ins Büro."

„Ich sag ihr Bescheid."

Torsten Kluge ahnte bereits, was seine junge Kommissarin im Büro des Staatsanwalts erwartete. Der alte Lorscheider hatte einen Narren an ihr gefressen. Warum auch immer. Walter Lorscheider würde sie für ihre wertvolle Ermittlungsarbeit loben, ihr beinahes Ableben noch einmal bedauern und ihr eine Beförderung in Aussicht stellen. So in etwa.

Torsten Kluge kannte das schon. Bisher war er Lorscheiders bestes Pferd im Stall. Doch es sah danach aus, als würde sich das gerade ändern. Christine Bernard hatte wie er selbst eine weiche, ja beinahe sanfte Vernehmungsmethode. Gemeinsam könnten sie sehr erfolgreich sein. Angst, dass sie ihn von seiner Position im K1 verdrängen könnte, hatte er keine. Dafür fehlte es der jungen Kollegin noch an Erfahrung. Aber sie war sicher ein heißer Anwärter auf die Beförderung zur Oberkommissarin.

Natürlich kannte Christine Bernard Ludwig Bechsteins Märchen von Siebenschön. Bechstein war ein bekannter deutscher Schriftsteller. Er lebte Mitte des neunzehnten Jahrhunderts und arbeitete unter anderem auch als Apotheker.

Christine Bernard konnte sich nicht vorstellen, dass Hartmut Schröder, dieser Mann dort auf dem Stuhl vor ihr, als liebender Vater am Bett seiner kranken Tochter saß und ihr Märchen vorlas.

Aber so lange Hartmut Schröder redete, gab er Informationen über sich und seine Familie preis. Und darauf kam es der jungen Kommissarin an. Langsam schlich sie sich an die alles entscheidende Antwort auf die Frage heran, die Hartmut Schröder bisher nicht wahrheitsgemäß beantwortet hatte. Hartmut Schröders Stimme lenkte Christine Bernards Aufmerksamkeit wieder auf den ungepflegten Mann ihr gegenüber.

„Siebenschön war die einzige Tochter armer Leute. Ein Prinz verliebte sich in sie, aber sein Vater, der König, wollte seinen Sohn mit einer anderen Frau verheiraten. Einer Reichen. Sie wissen schon, dieses reiche Pack bleibt gerne unter sich."

Kommissarin Bernard nickte. Nicht zustimmend, eher auffordernd. Hartmut Schröder sprach weiter.

„Siebenschön und der Prinz trafen sich also heimlich. Als sein Alter davon erfuhr, ließ er Siebenschöns Elternhaus niederbrennen. Nur Siebenschön entkam und versteckte sich in einem Brunnen. Um ihrem Prinzen nahe zu sein, verkleidete sie sich als Kerl und bot sich dem König als Diener an. Der Prinz glaubte, Siebenschön wäre tot und beugte sich dem Willen seines fiesen Alten. Erst auf der Hochzeitsfeier gab Siebenschön sich dem Prinzen zu erkennen. Naja, und dann hat der seinen Alten bequatscht und die beiden haben doch noch geheiratet. Happy End und so, Sie wissen schon."

Hartmut Schröder schloss seine Erzählung und schluckte mehrmals trocken. Er wirkte auf Christine Bernard aufgewühlt. War er jetzt bereit, die Wahrheit zu sagen? Sie wagte einen Vorstoß.

„Wo befinden sich Ihre Frau und Ihre Töchter?"

„In der alten Sickergrube."

Mit allem hatte Kommissarin Bernard gerechnet, aber nicht damit, dass Hartmut Schröder ihr ohne weitere Gegenwehr nun den Ort nannte, an den er seine Frau und seine Kinder verbracht hatte.

„Sind sie tot?"

Hartmut Schröder nickte.

„Ja", krächzte er leise.

„Vergiftet mit Blauem Eisenhut?"

Wieder nickte Hartmut Schröder, sagte aber nichts mehr.

Christine Bernard lief ein Schauer über den Rücken. Der Fall war gelöst. Hartmut Schröder, der Mörder seiner Familie, hatte soeben ein Geständnis abgelegt.

In Kommissarin Bernard tobten Freude und endlose Traurigkeit. Heftig schüttelten sie diese Gefühle innerlich durch, die unterschiedlicher nicht sein konnten. Sie freute sich, endlich zu wissen, wo Andrea Schröder und deren Töchter zu finden waren. Doch sie waren tot und hatten diese Welt längst verlassen. Schon seit dem Tag, als Kommissarin Bernard und Hauptkommissar Kluge das erste Mal an Hartmut Schröders Tür klopften, bestand keinerlei Aussicht auf Rettung mehr für diese sieben Menschen.

Langsam schob Christine ihre Hand über die Tischplatte und zog das Familienfoto zu sich heran. Ohne einen Blick darauf zu werfen, steckte sie es in die Ermittlungsakte zurück und schloss den Deckel. Mühsam versuchte sie, sich auf die künftigen Schritte ihrer Arbeit zu konzentrieren und formulierte in Gedanken ihre nächste Frage. Dann räusperte sie sich und fragte Hartmut Schröder mit belegter aber fester Stimme.

„Wo befindet sich diese Grube?“

„In dem schmalen Streifen Grundstück zwischen dem Stall und der Straße.“

Die Tür zum Vernehmungsraum wurde geöffnet. Torsten Kluge erschien im Türrahmen und gab Kommissarin Bernard mit stummen Gesten zu verstehen, dass er Hartmut Schröders Angaben sofort überprüfen werde. Ohne den Hauptkommissar sehen zu können, ahnte Hartmut

Schröder natürlich, was diese kurze Unterbrechung bedeutete.

„Kann ich was zu rauchen haben?"

Christine Bernard sah Hartmut Schröder an und überlegte. Sie hatte, was sie wollte. Sein Geständnis. Aber ihr Instinkt warnte sie. Es war noch nicht vorbei. Noch war sie auf die Kooperation von Hartmut Schröder angewiesen. Erst wenn die Leichen von Andrea Schröder und ihren Kindern aus der Sickergrube geborgen waren, war es vorbei.

„Ich rauche nicht. Aber ich frage den Beamten vor der Tür."

Hartmut Schröder lachte abfällig. „Das, was ich will, wird der hier drinnen nicht mit sich herumtragen."

Jetzt verstand Kommissarin Bernard.

„Einen Joint kann ich Ihnen nicht besorgen. Das ist illegal."

„Und mir ist das scheißegal."

„Hier im Knast können Sie sich Ihr Gras doch sicher schneller beschaffen als ich draußen."

Hartmut Schröder wusste, dass Christine Bernard damit recht hatte und beließ es dabei.

„Nachdem Ihr Versuch sich aufzuhängen gescheitert war, wie sollte es weitergehen? Wollten Sie sich dann doch vergiften?"

Hartmut Schröder nickte.

„Warum haben Sie es nicht getan?"

„Weil ich eines Abends eine bessere Idee hatte. Ich wollte der lebende Stachel im Fleisch all dieser Arschlöcher sein. Denn sie sind schuld daran, dass ich keine andere Möglichkeit hatte, als Andrea und die Kinder zu erlösen. Denen hätte ich das Leben genauso zur Hölle gemacht, wie die mir."

Erneut hob Hartmut Schröder drohend seine Faust.

„Wer ist schuld? Ihre Nachbarn? Der Rest der Welt? Und gegen die alle wollten Sie von nun an Ihren privaten Feldzug führen?"

Wieder nickte Hartmut Schröder.

„Machen Sie es sich da nicht ein wenig zu einfach?"

„Denk' ich mir, dass Sie das anders sehen."

„Glauben Sie nicht, das Leben wäre für Andrea und die Kinder leichter zu ertragen gewesen, als die Qualen, die Sie ihnen durch die Vergiftung zugefügt haben?"

„Nein, Sie hätten sie sehen sollen, wie sie am Ende in ihren Betten lagen. Als ob sie schlafen. Und so friedlich, in ihrer Gewissheit, alles hinter sich zu haben."

„Wie haben Sie das Gift verabreicht?"

„Ich habe ein Chili gekocht. Es gab eingekochte Früchte als Nachtisch dazu."

Jetzt war Kommissarin Bernard klar, wieso Andrea Schröder und den Kindern der scharf brennende Geschmack des Giftes offenbar nicht rechtzeitig aufgefallen war. Möglicherweise hatten sie diesen zwar bemerkt, aber das scheinbar überwürzte Essen den mangelhaften Kochkünsten Hartmut Schröders zugeschrieben.

„Vermissen Sie Ihre Frau und Ihre Kinder nicht? Haben Sie keinerlei Schuldgefühle?"

„Wieso denn? Sie sind jetzt an einem besseren Ort. Ich habe sie von dieser beschissenen Welt hier befreit."

Hartmut Schröder machte eine ausladende Geste und beschrieb mit einer Hand einen Halbkreis in der Luft.

Christine Bernard war es müde, Hartmut Schröders Ausführungen weiter zu folgen und sie war ungeduldig und neugierig und fürchtete sich doch gleichzeitig vor dem Ergebnis der Ausgrabung der Sickergrube auf Hartmut Schröders Grundstück.

„Wir machen Schluss für heute und reden morgen weiter."

„Meinetwegen. Ich habe heute nichts mehr vor."

Hartmut Schröder grinste, schob seine Hände in die Hosentaschen und lehnte sich auf seinem Stuhl zurück. Christine Bernard griff nach der Ermittlungsakte, stand auf und ging hinaus.

Tanja Rieger saß vor dem Bildschirm und spielte mit einem Kugelschreiber zwischen ihren Fingern. Sie sah zu, wie Hartmut Schröder von einem Vollzugsbeamten aus dem Vernehmungsraum geführt wurde.

„Kaum zu fassen, was der so von sich gibt."

Christine Bernard legte die Ermittlungsakte auf dem Tisch ab und bestätigte Tanja Riegers Feststellung mit einem kurzen Nicken.

„Ich brauche einen Kaffee. Willst du auch einen?"

„Ja, gerne."

„Hat Torsten sich schon von Schröders Grundstück gemeldet?"

„Nein. Aber Jörg fährt gleich zu ihm. Soll ich Jörg anrufen und ihm sagen, dass er dich mitnehmen soll?"

„Ja, mach das bitte.“

Tanja Rieger telefonierte, Christine Bernard beschaffte zwei Becher Kaffee.

Der Bildschirm zeigte einen leeren Vernehmungsraum. Tanja Rieger und Kommissarin Bernard schenkten dem Gerät keine Beachtung mehr. Mit ihren Kaffeebechern in den Händen saßen sie davor, pusteten in die Becher und schlürften tropfenweise den heißen Kaffee heraus. Sie warteten auf Jörg Rottmann, der Tanja Rieger ins K1 zurückbringen und mit Christine Bernard anschließend nach Drohnscheid fahren sollte.

„Ich habe im Internet etwas über diesen Blauen Eisenhut nachgelesen. Ein echtes Mistkraut.“

Christine Bernard musste sogleich lachen.

„Mistkraut. Da sagst du was.“

„Einer griechischen Sage nach entstand die Pflanze aus dem Geifer des Höllenhundes Zerberus, nachdem er von Herakles aus der Unterwelt geholt wurde. Dort, wo der Köter hingesabbert hatte, wuchs das Zeug. Man nannte das Gift des Blauen Eisenhuts auch pflanzliches Arsen. Es wurde lange Zeit als Pfeilgift benutzt. Für Pierre de Ronsard, einen französischen Schriftsteller aus dem 16. Jahrhundert, war der Blaue Eisenhut sogar der Inbegriff des Bösen.“

Christine Bernard erinnerte sich nur ungern an die Höllenqualen, die sie selbst nach der Vergiftung in Hartmut Schröders Haus erlitten hatte. Sie hatte am eigenen Leib erfahren, was es bedeutete, vor dem Tor zur Hölle zu stehen. Doch sie wurde gerettet. Andrea Schröder, Claudia, Julia, Lisa, Lara, Sandra und die kleine Marita nicht.

Hartmut Schröder hatte seine Familie durch dieses Tor hindurch geschickt und glaubte offenbar, ihnen damit noch einen Gefallen getan zu haben. Doch dieser verdammte Idiot hatte mit seiner schrecklichen Tat das Tor zu seiner eigenen Hölle aufgestoßen und eine junge Kommissarin musste nun in seine Abgründe hinabschauen.

Hauptkommissar Jörg Rottmann riss die Tür auf und damit seine Kolleginnen aus ihren Gedanken.

„Können wir?"

Zustimmend tranken Tanja Rieger und Christine Bernard ihren letzten Schluck Kaffee, ließen die leeren Becher in einen großen Tretmülleimer fallen und folgten ihrem Kollegen zu seinem Dienstwagen.

Keine Stunde später betraten Christine Bernard und Jörg Rottmann Hartmut Schröders Grundstück.

„Und, wie sieht's aus?"

„Nix is'. Scheiße is'. Das Schwein hat uns angelogen."

Entgegen seiner sonst so ruhigen Art fluchte Torsten Kluge wild vor sich hin. Jörg Rottmann hatte eine solch heftige Antwort auf seine Frage nicht erwartet und schwieg einstweilen. Und Christine Bernard wiederum hatte nicht erwartet, dass Hartmut Schröder gelogen hatte. Was sollte das? Wieso gab er zu, seine Familie vergiftet zu haben, log aber, wenn es um den Ort ging, an den er sie gebracht hatte? Das alles ergab für die Kommissarin keinen Sinn.

Polizeihauptmeister Günther Hagemann winkte sie zu sich und unterbrach damit ihre Grübeleien.

„Hier ist gar nichts."

Christine Bernard schaute in die leere Sickergrube. Nichts. Ein Rechteck aus Beton gähnte sie an.

„Das gibt's doch nicht. Keine Leichen? Keine Kleidungsstücke oder Ähnliches? Irgendwas?"

Günther Hagemann schüttelte seinen Kopf.

„Tut mir leid."

„Und der gelbe Sand?"

„Auch nichts. Die Sickergrube wurde schon vor langer Zeit mit Dreck aufgefüllt. Wahrscheinlich hier auf dem Grundstück irgendwo abgetragen. Gelber Sand war nicht dabei."

Christine Bernard war alles auf einmal. Enttäuscht, verwirrt, fassungslos und wütend. Vor allem wütend. Ihr war richtig übel vor Wut auf Schröder.

„Tut mir leid, Leute."

Hilflos sah sie sich um und schaute in niedergeschlagene Gesichter. An Torsten Kluge blieb ihr Blick hängen. Er versuchte, seine Kollegin zu trösten.

„Du kannst ja nichts dafür."

Es half ihr nicht.

„Fährst du mich heim?"

Hauptkommissar Kluge deutete mit dem Autoschlüssel in der Hand auf seinen Dienstwagen. Christine Bernard stieg ein und schlug die Tür heftiger zu, als es notwendig gewesen wäre. Jörg Rottmann stieg ebenfalls in seinen Wagen, fuhr sofort los und brauste an ihnen vorbei. Mit einer Hand lenkend hob er zum Abschied grüßend seine freie Hand.

Die Wut in Christine Bernard wandelte sich zu einer unbändigen Lust auf Bewegung. Am liebsten wäre sie hier und jetzt sofort schreiend davongelaufen. Ihre Enttäuschung, die Verwirrung über Hartmut Schröders Motive zu diesem Bluff und ihre Fassungslosigkeit über seine perfide Absicht, ihre Ermittlungen und das Auffinden der sieben Leichen zu verzögern, ließen sich nicht so leicht vertreiben.

„Was für eine Scheiße."

Torsten Kluge setzte den BMW rückwärts von Hartmut Schröders Hof herunter auf die Straße.

„Es ist nicht deine Schuld", wiederholte er sich.

„Ich weiß. Aber es nervt mich. Ich war so nah dran."

„Nein. Das warst du nicht. Der Typ hat dich verarscht. Er hat uns alle verarscht. Selbst ich Depp trommele gleich alle Kollegen zusammen und jage sie hier raus. Trotzdem sind wir heute einen entscheidenden Schritt weitergekommen."

Christine Bernard löste ihren Blick von der Straße und schaute ihren Kollegen fragend an.

„Wir wissen, wo sie nicht sind."

„Wie tröstend."

Hauptkommissar Kluge überhörte den sarkastischen Unterton seiner Kollegin, bog auf die Bundesstraße ein und gab Gas. Keine halbe Stunde später verabschiedete sich Christine Bernard von ihm vor ihrer Wohnung und warf die Beifahrertür zu. Im Treppenhaus nahm sie drei Stufen auf einmal. Dann zog sie sich um und verließ das Haus wieder.

Gleichmäßig atmend lief sie in Richtung Moselufer. Diese rhythmische Schrittfolge und die sich wiederholenden Bewegungen ihres Körpers lockten ihre Gedanken in eine andere Richtung. Weg von Hartmut Schröder und seinem Haus. Weg von Andrea Schröder. Weg von Claudia, Julia und Lisa. Weg von Lara, Sandra und Marita. Für einen Moment.

Wie in Trance schaute sie auf ihre Füße und die wenigen Zentimeter darüber hinaus. Schritt für Schritt. Andere Jogger beachtete sie nicht. Es gab nur sie und ihren Weg. Christine Bernard lief, bis ihr schlecht wurde. Schwer atmend blieb sie stehen und beugte sich vor, um besser Luft zu bekommen. Ihre Bronchien schmerzten und drohten, sich zu verkrampfen. Erschöpft trat sie langsam den Rückweg an.

Kommissarin Bernard duschte, wickelte sich in ihren Bademantel und bestellte eine Pizza.

Die Muskeln ihrer Beine schmerzten. Dann kamen die Zweifel. Hatte sie einen Fehler gemacht? Hatte sie die Vernehmung versaut? Hätten Rottmann oder Kluge es besser gemacht?

Der Pizzabote unterbrach die Gedankenkreise, die sie um den Fall Schröder zog. Zu jung, aber ein süßer Kerl. So, wie dieser Torben aus dem Krankenhaus. Ob er bereits entlassen wurde?

Christine Bernard öffnete eine Flasche Rotwein. Sie trank zu hastig. Das erste Glas benebelte bereits ihre Sinne. Der schwere Wein entspannte sie und führte ihre Gedanken fort von Hartmut Schröder und seiner Familie. Der Genuss der würzigen Pizza vermischt mit der angenehmen Erinnerung an Torben Heintz taten ihr Übriges. Dann nahmen die Anstrengungen des Tages ihr das Bewusstsein. Mit der halben Pizza im Karton auf ihren Beinen schlief sie auf dem Sofa ein.

Ein böser Traum

Sie hatte in der Nacht stark geschwitzt und schlecht geträumt. Gewöhnlich konnte Christine Bernard sich an ihre Albträume am nächsten Morgen nicht mehr erinnern. Aber diesmal war es anders. Das wirre Geschehen wirkte so real. Tatsächlich Erlebtes und Furcht einflößende Bilder vermischten sich miteinander.

In ihrem Traum sah sie Hartmut Schröder im Vernehmungsraum. Er stand mit dem Rücken zu ihr dicht an der Wand. Immer wieder drehte er sich zu ihr herum und grinste dämonisch. Dabei konnte sie kurz sehen, dass er zwei große Gläser in seinen Händen hielt. Er mischte irgendwelche Flüssigkeiten miteinander und wollte offenbar nicht, dass sie ihm dabei zusah.

Vor Christine Bernard saß Andrea Schröder am Tisch. Hinter ihr standen ihre Töchter Claudia, Julia, Lisa, Lara, Sandra und Marita. Alle trugen schmutzige graue Totenhemden und hatten dort, wo ihre Augen sein sollten, nur leere schwarze Höhlen. Alle würgten sie feinen gelben Sand hervor und spuckten ihn auf den Boden vor sich. Marita hielt Christine Bernard ein aufgeschlagenes Buch entgegen. Das kleine Mädchen sagte etwas. Es war kaum zu verstehen. Von ihren blutleeren Lippen las Christine Bernard das Wort „vorlesen" ab.

In einer Ecke des Vernehmungsraums saß Frank und spielte weltvergessen auf seiner Gitarre. Mechanisch zupfte er an den Saiten und starrte auf seine eigenen Füße.

Christine Bernards Eltern standen neben ihr und redeten wild auf sie ein, aber sie verstand kein Wort. Es sah aus, als machten sie ihr wegen irgendetwas Vorwürfe. Verzweifelt, beschwörend. Ihre Gesichter wirkten überaus besorgt, ja, beinahe hysterisch. Nervös rieb der Vater unaufhörlich sein unrasiertes Kinn und suchte anscheinend nach weiteren Argumenten. Immer wieder forderte die Mutter ihren Mann auf, doch endlich irgendetwas zu unternehmen. Aber was? Das sagte sie nicht und er fragte nicht danach, sondern suchte weiter angestrengt nach einer imaginären Lösung.

Plötzlich drehte sich Hartmut Schröder mit den beiden Gläsern in seinen Händen herum und warf sie zu Boden. Ein Knall. Glas splitterte.

Die Flüssigkeit spritzte aus den geborstenen Gläsern heraus und verteilte sich langsam über den ganzen Boden. Alle im Raum standen mit ihren Füßen darin. Frank warf seine Gitarre fort und sprang auf. Dann schrie er irgendetwas und versuchte, die Flüssigkeit mit den Händen von seinen Schuhen und seiner Hose zu entfernen. Plötzlich ging das Licht im Vernehmungsraum aus. Augenblicklich war es still und stockfinster um Christine Bernard herum.

Jetzt lag sie mit geschlossenen Augen seit einer Viertelstunde wach. Viel früher als sonst am Morgen. Erst in zwei Stunden hätte ihr Radiowecker sie aus dem Schlaf gedudelt.

Kommissarin Bernards erster Gedanke galt Hartmut Schröder. Sie hasste es, wenn es Straftätern gelang, ungewollt in ihre Gedankenwelt vorzudringen. Aber vielleicht war er es gar nicht selbst, sondern seine Frau und seine

Töchter, die irgendwo tot unter der Erde lagen, bedeckt und umhüllt von gelbem Sand.

Ihr Nacken schmerzte. Irgendetwas lag auf ihren Beinen. Sie bewegte sich. Es fiel herunter und blieb vor dem Sofa auf dem Teppich liegen. Christine Bernard öffnete ihre Augen. Ein Pizzakarton. Sie konnte den von Fett durchweichten Boden oben liegen sehen. Sie richtete sich auf und griff nach dem Karton. Der Deckel öffnete sich und eine halbe Pizza fiel heraus. Natürlich mit dem Belag nach unten. So war es ja immer. Was schief gehen konnte, ging schief. Die junge Kommissarin stöhnte genervt, ließ den Karton auf den Rest Pizza fallen und ging unter die Dusche. Das warme Wasser spülte den eingetrockneten Schweiß von ihr ab und verscheuchte für einen Moment die Gedanken an Hartmut Schröder und seine ermordete Familie.

Eine Viertelstunde lang blieb sie unter dem Brausestrahl stehen. Dann trocknete sie sich ab, legte sich ihren Bademantel um und kochte Kaffee.

Gerne hätte sie den Rest der Pizza an diesem Morgen einfach auf dem Boden liegen gelassen. Aber ihr Ordnungssinn und die ihr anerzogene Disziplin setzten sich durch. Also raffte sie sich auf und säuberte den Teppich. Unnachgiebig. Bis von der Pizzasoße auf dem Gewebe nichts mehr zu sehen war.

Der heiße Kaffee tat ihr gut. Sie öffnete das Fenster in der Küche und genoss die kühle Morgenluft. Angelehnt an den großen Kühlschrank, den Kaffeebecher in beiden Händen, stand sie nur still da und schaute hinaus. Dann schlich sich wieder die Sorge um ihr eigenes Versagen in ihr Denken.

Sie fühlte sich plötzlich zu unerfahren, jetzt noch unfähig, einen so gerissenen Straftäter wie diesen Hartmut Schröder geschickt zu überführen. Was, wenn Andrea Schröder und ihre Kinder noch zu retten gewesen wären? Wertvolle Zeit hatte sie verplempert.

Ihre nassen Haare ließen sie frösteln und rissen sie aus ihren Selbstzweifeln. Sie stellte den leeren Kaffeebecher in die Spülmaschine, schloss das Fenster und föhnte ihre Haare trocken.

Zwei Dohlen marschierten über Hartmut Schröders Hof und flogen auf, als Kommissarin Bernard ihren weißen Renault Mégane darauf rollen ließ. So früh am Morgen waren sie es nicht gewohnt, dort gestört zu werden. Sie protestierten lautstark und ließen sich krächzend und klackernd auf dem Dachfirst nieder.

Mit beiden Händen in den Taschen ihrer Lederjacke streifte Christine Bernard über das Grundstück. Wonach genau sie Ausschau hielt, wusste sie nicht. Die Kollegen hatten das Gelände erfolglos abgesucht und weder einen Hinweis auf Andrea Schröder und ihre Töchter noch auf den geheimnisvollen gelben Sand gefunden. Aber irgendwo hier mussten sie sein.

Der gelbe Sand befand sich an den Füßen des Hundes, an dem Spaten und an Hartmut Schröders Schuhen. Nicht aber in seinem Auto. Also lag die Vermutung nahe, dass er die Leichen seiner Frau und seiner Kinder in der näheren Umgebung vergraben haben musste.

Über die gesamte Länge des Wohnhauses und dem daran angebauten Kuhstall stand gegenüber auf der anderen Seite des Hofes ein hoher Schuppen. Offenbar diente er in besseren Zeiten als Unterstand für landwirtschaftliche Geräte und Maschinen. Bis auf einen verrotteten Heuwender und eine seltsame Handkarre in einem erstaunlich guten Zustand war der Schuppen leer. Die mittlerweile maroden Tore standen offen und hingen schief in ihren Angeln. Auf dem dunklen, festgestampften Boden tummelten sich Ölflecken. Jahre alt. Längst eingetrocknet. Diese harte Erde war über Jahrzehnte von den Reifen vieler Landmaschinen platt gewalzt und verdichtet worden. Dort hatte niemand gegraben. Zu hart. Zu mühsam, darunter sieben leblose Körper zu verstecken.

Noch einmal warf Christine Bernard einen Blick auf die ungewöhnliche Transportkarre. Ein solches Modell hatte sie noch nie gesehen. Hellblau leuchtete ihr der beinahe makellose Lack aus dem Schuppen entgegen. Seltsam deplatziert stand sie da, mit neuen, tiefschwarzen Reifen auf rot lackierten Felgen. Hier, auf diesem Gelände, umgeben von Unrat, Verfall und schrottreifen Maschinen und Gerätschaften. Alles auf Hartmut Schröders Grundstück war in einem schlechten Zustand. Nur diese Karre dort nicht. Die sah aus wie neu.

Anstelle der zum Auflegen oder Daraufstellen von Lasten üblichen Metallschaufel in Bodennähe an der Vorderseite, befand sich an dieser Karre ein verstellbarer Haken in etwa einem halben Meter Höhe. Ein überlanger Teleskoparm mit zwei rot leuchtenden Kunststoffgriffen daran komplettierte dieses bizarre Gebilde. ‚Eine Handkarre für Riesen', dachte Christine Bernard. Die Karre stand aufrecht und die Griffe befanden sich in gut zwei Meter Höhe. Wer sollte denn da noch dran kommen? Bei Gelegenheit würde sie die Kollegen fragen, wozu dieses komische lange Ding verwendet wurde.

Unschlüssig stand Kommissarin Bernard auf dem Hof und drehte sich um sich selbst. Dann nahm sie aus dem Augenwinkel eine Bewegung wahr. Halb verdeckt durch die Büsche auf Hartmut Schröders Hof lief eine alte Frau langsam über das angrenzende Gelände. Christine Bernard rief laut über das Grundstück und machte dabei ein paar schnelle Schritte in ihre Richtung.

„Hallo. Guten Morgen. Ich bin von der Polizei. Haben Sie einen Moment Zeit für mich?"

Diese Frau musste die Nachbarin von Hartmut Schröder sein. Christine hatte in der Ermittlungsakte etwas über sie gelesen. Leider hatte sie den Namen der Frau vergessen.

Angestrengt suchte die alte Dame mit den Augen ihre Umgebung ab, konnte aber niemanden entdecken. Offenbar sah sie schlecht. Christine Bernard machte noch ein paar weitere Schritte auf sie zu und winkte. Das Gesicht der Alten erhellte sich. Jetzt hatte sie die Kommissarin entdeckt.

Plötzlich strauchelte Christine und fiel zu Boden. Erschrocken hielt sich die alte Dame die Hand vor den Mund.

„Um Gottes willen. Ist Ihnen etwas passiert?", rief sie.

Doch die junge Kommissarin antwortete nicht. Besorgt richtete sich die Alte auf, reckte sich hin und her und versuchte angestrengt, etwas zu erkennen.

Der Schmerz tobte an Christine Bernards schmutziger Hand. Sie war mit ihrem Fuß in einem Stück Drahtzaun hängen geblieben und gestürzt. Glücklicherweise bekam sie schnell genug ihre Hände aus den Jackentaschen, bevor sie ins Unkraut stürzte und auf dem Boden aufschlug. Doch ihre rechte Hand blutete stark. Ein langer Riss zog sich von ihrem kleinen Finger bis zur Handwurzel.

An der Stelle, an der sie sich eben noch mit ihrer Hand abgestützt hatte, ragte ein scharfkantiger, verrosteter Metallstumpf aus dem Boden. Mühsam, mit vor Schmerz verzogenem Gesicht, richtete sie sich auf und fluchte. Ihre Hose, ihre Jacke, alles war mit feuchter Erde verschmutzt.

Die alte Dame hatte sie wieder entdeckt und rief: „Juhu. Alles in Ordnung?"

Christine Bernard nickte.

„Gehen Sie zurück auf die Straße und dann nach links. Es gibt hier keinen Weg. Hier kommen Sie nicht durch."

Christine Bernard nickte erneut und hielt sich die blutende Hand. Dann stapfte sie fluchend los, nicht ohne auf jeden Zentimeter Boden vor ihren Füßen zu achten. Dieses verdammte Grundstück war eine einzige Müllkippe.

Erschrocken schaute die alte Dame auf Christine Bernards blutende Hand.

„Oh je. Das müssen wir gleich versorgen. Kommen Sie herein."

Die alte Dame öffnete das kleine hölzerne Törchen. Christine Bernard trat hindurch. Dann gingen sie ins Haus, setzten sich in der Küche an den Tisch und die Alte versorgte die Wunde.

„Entschuldigen Sie, ich kenne Ihren Namen nicht."

„Heidemarie Marx."

„Kommissarin Christine Bernard."

„So einen schrecklichen Beruf haben Sie sich ausgesucht? Wo Sie so ein hübsches Ding sind!"

Christine Bernard musste schmunzeln. Das Gleiche hatte ihre Mutter zu ihr gesagt, nachdem sie ihr ihren Berufswunsch offenbart hatte.

„Mode, Kosmetik oder Laufsteg sind nichts für mich. Und einen interessanten reichen Mann habe ich noch nicht getroffen. Mit irgendetwas muss ich mein Geld verdienen."

Wenigstens kehrte ihr Humor wieder zurück.

Liebevoll tupfte Heidemarie Marx die Wunde sauber und begann damit, einen Verband anzulegen.

„Ach, die reichen Männer sind auch nicht besser als die anderen."

Plötzlich lösten sich bei Christine Bernard ein paar Tränen und rollten ihr über die Wangen.

„Entschuldigen Sie bitte. Aber heute liegen meine Nerven etwas blank."

„Weinen Sie nur. Tränen sind das Ventil der Seele."

Die rechte Hand war fertig verbunden. Mit dem Handrücken wischte sich Christine ihre Tränen aus dem Gesicht.

Heidemarie Marx stand auf.

„Ich mache uns mal einen Kaffee."

Zum zweiten Mal an diesem Morgen spürte Christine Bernard die wohltuende Wirkung eines heißen Kaffees. Dankbar nippte sie an ihrer Tasse.

„Haben Sie diesen Schröder verhaftet?"

Kommissarin Bernard nickte. Heidemarie Marx sprach weiter: „Ein schrecklicher Mensch. So aufbrausend. Und was für Ansichten der hatte. Nachdem mein Mann verstorben war, habe ich Hartmut Schröder immer gemieden. Aber seine Frau, die war sehr nett. Und die Kinder …"

Heidemarie Marx machte eine Pause und schaute aus dem Fenster, als würde sie erwarten, dass Schröders Töchter gleich daran vorbeigelaufen kämen.

„Wann haben Sie Frau Schröder und die Kinder das letzte Mal gesehen?"

„Das muss vor mehr als vier Wochen gewesen sein. Vielleicht auch sechs oder mehr. Wissen Sie, mein Gedächtnis ist nicht mehr so gut."

Christine Bernard lächelte.

„Das macht nichts. Wir haben die Leute im Dorf gefragt. Der Zeitraum scheint zu stimmen. Wie alt sind Sie, wenn ich fragen darf?"

„Dürfen Sie. Sie sind ja bei der Polizei." Heidemarie Marx lachte fröhlich. „Ich werde zweiundneunzig."

„Kennen Sie Hartmut Schröder schon lange?"

„Ja. Ich kannte ihn schon als kleinen Bub."

„Gab es mal Ärger mit ihm?"

„Im Ort ist er im Laufe der Jahre mit beinahe jedem aneinandergeraten. Aber mit uns nur hin und wieder. Und auch erst, nachdem er den Hof seiner Eltern übernommen hatte. Sein Vater, der alte Schröder, war immer auf gute Nachbarschaft bedacht. Hartmuts Vater war besonders streng mit seinem Jungen. Darunter hat Hartmut sehr gelitten."

„Und Andrea Schröder?“

„Die war immer nett und hat versucht, zu beschwichtigen und ihn zu beruhigen. Aber gelungen ist ihr das nicht. Was die wohl an diesem Kerl gefunden hat? Und dann so viele Kinder.“

Heidemarie Marx schüttelte verständnislos ihren Kopf.

„Gab es denn Probleme mit den Kindern?“

„Oh, nein. Das wollte ich damit nicht sagen. Die Kinder waren lieb und erstaunlich gut erzogen. Darüber habe ich mich immer wieder gewundert, aber auch gefreut. Das ist wohl der Verdienst von Hartmut Schröders Frau. Denn er war ja ein furchtbarer Mensch.“

„Haben Sie von den finanziellen Problemen der Familie Schröder etwas bemerkt?“

„Wir haben es natürlich alle vermutet. Ich meine, man sah es ja auch. Die abgetragene Kleidung, der heruntergekommene Hof. So, wie Herr Schröder mal sagte, haben sie versucht, Arbeit zu finden, dabei aber wohl keine glückliche Hand gehabt. Und bei dieser Armut dann noch die vielen Kinder. Wissen Sie, die Natur gebiert keinen Nachwuchs in den Mangel. Was soll solch ein Kind mit einem Leben anfangen, in dem seine Chancen von vornherein so gering sind? Was erwartet dieses Kind die nächsten 70, 80 oder 90 Jahre? Welche Aussichten hat es? Welche Möglichkeiten können Eltern einem Kind geben? Nur wenn man seinen Kindern etwas bieten kann, sollte man Kinder bekommen dürfen. So sieht es die Natur vor. Würfe bei Tieren sind nur in guten Zeiten groß. ‚Ich will ein Kind‘ ist für mich der egoistischste Satz, den eine Mutter aussprechen kann. Aber was red’ ich.

Das sind die neuen Zeiten. Niemand macht sich mehr Gedanken."

Erstaunt und sprachlos über so viel Eifer schaute Kommissarin Bernard der alten Dame dabei zu, wie sie ihre Tasse an die Lippen führte und einen Schluck Kaffee herausschlürfte. Dann erinnerte sie sich an ihren eigenen Kinderwunsch und wie enttäuscht sie war, als Frank sie sitzen ließ. Mit ihm hätte sie gerne Kinder haben wollen. Vielleicht hatte Heidemarie Marx recht. Kinder in wirtschaftlich schwierigen Zeiten großziehen zu wollen war sicher keine gute Idee. Aber konnte man das immer so genau steuern?

„Haben Sie Hartmut Schröder einmal dabei beobachtet, dass er auf seinem Grundstück oder in der Umgebung etwas vergraben hat?"

„Nein. Den Schröder habe ich in den letzten Wochen kaum gesehen. Suchen Sie immer noch nach seiner Frau und den Kindern?"

„Ja. Haben Sie einen Tipp für uns?"

Christine Bernard rechnete natürlich nicht damit, dass die liebenswerte alte Dame etwas über den Verbleib von Hartmut Schröders Familie wusste. Ihre Frage war lediglich Ausdruck ihrer momentanen Ratlosigkeit. Für irgendeinen Hinweis, ein augenscheinlich belangloses Detail oder gar nur eine Vermutung, wäre sie sehr dankbar gewesen.

„Nein. Leider kann ich Ihnen nicht helfen."

„Leben Sie hier ganz allein?"

„Ja. Mein Mann starb vor zehn Jahren. Meine Tochter besucht mich manchmal. Sie arbeitet in Trier."

„Dann wird der Hof nicht mehr bewirtschaftet?"

„Oh, nein. Ich habe das Land verpachtet und die Maschinen verkauft. Die Scheune und der Schuppen hinter dem Haus stehen leer. Viele Jahre schon. Für kleine Betriebe lohnt sich die Landwirtschaft heutzutage nicht mehr. Wussten Sie, dass Getreide in Deutschland fast nur noch für Viehfutter, alkoholische Getränke und für die Kraftstoffgewinnung angebaut wird? Das Getreide für Lebensmittel kommt größtenteils aus dem Ausland. Aus den USA, Russland oder der Ukraine. Daraus wird das Mehl für Ihr Frühstücksbrötchen gemahlen. Alles hat sich verändert. Aber ob das gut ist? Na, ich werde es sicher nicht mehr erfahren."

Heidemarie Marx macht eine wegwerfende Handbewegung.

Ein kurzer Blick auf die Küchenuhr mahnte Kommissarin Bernard zum Aufbruch.

„Ich muss los, Frau Marx. Vielen Dank für den tollen Verband und den köstlichen Kaffee."

Heidemarie Marx stützte sich mit den Händen auf dem Tisch ab und stemmte sich auf die Beine.

„Machen Sie es gut. Und viel Erfolg bei der Suche nach den Schröders."

Christine Bernards rechte Hand pochte im Takt ihres Pulses. Der Verband blutete langsam durch. Mühsam führte sie mit der linken Hand jeden Handgriff durch, für den sie sonst die andere Hand benutzte. Anschnallen, den Wagen starten. Nur den Schaltknauf musste sie während der Fahrt mit ihrer rechten Hand bedienen.

Sie wählte Torsten Kluges Nummer und sprach über die Freisprechanlage mit ihm.

„Guten Morgen. Ich fahre ins Krankenhaus. Ich habe mir meine Hand verletzt. Ich komme etwas später."

Bevor sie Gefahr lief, Kluges Fragen beantworten zu müssen und sich seine Vorwürfe anzuhören, sobald er erfuhr, an welchem Ort sie sich verletzt hatte, trennte sie das Gespräch. Wenn sie wieder im K1 war, hatte sie ausreichend Gelegenheit sich den Vorhaltungen ihrer Kollegen zu stellen und von ihrem Missgeschick zu erzählen. Natürlich würde man ihren Alleingang missbilligen und sie daran erinnern, was man ihr auf der Polizeischule beigebracht hatte. Und völlig berechtigt auch daran, wie gefährlich es war, sich ohne den Schutz eines Kollegen auf Schröders Grundstück herumzutreiben.

Die Notaufnahme im Krankenhaus Hermeskeil war an diesem Morgen gut besucht. Selbst ihr Dienstausweis zauberte kein Behandlungszimmer frei. Kommissarin Bernard musste warten. Blut war inzwischen durch den Verband hindurchgesickert und drohte, auf den Boden zu tropfen. Sie wurde ungeduldig und wirkte angespannt. Doch weniger als zehn Minuten waren vergangen, da wurde sie bereits behandelt.

Ihre Wunde wurde noch einmal gereinigt, desinfiziert und genäht. Sie bekam eine Spritze gegen Wundbrand. Dann fuhr sie nach Hause und wechselte ihre verschmutzte Kleidung. Kaum eine halbe Stunde später parkte sie ihren Wagen vor der Kriminaldirektion Trier.

Hauptkommissar Kluge schaute auf den Verband, dann sah er seiner Kollegin ins Gesicht.

„Kleiner Unfall heute Morgen?“

Christine Bernard schloss die Tür.

„Ja, tut mir leid.“

„Was ist passiert und vor allem, wo?“

Torsten Kluge hatte bereits eine Vermutung und wartete gespannt auf die Antwort.

„Ich konnte nicht mehr schlafen und bin noch einmal zu Schröders Haus gefahren. Ich bin hingefallen.“

Torsten Kluges Mimik wechselte von Besorgnis auf Vorwurf und Unverständnis.

„Hast du aus deinem ersten Unfall nichts gelernt?“

„Doch“, antwortete seine Kollegin kleinlaut.

„Offensichtlich nicht. Wenn du so weiter machst, kannst du dir im Krankenhaus gleich ein Zimmer mieten.“

Körperlich und seelisch angeschlagen setzte sich Christine Bernard an ihren Schreibtisch. Das Tippen der Buchstaben fiel ihr schwer. Durch die verbundene Hand konnte sie nicht einmal mit der Computermaus ordentlich umgehen.

Mit gesenktem Kopf beobachtete Torsten Kluge die ungeschickten Bemühungen seiner Kollegin den Computer zu bedienen und schmunzelte. ‚Geschieht ihr recht‘, dachte er amüsiert.

Nach einem kurzen energischen Klopfen öffnete sich die Tür und Staatsanwalt Walter Lorscheider betrat das Büro, gefolgt von Jörg Rottmann.

Kleinlauter als sonst üblich grüßte Hauptkommissar Rottmann in die Runde und setzte sich auf einen freien Stuhl. Unterwürfig schaute er zu Walter Lorscheider auf.

Der polterte los: „Morgen. Was ist das für ein Mist im Fall von diesem Schröder? Drei Kommissare kümmern sich darum und das Ergebnis ist annähernd null."

Dann fiel sein Blick auf die verbundene Hand von seiner jungen Kommissarin.

„Was haben Sie mit Ihrer Hand gemacht?"

„Das wollen Sie gar nicht wissen."

Walter Lorscheider erhob seine Stimme und widersprach seiner Kommissarin energisch: „Doch, das will ich."

„Ich war heute Morgen noch einmal …"

„Etwa auf dem Grundstück von diesem Schröder?", unterbrach Walter Lorscheider Christine Bernard ungehalten.

„Haben Sie aus Ihrem ersten Unfall nichts gelernt?"

„Das hat Herr Kluge auch schon gefragt", murmelte Christine Bernard eingeschüchtert.

„Da spätpubertäre Beratungsresistenz in Ihrem Alter ausscheidet, leiden Sie offenbar an vorgezogenem Altersstarrsinn."

Aus ihren Augenwinkeln nahm Christine Bernard einen feixenden Jörg Rottmann wahr.

‚Spätpubertäre Beratungsresistenz'. ‚Vorgezogener Altersstarrsinn'. Für solche Wortgebilde war Walter Lorscheider im K1 berüchtigt. Und für sein untrügliches Gespür, wenn ihn jemand nicht ernst nahm.

Auf dem Absatz drehte er sich herum, beugte sich vor und sah Jörg Rottmann warnend an.

„Sehen Sie mich lachen?"

Jörg Rottmann schüttelte mit angestrengt ernster Miene seinen Kopf. Dann schnellte Walter Lorscheider in seine vorherige Körperhaltung zurück und sprach wieder alle im Raum auf seine gefürchtete und unmissverständliche Art an.

„Das liegt daran, dass es nicht lustig ist. Also, wie gehen Sie im Fall Schröder weiter vor?“

Donnernd rollte Staatsanwalt Lorscheiders Aufforderung durch den Raum. Hauptkommissar Kluge räusperte sich und fand als Erster seine Sprache wieder.

„Ich glaube, wir sollten den eingeschlagenen Weg beibehalten. Christine sollte weiterhin versuchen, Hartmut Schröders Vertrauen zu gewinnen und ihm Informationen zu entlocken. Selbst wenn es nur Bruchstücke sind. Wir können sie vielleicht zu einem Gesamtbild zusammensetzen und dann auf den Ort schließen, an dem er seine Familie vergraben hat.“

„Wenn er sie vergraben hat“, grätschte Jörg Rottmann dazwischen.“

Torsten Kluge nahm seine Argumentation wieder auf: „Ich glaube das. Wir haben weder auf dem Grundstück noch in einem der Gebäude irgendwelche Spuren gefunden, die auf ein Verbrennen, Zerteilen oder Ähnliches hinweisen.“

„Wir haben aber auch diesen gelben Sand dort nicht gefunden“, unterbrach ihn Jörg Rottmann erneut.

Beschwichtigend ging Walter Lorscheider dazwischen.

„Immerhin hat Hartmut Schröder schon mal gestanden, seine Frau und die Töchter getötet zu haben. Das war gute Arbeit, Frau Bernard, und die setzen Sie jetzt bitte fort.“

Walter Lorscheider sah seine junge Kommissarin an und lächelte mild. Christine Bernard freute sich über das Lob und über das in sie gesetzte Vertrauen. Allerdings war fordern immer leichter als machen.

‚Lorscheider hat gut reden', dachte sie. ‚Ergebnisse fallen aber nicht vom Himmel.'

Vorerst hatte sie für Hartmut Schröders widersprüchliches Verhalten keine Erklärung.

„Warum macht er das? Warum sagt er mal die Wahrheit und mal lügt er?"

Walter Lorscheider zog seine Schultern hoch und ließ sie wieder fallen.

„Er verschafft sich Zeit. Zeit zum Nachdenken, bis ihm bessere Antworten einfallen. Was weiß ich?"

„Aber der glaubt doch nicht, dass er noch davonkommt."

„Da stimme ich Ihnen zu. Vielleicht ist es ihm wichtig, als Einziger zu wissen, wo das Grab seiner Familie ist. Wer weiß schon genau, was in den Köpfen dieser Psychopathen vorgeht?"

„Frau Vollmer", platzte es mit einem leicht abfälligen Unterton aus Jörg Rottmann heraus, der seinen unüberlegten Vorstoß umgehend bedauerte. Dass gerade er diesen Vorschlag machte, erstaunte seine Kollegen und Staatsanwalt Lorscheider gleichermaßen. Polizeipsychologin Karin Vollmer und Hauptkommissar Jörg Rottmann hielten bekanntlich nicht viel voneinander. Und keiner der beiden machte ein Geheimnis daraus. Entsprechend gereizt und hölzern war der Umgang der beiden miteinander.

Walter Lorscheider zog seine Augenbrauen hoch und schaute Jörg Rottmann an.

„Möchten Sie die Kollegin Vollmer hinzuziehen?"

Jörg Rottmann verzog gequält sein Gesicht. Seine Blicke wechselten Hilfe suchend von Torsten Kluge zu Christine Bernard, die ihn grinsend aus seiner Bedrängnis erlöste und für ihn antwortete.

„Ich schlage vor, wir setzen die Vernehmung heute noch ohne Frau Vollmer fort und machen es vom Ergebnis abhängig, ob wir sie ab morgen hinzuziehen."

Walter Lorscheider wirkte zufrieden.

„Gut. Dann machen Sie weiter und informieren mich, sobald es etwas Neues gibt."

Auf diese Selbstverständlichkeit hätte Walter Lorscheider nicht verweisen müssen. Natürlich wurde er immer umgehend informiert, wenn es nach einer Vernehmung einen neuen Sachstand gab. Er war schließlich der Chef.

Dass der Staatsanwalt sich dennoch dazu aufgefordert fühlte, an dieses Detail des Dienstweges zu erinnern, deuteten die drei Kommissare als unmissverständlichen Hinweis darauf, dass Walter Lorscheider den Fall Schröder mittlerweile als Chefsache betrachtete.

Eine halbe Stunde später nahmen Tanja Rieger und Torsten Kluge wieder ihre Plätze im Nebenraum des Vernehmungszimmers der Justizvollzugsanstalt Trier ein.

Christine Bernard erschien auf dem Bildschirm, legte die Ermittlungsakte auf dem Tisch im Vernehmungsraum ab, setzte sich auf ihren Stuhl und sah Hartmut Schröder an. Beide schwiegen. Christine Bernard wirkte gefasst, Hartmut Schröder hingegen machte den Eindruck, als sei ihm die Situation unangenehm. Das Schweigen dauerte an und wurde ihm schließlich unerträglich.

„Was ist mit Ihrer Hand passiert?", raunte er beinahe unterwürfig.

Kommissarin Bernard hob ihre rechte Hand und betrachtete den Verband.

„Interessiert Sie das wirklich?"

„Würde ich sonst fragen?"

„Ich weiß es nicht. Sagen Sie es mir, was in Ihrem Kopf vorgeht."

Für einen kurzen Moment verlor Christine Bernard ihre Beherrschung.

„Ich bin auf Ihrer scheiß Müllhalde gestürzt und habe mir die Hand aufgeschnitten."

„Das tut mir leid."

Kommissarin Bernards linke Handfläche sauste auf die Tischplatte herab.

„Nein. Das tut es nicht", schrie sie.

Hartmut Schröder zuckte zusammen. Christine Bernard setzte nach.

„Weil Sie nicht mehr ganz richtig im Kopf sind. Sie sind ein Psychopath, ein Soziopath, ein Spinner, ein gemeiner Mörder, der seine Familie getötet und irgendwo entsorgt hat. Was haben Sie mit ihnen gemacht? Verbrannt? Zerteilt? Oder erst zerteilt und dann verbrannt?"

Christine Bernard bemerkte, dass sie sich mit dieser nach dem aktuellen Ermittlungsstand unhaltbaren Schuldzuweisung zu weit vorgewagt hatte und lenkte Hartmut Schröder mit einer weiteren Frage ab.

„Was sollte diese Scheiße gestern mit der Sickergrube?“

„Lassen Sie sie doch in Frieden. Dort, wo sie sind, sind sie in Sicherheit. Niemand wird ihre Ruhe stören.“

„Das kann ich leider nicht. Und ich will das auch nicht. Sie sind es wert, ein ordentliches Begräbnis zu erhalten und nicht irgendwo verscharrt zu werden. Wer weiß, ob Füchse oder Wildschweine sie nicht schon wieder ausgegraben haben.“

‚Das war mal ein Schuss ins Blaue‘, dachte Kommissarin Bernard. Vielleicht verrät er sich durch eine unbedachte Äußerung oder eine ungeschickte Formulierung. Ihr Versuch wurde belohnt.

„Dort, wo sie sind, kann das nicht passieren.“

Christine Bernard reagierte sofort. Dankbar nahm sie den verdeckten Hinweis auf und formulierte in Gedanken eine These: ‚Also liegen sie nicht irgendwo im Gelände herum. Wir suchen also ein Gebäude. Vielleicht hat er die Leichen seiner Frau und seiner Kinder in den Boden eingegossen oder in eine Wand eingemauert. Möglicherweise hat er dafür den gelben Sand verwendet.‘

Kommissarin Bernard wusste natürlich, dass im Nebenraum hinter ihr mitgehört und auf die letzte Aussage von Hartmut Schröder sofort reagiert wurde. Trotzdem wartete sie nervös darauf, dass sie ein Zeichen bekam und ihr jemand bestätigte, dass alles Notwendige in die Wege geleitet wurde. Das Zeichen kam von Torsten Kluge, der die Tür zum Vernehmungsraum kurz einen Spalt öffnete, den Blickkontakt mit seiner Kollegin herstellte und ihr zu verstehen gab, dass er sich mit einem Team der Spurensicherung erneut zu Hartmut Schröders Haus begeben wird.

Kommissarin Bernard war beruhigt. Ein weiteres Mal rückte ein Team aus und suchte nach den Leichen von Andrea Schröder und den Kindern. Diesmal würden Mauern, Decken und Böden aller Gebäude auf dem Grundstück nach verdächtigen Hohlräumen, frischem Putz oder nach Mörtelspuren abgesucht. Hoffentlich hatte dieser Nervenkrieg dann endlich ein Ende.

Die Schnittwunde an ihrer Hand klopfte wieder im Takt ihres Pulses. Nun bedauerte sie es, dass sie das Angebot des Arztes im Krankenhaus ausgeschlagen hatte, ihr ein Schmerzmittel mitzugeben. Ihr blieb vorerst nichts anderes übrig, als den Zustand ihrer rechten Hand zu ignorieren und den Schmerz zu ertragen.

Hartmut Schröder hatte wieder seine Hände unter die Oberschenkel geschoben und wippte mit seinem Oberkörper nervös vor und zurück. Sicher hatte er seinen Fehler bemerkt und bedauerte nun seine unvorsichtige Äußerung. Um ihm keine Gelegenheit zu geben, weiter darüber nachzudenken, setzte Christine Bernard die Vernehmung fort.

„Erzählen Sie mir etwas über Ihre Kinder."

Erstaunt schaute Hartmut Schröder die Kommissarin an. Offenbar hatte er mit dieser Frage nicht gerechnet und dachte angestrengt darüber nach, was er antworten sollte. Noch einmal wollte er nicht den Fehler begehen, sich zu einer unüberlegten Äußerung hinreißen zu lassen. Diese Kommissarin mochte jung sein, vielleicht sogar etwas unerfahren, aber sie war eine Frau. Wie oft hatte er sich darüber geärgert, wenn seine eigene Frau ihn auf eine hinterhältige Art mit Worten ausmanövriert hatte, um von ihm zu erfahren, was er ihr eigentlich nicht sagen wollte. Misstrauisch wagte er sich ein Stück vor.

„Lara liebte Jeans mit Strasssteinchen in Form eines bunten Schmetterlings auf der Hosentasche. Marita mochte Märchen."

„Ich weiß. Sie haben ihr Siebenschön vorgelesen."

Hartmut Schröder nickte zustimmend.

„Und Ihre Frau? Was mochte Ihre Frau besonders?"

„Pflanzen. Sie liebte den Garten."

„In den der Hund gekackt hat?"

Hartmut Schröder nickte wieder.

„Wem gehörte der Hund? Ich meine, Ihnen oder einem der Kinder?"

„Der Hund gehörte mir."

Christine Bernard war bereit für die nächste Provokation.

„Man sagt, Menschen die Hunde oder Katzen halten haben ein Problem mit Menschen. Wer auf den Hund kommt, kommt mit Menschen nicht gut zurecht. Kommen Sie mit Menschen nicht gut zurecht?"

„Äh, was? So ein Quatsch. Wer sagt denn so was?"

„Polizeipsychologisches Grundseminar", log Kommissarin Bernard. „Wer mit den Menschen nicht mehr zurechtkommt, sucht sich ein kritikloses Wesen. Eines, welches Menschen so akzeptiert, wie sie sind. Hundebesitzer zeichnen sich durch Veränderungsunwillen, Anpassungsunwillen und mangelhafte soziale Kompetenz aus."

Hartmut Schröder fing den „Ball" brav auf und protestierte wütend: „Blödsinn. Was? Mangelnde soziale Kompetenz? Wir waren eine gute Familie. Geprägt von Liebe und gegenseitigem Verständnis. Wir waren …“

Dann brach er ab und zügelte sich. Leise sprach er weiter: „Es war so schön. Wir waren eins und die Welt blieb draußen. Wenn nicht ständig irgendwelche Probleme von außen auf uns eingewirkt hätten. Diese Arschlöcher aus dem Dorf oder das Sozialamt oder diese beschissenen Bedingungen in den Betrieben.“

„Herr Schröder, das müssen wir doch alle ertragen. Aber wir bringen deswegen niemanden um. Jeder in dieser Gesellschaft hat seine Chance.“

Wieder einmal war es um Hartmut Schröders Beherrschung geschehen. Aufgebracht brüllte er drauflos.

„Gesellschaft? Gesellschaft bedeutet, dass die Menschen miteinander leben. Aber hier tut das niemand. Hier denkt jeder nur an sich. Alles Egoisten. In dieser verfallenen, verrotteten ‚Gesellschaft‘, wie Sie es nennen, ist doch jeder ausschließlich auf sein größtmögliches Wohl bedacht. Also, was für eine Gesellschaft? Was meinen Sie? Wo sind heutzutage noch Treue, Loyalität, Gewissenhaftigkeit, Aufrichtigkeit, Verhältnismäßigkeit? Es ist doch alles aus den Fugen. Überall Ich-Menschen. Egoistische Arschlöcher, denen alles scheißegal ist. Ignoranten. Und was heißt, ‚Jeder hat seine Chance‘? Ach ja? Wieso sitzen Sie dann noch hier und stellen mir blöde Fragen? Gehen Sie endlich raus und werden Sie ein Star. Werden Sie reich und berühmt.“

„Ich will das gar nicht.“

„Quatsch. Jeder will reich und berühmt sein. Sie haben sich nur eine Ausrede zurechtgelegt, um nicht Ihr Gesicht zu verlieren, weil Sie versagt haben und sich mit diesem Scheißjob hier begnügen müssen, um nicht zugeben zu müssen, dass ich recht habe. Sie wissen selbst, dass es so ist."

„Es muss nicht jeder ein Star werden, aber jeder kann und sollte aus seinem Leben etwas machen."

„Wieso muss jeder aus seinem Leben etwas machen? Ich habe nicht darum gebettelt, in diese beschissene Welt geboren zu werden. Und was heißt, etwas aus seinem Leben machen? Wer bestimmt denn, was ein gutes und ein schlechtes Leben ist? Sie etwa oder der gelackte Affe, Ihr Kollege da draußen?"

„Das muss jeder für sich entscheiden. Außerdem habe ich das Wort ‚sollte' und nicht ‚muss' gebraucht. Ich würde sagen, Zufriedenheit und Verträglichkeit sind doch schon mal ein Anfang. Das Leben ist schön. Denken Sie an die Liebe, das Meer, eine blühende Sommerwiese oder den Sonnenuntergang."

„Aha. Die Liebe. Haben Sie Ihren Prinzen gefunden?"

„Nein."

„Und jetzt denken Sie, für den Rest lohnt sich das Ganze hier? Unsinn!"

„Es kommt auf unsere Einstellung dem Leben gegenüber an. Es ist ein Geschenk."

„Das Leben ist ein Geschenk? Egal, in welche Welt man hineingeboren wird? Egal, welche Chancen man hat? Womöglich ein dreiviertel Jahrhundert warten auf den erlösenden Tod? Und dann soll man noch dankbar dafür sein? Das sehe ich aber anders. Ich gebe dieses tolle Geschenk gerne zurück."

„Das steht Ihnen nicht zu."

„Wieso nicht? Weil Selbstmörder in die Hölle kommen? Das glauben Sie doch selbst nicht."

„Glauben Sie an Gott? Gehen Sie in die Kirche?"

„Nein. Für mich ist die Kirche nichts weiter, als der erste international handelnde Großkonzern der Erde. Stinkreich und selbstherrlich. Im Namen der Kirche und des Glaubens wurde gemordet, gefoltert, unterdrückt und ausgebeutet. Und daran hat sich bis heute nichts geändert. Wussten Sie, dass Pastoren zu den am besten bezahlten Berufsgruppen gehören?"

„Nein, das wusste ich nicht."

„Tja, die verdienen ein Schweinegeld."

Hartmut Schröder zögerte, dann sprach er weiter.

„Was denken Sie? Ist diese Welt besser oder schlechter, als wir glauben?"

„Das weiß ich nicht. Ich hoffe nur immer, dass es nicht so schlimm kommt, wie ich befürchte, denn es wird ja auch nie so schön, wie ich es mir wünsche."

„Sie erwarten allen Ernstes einen Ausgleich der Kräfte. Sie erwarten Gerechtigkeit?"

„Ja, ich denke schon."

Hartmut Schröder verzog verächtlich den Mund und schüttelte seinen Kopf. Christine Bernard schwieg und beobachtete ihn. Dieser Mann fühlte sich einsam, allein auf der Welt. Der Letzte seiner Art, weil ihn niemand verstand. Niemand tickte wie er, hörte die gleiche Musik, freute sich an den gleichen Dingen, verabscheute die gleichen Dinge. Er litt unter dem Verlust der Werte dieser Gesellschaft. Ein Mann, der sich und seine Familie mitten in einem Dorf isolierte und sich verfolgt fühlte. Er wollte seinen Lieben die Last ersparen, in dieser Horrorwelt zu leben. Er wollte ihnen dadurch das Scheitern ersparen. Er drehte sich im Kreis und nach allem, was er unternommen hatte, um diesem Elend zu entkommen landete er doch immer wieder an der gleichen Wand. Seine Familie litt unter der Last der ärmlichen Verhältnisse und er litt, weil seine Familie litt und er dieses Leiden nicht beenden konnte. Das alles konnte Kommissarin Bernard nachvollziehen, aber deswegen hatte er noch lange nicht das Recht, seine Familie zu töten. Wann ein Leben zu Ende ist und ist es auch noch so mühsam, bestimmen weder wir selbst noch solche selbst ernannten Erlöser wie Hartmut Schröder.

Christine Bernard blickte auf ihre Armbanduhr und dachte an die Kollegen, die zur gleichen Zeit auf Hartmut Schröders Grundstück die Gebäude untersuchten. Auf die Ergebnisse dieser Untersuchung wollte sie zunächst warten. Außerdem war die zulässige Vernehmungsdauer ohne Unterbrechung bereits erreicht.

„Ich denke, wir machen eine Pause und sehen uns nach dem Mittagessen wieder."

Hartmut Schröder nickte bestätigend und kratzte sich kurz am Kopf.

„Sie sind der Chef."

Tanja Rieger saß mit lang ausgestreckten Beinen und beiden Händen in den Hosentaschen auf ihrem Stuhl im Nebenraum vor dem Bildschirm. Eigentlich lag sie mehr, als dass sie saß. Gelangweilt unterdrückte sie ein Gähnen.

„Fahren wir rüber und machen zusammen Mittag?"

Christine Bernard nickte zustimmend. Tanja Rieger übergab ihr den Schlüssel des Dienstwagens. Torsten Kluge hatte Kommissarin Bernard den BMW überlassen und war gemeinsam mit Jörg Rottmann zu Hartmut Schröders Grundstück gefahren. Am liebsten hätte sie Torsten Kluge angerufen und gefragt, ob sie schon etwas gefunden haben, aber sie geduldete sich. Einer der beiden Hauptkommissare würde sich sicher sofort bei ihr melden, sobald es neue Ermittlungsergebnisse gab.

Von der Bedienung des Schaltknaufs im Dienstwagen schmerzte Christine Bernards Schnittwunde an der rechten Hand wieder leicht. Den Rest des Tages würde sie Tanja Rieger das Steuern des Wagens überlassen.

Nachdem Kommissarin Bernard an ihrem Schreibtisch Platz genommen hatte, wusste sie zunächst nicht, was sie tun sollte. Jeden Moment konnte Tanja Rieger sie zum Mittagessen abholen. Kurz entschlossen missbrauchte sie den Dienstrechner, um Torben Heintz' Adresse zu ermitteln. Gegen ihn lag in der Vergangenheit nichts vor und ungeschickte Selbstverstümmelung war nicht strafbar. Sie notierte seine Adresse auf einem Zettel und steckte ihn ein. Dass er Cellist war, gefiel ihr außerordentlich gut, und sie nahm sich vor, schon bald eines seiner Konzerte zu besuchen. Genüsslich folgte sie ihren abschweifenden Gedanken an Torben Heintz. Dass sie nicht mehr allein im Raum war, bemerkte sie erst, als Tanja Rieger direkt neben ihr stand. Erschrocken fuhr Christine Bernard zusammen.

„Entschuldige, ich wollte dich nicht erschrecken. Gehen wir?"

Christine Bernard erhob sich und übergab Tanja Rieger die Wagenschlüssel. Die verstand sofort und schaute auf die verbundene Hand.

„Möchtest du eine Schmerztablette?"

„Nein, danke. Italienisch?"

Tanja Rieger stimmte zu. Sie verließen das Büro und warteten im Gang auf den Aufzug.

„Da war aber gerade jemand mit seinen Gedanken ganz woanders. Gibt es da jemanden?"

„Nein. Im Moment nicht. Aber im Krankenhaus, da war so ein süßer Kerl."

Mehr musste Christine Bernard nicht sagen. Tanja Rieger nickte wissend, während sie erneut auf die Ruftaste für den Fahrstuhl drückte.

„Nehmen wir die Treppe?", schlug Christine Bernard vor.

Noch bevor Tanja Rieger etwas erwidern konnte, zog ihre Kollegin bereits die Glastür zum Treppenhaus auf.

Wenige Minuten später saßen beide vor ihrer Pasta und genossen dazu einen gemischten Salat. Das Restaurant lag in einer belebten Straße in der Nähe des Bahnhofs, nicht weit von der Kriminaldirektion entfernt. Obwohl das beliebte Lokal zur Mittagszeit gut besucht war, ergatterten sie einen freien Tisch auf der kleinen Terrasse. Schweigend beobachteten sie das Geschehen auf der Straße.

Die angenehm wärmende Herbstsonne und das lebhafte Treiben um sie herum zerstreuten Christine Bernards Gedanken und ließen sie Hartmut Schröder und seine Familie für einen Moment vergessen. Polizeimeisterin Rieger ließ ihre Kollegin in Ruhe schweigen.

Auf dem Weg vom Restaurant zurück ins K1 klingelte Christine Bernards Mobiltelefon. Mit ihrer verbundenen Hand hielt sie sich das rechte Ohr zu. An ihr linkes Ohr presste sie das Telefon. Trotzdem fiel es ihr schwer, das Gespräch vom Straßenlärm zu trennen und etwas zu verstehen.

„Hier ist Torsten. Die Kollegen suchen noch weiter, aber es sieht nicht danach aus, dass sie noch etwas finden werden. Keine Hinweise auf Einmauern oder Eingießen in Estrich oder andere Verstecke im Boden. Setz die Vernehmung fort."

Kommissarin Bernard ließ ihr Handy in ihre Jackentasche gleiten und sah Tanja Rieger an.

„Zurück ins Untersuchungsgefängnis. Sie haben nichts gefunden."

Der Strafvollzugsbeamte machte sich auf den Weg, Hartmut Schröder aus seiner Zelle zu holen. Christine Bernard und Tanja Rieger warteten im Nebenraum.

Selbstzweifel plagten die junge Kommissarin. Nervös blätterte sie in der Ermittlungsakte und knabberte an ihrer Unterlippe. Dieser Fall drohte sie zu überfordern. Vielleicht hatte Hartmut Schröder ganz bewusst darauf bestanden, von ihr und nicht von den erfahreneren Kollegen vernommen zu werden. Sie sollte die weitere Vernehmung Torsten oder Jörg überlassen. Sie selbst konnte derweil sinnlosen Hinweisen auf Hartmut Schröders Grundstück nachgehen.

Doch dann rief sie sich zur Ordnung und sprach in Gedanken zu sich selbst.

‚Chris, so geht das nicht. Du darfst nicht an dir zweifeln. Denk nach und finde Andrea Schröder und die Mädchen.'

Hartmut Schröder erschien auf dem Bildschirm und setzte sich auf seinen Stuhl. Offenbar gut gelaunt blickte er im Vernehmungsraum umher und grinste in die Kamera.

„Bereit, wenn Sie es sind", erklang seine Stimme aus den Lautsprechern.

Tanja Rieger machte mit ihrer Hand eine obszöne Geste vor dem Bildschirm. Dann drehte sie sich zu Christine Bernard um: „Entschuldige, aber der Typ geht mir so was von auf den Wecker."

„Geht mir auch so. Ich geh dann mal."

Kommissarin Bernard griff nach der Ermittlungsakte. Kurz darauf erschien sie damit auf dem Bildschirm. Lauter als beabsichtigt ließ sie die Dokumententasche auf den Tisch fallen. Sie schob ihre Hände halb in die Hosentaschen und lief im Vernehmungsraum vor Hartmut Schröder auf und ab. Wortlos folgte ihr Hartmut Schröder mit den Augen, ohne seinen Kopf zu drehen. Er fühlte sich sicher. Es ging ihm gut. Das konnte man deutlich sehen.

Christine Bernard fand, dass sie das ändern sollte.

„Haben Sie eine Ahnung, wie viele Jahre Sie sitzen werden? Wenn Sie hier raus kommen, sind Sie ein alter Mann."

„Was wollen Sie? Sie haben keine Leichen. Keine Leichen, keine Verurteilung."

„Sie haben meinen Kollegen schwer verletzt und Sie haben gestanden, Ihre Familie vergiftet zu haben."

Hartmut Schröder vollführte mit seiner Hand eine wegwerfende Geste über seine Schulter hinweg.

„Ich widerrufe mein Geständnis."

„Wann haben Sie sich das denn ausgedacht?"

„Gerade, beim Mittagessen."

„Das wird nicht funktionieren."

„Warten wir ab, was der Richter sagt."

Kommissarin Bernard unterbrach ihre Wanderung. Mit vor der Brust verschränkten Armen blieb sie stehen und schaute auf Hartmut Schröder herab.

„Ich finde Ihre Familie und Sie gehen lebenslänglich in den Knast. So wahr ich hier stehe."

Hartmut Schröder grinste selbstsicher.

„Nur zu."

Am liebsten wäre sie auf der Stelle aus dem Raum gerannt. Blitzartig übernahmen wieder die Selbstzweifel ihr Denken. ‚Zu hoch gepokert. Du bluffst und er weiß es. Du hast gar nichts in der Hand, Chris. Gar nichts.'

Doch wenn sie jetzt den Raum verließe, würde Hartmut Schröder dies der Wirkung seiner Worte zuschreiben. Also blieb sie stehen.

„Ihre Nachbarin hat eine interessante Aussage gemacht."

Das Zucken in Hartmut Schröders Gesicht entging ihr nicht. Sie nahm es mit Freude zur Kenntnis.

‚Gut so, Chris. Die Richtung stimmt', dachte sie und schob die quälenden Selbstzweifel damit zur Seite.

„Ach ja? Die alte Schachtel? Na, was quatscht sie denn?", konterte Hartmut Schröder gelassen.

„Sie hat Sie gesehen."

Dieses Manöver war riskant, aber Christine Bernard ging das Risiko ein. Am Baum schütteln und darauf warten, was herunterfällt, nannte sie es.

Hartmut Schröder lachte schallend.

„Erstens ist sie blind wie ein Maulwurf und zweitens würden Sie mir dann hier keine blöden Fragen mehr stellen."

‚Mist', dachte Christine Bernard.

Hartmut Schröder hatte natürlich recht. Wenn Heidemarie Marx irgendetwas gesehen hätte, hätten sie wahrscheinlich längst an der richtigen Stelle gesucht und Hartmut Schröders Familie bereits gefunden. Anfängerfehler. In ihrer Verzweiflung hatte sie wieder einen Fehler gemacht und Schröder unterschätzt. Erneut beschlich sie das Gefühl, dass ihr dieser Fall aus den Händen glitt. Sie übersah vielleicht etwas oder bewertete es falsch. Womöglich lagen alle Hinweise auf den Aufenthaltsort von Andrea Schröder und den Kindern bereits vor ihr, aber sie ordnete sie falsch zu.

Scharf und bestimmend erklang Staatsanwalt Lorscheiders Stimme aus dem Lautsprecher.

„Frau Bernard, ich möchte Sie sprechen."

Plötzlich war ihr der Gedanke, jetzt mit Walter Lorscheider sprechen zu müssen, unangenehm. Beunruhigt verließ sie den Vernehmungsraum.

„Frau Bernard, Ihre Unsicherheit spüre ich durch diese Wand. Was ist los mit Ihnen?"

„Ehrlich gesagt, ich weiß nicht weiter. Am liebsten würde ich die Vernehmung an Hauptkommissar Kluge abgeben."

Walter Lorscheider zog seine Augenbrauen hoch.

„Flucht vor dem Feind? Sie? Habe ich Sie etwa falsch eingeschätzt? Ich hatte bisher einen gegenteiligen Eindruck von Ihnen."

Unruhig trat Christine Bernard von einem Fuß auf den anderen.

„Sie haben sicher recht. Immerhin haben wir sein Geständnis."

„Das er gerade widerrufen hat."

„Und wir haben den tätlichen Angriff auf einen Polizeibeamten."

„Wollen Sie diesen Mörder wegen Körperverletzung dran kriegen und ihn mit zwei Jahren auf Bewährung wieder laufen lassen? Keine Leichen, keine Verurteilung."

„Kommt er damit durch?"

„Naja, ein wenig mehr brauchen wir schon. Indizienprozesse sind immer ein Risiko. Er könnte tatsächlich auf eine geringe Strafe hoffen oder sogar freikommen."

Walter Lorscheider hob seinen linken Arm, zog den Jackett-Ärmel zurück und schaute auf seine Armbanduhr.

„Ich muss wieder rüber. Hab' einen Termin. Sie sorgen bitte ab jetzt dafür, dass hier nichts mehr aus dem Ruder läuft. Sie werden sich doch von diesem Bauern nicht auf der Nase herumtanzen lassen."

Hartmut Schröder wird der Mord an seiner Familie nicht nachzuweisen sein. Christine Bernard machte sich bittere Vorwürfe. Wie konnte sie nur so vermessen sein und glauben, diesen Fall lösen zu können. Vielleicht hätte Hartmut

Schröder einem Jörg Rottmann oder Torsten Kluge am Ende gesagt, wo er die Leichen gelassen hatte.

Eingeschüchtert von der Last der Verantwortung stand sie vor der Tür des Vernehmungsraums. Höflich desinteressiert stand der Strafvollzugsbeamte vor einem Fenster und schaute hinaus. Wie gerne hätte sie ein paar auflockernde Worte mit ihm gewechselt. Stattdessen schaute jeder um sie herum auf sie und erwartete nichts Geringeres, als die Überführung eines Serienmörders. Vielleicht war es ein Fehler gewesen, sich aus dem beschaulichen Wittlich nach Trier versetzen zu lassen. Klar, K1. Das musste es ja unbedingt sein. Die große Christine Bernard. Hauptkommissarin wollte sie sein. Dabei wurde sie nicht einmal mit diesem Schröder fertig. Das Gefühl der Niedergeschlagenheit wechselte zu Wut. Wut auf sich selbst, diesen Schröder und Frank.

Frank? Wieso dachte sie jetzt an Frank? Fehlte ihr eine Schulter zum Anlehnen? War es das? Dann würde sie jetzt lieber mit ihrem Vater sprechen. Nicht mit Frank.

„Alles in Ordnung? Geht es Ihnen gut?"

Der Vollzugsbeamte stand plötzlich neben ihr. Groß, breit, stark. So ganz anders als sie selbst.

„Ja, danke. Alles gut."

Hartmut Schröder bohrte in der Nase. Leise schloss Kommissarin Bernard die Tür hinter sich und lehnte sich mit den Händen halb in den Hosentaschen dagegen.

„Was war das für ein Gefühl?"

Schröder unterbrach seine unappetitliche Körperpflege. „Was? Was meinen Sie?"

„Na, diese leblosen Körper von den Menschen, die Sie angeblich geliebt haben, zu verscharren oder zu verbrennen oder beides. Und diese elenden Qualen mitzuerleben, bis endlich der erlösende Tod eintrat. Wussten Sie, dass von Blauem Eisenhut Vergiftete bis zum letzten Atemzug bei vollem Bewusstsein bleiben? Es gibt nicht viele Todesarten, die ich mir schlimmer vorstelle."

„Sie hätten mich verstanden."

„Oh, nein. Das hätten sie sicher nicht. Und sie werden Ihnen niemals vergeben. Sie nicht, ich nicht und Gott auch nicht. So schlecht ihre derzeitige Lebenssituation auch war, sie hätte sich jederzeit ändern können. Marita war erst vier Jahre alt. Woher nahmen Sie die Sicherheit, dass sie nicht irgendwann ein zufriedenes Leben geführt hätte? Und Claudia, Julia, Lisa, Lara, Sandra. Sie haben in Ihrem Wahn all diese Leben zerstört. Und das Leben Ihrer Mutter, Ihrer Ehefrau. Sieben wunderbare Menschen."

Christine Bernard stieß sich mit der Schulter von der Tür ab und setzte sich vor Hartmut Schröder auf ihren Stuhl.

„Was wissen Sie schon? Sie sitzen als Beamtin im warmen Nest. Sie haben keine Ahnung, was es bedeutet, da draußen jeden Tag jedem Euro hinterher zu laufen. Und Monat für Monat das Gleiche. Es reicht wieder nicht."

„Geld ist nicht alles."

„Ja, das sagen die, die genug davon haben. Bei allen anderen dreht sich das tägliche Leben um nichts anderes."

Leise trat Polizeimeisterin Rieger durch die Tür und klebte vor Christine Bernard einen kleinen gelben Zettel auf den Tisch.

Ein einziger Blick darauf ließ deren Herz höher schlagen. Mit größter Mühe, sich ihre Aufregung gegenüber Hartmut Schröder nicht anmerken zu lassen, griff sie nach der Ermittlungsakte und verließ ohne ein weiteres Wort den Vernehmungsraum. Hartmut Schröder beugte sich vor und schaute auf den Zettel. Ein einziges Wort stand darauf geschrieben.

Fund!

„Mein Gott, endlich. Wo habt ihr sie gefunden?"

Tanja Rieger hob beschwichtigend ihre Hand.

„Langsam. Wir wissen nicht, ob sie es sind. Aber es sieht wohl nicht danach aus."

„Wie? Was habt ihr denn gefunden?"

„Zwei Leichen, größtenteils skelettiert. Im Fundament eines umgestürzten Silo-Behälters. Günther Hagemann fiel auf, dass ein etwa zwei Quadratmeter großer Bereich einmal ausgebessert wurde."

Die Verblüffung konnte für Christine Bernard nicht größer sein.

„Ja, aber ..."

„Die Spurensicherung vermutet, dass die Leichen bereits mehrere Jahre dort liegen. Vielleicht sogar Jahrzehnte. Wäre das Silo noch benutzt worden, hätten wir die nie gefunden. Ihre Überreste sind schon auf dem Weg in die Gerichtsmedizin."

„Und wer waren die beiden?"

„Das wissen wir noch nicht. Was man aber jetzt schon sagen kann, sie wurden vermutlich erschlagen."

Christine Bernard begriff sofort. Diese überraschende Entwicklung war ein Geschenk. Hartmut Schröder war nicht nur der mutmaßliche Mörder von seiner Frau und seinen Kindern, sondern sehr wahrscheinlich auch der Mörder zweier bisher unbekannter Personen. Selbst wenn die Leichen seiner Frau und seiner Kinder niemals gefunden würden, säße Hartmut Schröder wegen zweifachen Mordes lebenslänglich im Gefängnis.

„Jetzt brauche ich einen Kaffee. Möchtest du auch einen?"

„Nein, danke. Ich telefoniere noch mal mit der Gerichtsmedizin und mit Jörg und Torsten. Sie wollten die alte Nachbarin vom Schröder befragen, ob die eine Idee hat, wer die beiden Toten gewesen sein könnten."

‚Die arme Frau Marx', dachte Christine Bernard auf dem Weg zum Kaffeeautomaten. Nach und nach wurde der wohl erst jetzt klar, neben was für einem Horrornachbarn sie da jahrelang gewohnt hat.

Der heiße Kaffee tat ihr gut. Mit den Füßen auf dem Tisch hing Christine Bernard mehr in ihrem Stuhl, als dass sie saß. Aufmerksam beobachtete sie Hartmut Schröder auf dem Bildschirm. Er wirkte nervös. Sicher hatte er den Zettel gelesen. Dafür hatte Kommissarin Bernard ihn ja auf dem Tisch zurückgelassen. Hartmut Schröder sollte wissen, dass es eng für ihn wurde.

Hartmut Schröder saß still auf seinem Stuhl. Er kratzte sich nicht einmal mehr am Kopf. Er bewegte sich überhaupt nicht. Könnte Christine Bernard seinen Lidschlag nicht sehen, würde sie annehmen, Hartmut Schröder wäre erstarrt. Doch dieser dachte offenbar angestrengt nach. Ob er kalkulierte, wie seine Chancen standen?

Christine Bernard konnte ihren Gedanken nicht zu Ende führen. Tanja Rieger betrat den Nebenraum und setzte sich halb stehend halb sitzend vor ihr auf die Tischplatte. In ihrer Hand hielt sie einen Zettel mit Notizen. Sie las davon ab.

„Die beiden Toten sind mit großer Wahrscheinlichkeit Elfriede und Helmut Schröder. Die Eltern von diesem Monster." Tanja Rieger deutete mit dem Zettel in der Hand auf den Bildschirm und sprach weiter: „Elfriede und Helmut Schröder wurde 1994 das letzte Mal gesehen."

Christine Bernard nahm ihre Füße vom Tisch und richtete sich auf.

„Das muss zu der Zeit gewesen sein, als Schröder seine Frau kennengelernt hat."

„Davon gehen wir auch aus. Den wenigen Bekannten seiner Eltern hat er erzählt, sie wären bei dem Schiffsunglück auf der Estonia umgekommen. Du erinnerst dich? Diese Ostseefähre, die aus bis heute ungeklärter Ursache bei schwerer See beide Bugtore verlor, voll Wasser lief und vor der finnischen Insel Utö sank?"

Christine Bernard erinnerte sich natürlich. Aufgewühlt hatten ihre Eltern damals die Berichterstattung in den Medien verfolgt.

„852 Todesopfer. Der Untergang der Estonia ist das bisher schwerste Schiffsunglück der europäischen Nachkriegsgeschichte."

„Genau. Bei der Krankenkasse, den Versicherungen und den Ämtern gab er an, dass seine Eltern im Ausland leben.

Er hat gefälschte Vollmachten vorgelegt und damit Verträge gekündigt oder auf sich umschreiben lassen.

„Und niemandem ist etwas aufgefallen? Das gibt es doch nicht."

„Offenbar nicht. Seine Eltern haben ähnlich isoliert gelebt wie er mit seiner Familie. Wir prüfen das aber noch genauer. Torsten fährt jetzt mit Günther Hagemanns Team ins K1. Jörg ist auf dem Weg hierher."

Christine Bernard deutete mit ihrem Kinn auf den Bildschirm und stand auf.

„Gut. Ich gehe wieder da rein und mache weiter."

„Dann bleibe ich hier, bis Jörg da ist."

Hartmut Schröder reagierte nicht, als Christine Bernard den Raum betrat. Sie nahm ihm gegenüber auf dem Stuhl Platz, legte die Ermittlungsakte vor sich auf den Tisch. Dann beugte sie sich zu ihm vor und sah ihn an.

„Wir haben Ihre Eltern gefunden."

„Ich weiß nicht, wovon Sie reden."

„Von den beiden Leichen unter dem Silo. Haben Sie sich auf diese Weise bei Ihren Eltern bedankt und ihnen vorher den Schädel eingeschlagen?"

„Bedankt? Wofür? Weil sie mich daran gehindert haben, den Hof zu verlassen, damit sie selbst versorgt sind? Oder weil ich deswegen in der siebten Klasse die Schule abbrechen musste? Oder weil ich keine Ausbildung machen durfte? Was meinen Sie? Wofür sollte ich ihnen danken? Wenn die noch leben würden, hätten sie niemals erlaubt, dass ich Andrea heirate. Am Ende wären sie alt und krank geworden und ich hätte den größten Teil meines Lebens damit verbracht, sie zu pflegen. Kinder sind keine Leibeigenen. Die haben auch ein Recht auf ihr Leben."

„Das gibt aber niemandem das Recht, seine Eltern zu töten."

„Ach, was wissen Sie schon. Sie sind wahrscheinlich behütet aufgewachsen und haben keine Ahnung, wie es ist, von morgens bis abends zu schuften und zum Dank von der Mutter herumkommandiert und vom besoffenen Vater verprügelt zu werden. Der alte Säufer hat sich zum Schlachten immer gerade das Tier ausgesucht, an dem ich am meisten hing. Und wenn ich davon nichts essen wollte, bekam ich eben noch eine Tracht Prügel. Mein Vater war ein Schwein. Ein brutales, versoffenes Schwein. Und meine Mutter hat seine gewalttätigen Übergriffe gegen mich geduldet. Nicht ein einziges Mal hat sie sich dazwischen gestellt. Nicht ein einziges Mal hat sie etwas dagegen gesagt. Wenn sie auch nur irgendetwas für mich empfunden hätte, dann hätte sie es getan. Aber was wissen Sie schon."

Hartmut Schröder winkte verächtlich ab und verschränkte die Arme vor seiner Brust. Desinteressiert schaute er im Raum umher und vermied es, Kommissarin Bernard anzusehen. Für einen Moment hatte sie den Eindruck, als kämpfe er mit den Tränen.

Nein. Das, was Hartmut Schröder da gerade beschrieben hatte, hatte Christine Bernard wirklich nicht durchleben müssen. Ihre Mutter und ihr Vater waren liebevolle Eltern gewesen. In gewisser Weise konnte sie Hartmut Schröder ja verstehen. Täter sind auch oft selbst Opfer. Aber worunter er auch immer gelitten hatte, es gab ihm nicht das Recht zwei Menschen den Schädel einzuschlagen und sieben weitere zu vergiften. Kommissarin Bernard ermahnte sich selbst, das keinesfalls zu vergessen. Vor ihr saß ein gefährlicher und gewalttätiger Mann, für den ein Menschenleben nicht viel galt.

Hartmut Schröder schwieg. Christine Bernard ließ ihm Zeit, die neue Situation zu verarbeiten und lehnte sich auf ihrem Stuhl zurück.

Ein Geräusch unterbrach die Stille. Die Tür wurde geöffnet. Wieder erschien Tanja Rieger und wieder klebte sie einen kleinen handgeschriebenen Zettel vor der Kommissarin auf die Tischplatte.

Christine Bernard bedankte sich bei ihrer Kollegin ohne sie anzusehen, beobachtete den regungslos dasitzenden Hartmut Schröder weiter und wartete, bis Polizeimeisterin Rieger den Vernehmungsraum wieder verlassen hatte. Erst dann warf sie einen Blick auf den Zettel.

Hassan Onay seinen
Verletzungen erlegen.

Christine Bernard atmete tief ein und wieder aus.

„Hassan Onay ist tot."

„Wer zum Teufel ist Hassan Onay?"

„Der Mitgefangene, dem Sie Ihren Löffelstiel in die Brust gerammt haben."

Hartmut Schröder bewegte sich keinen Millimeter. Stumm atmete er ein und aus. Seinen Blick starr auf die Tischplatte vor sich gerichtet.

Christine Bernard wartete darauf, dass Hartmut Schröder unter der Belastung seiner Schuld zusammenbrach.

Dreifacher Mord und sieben weitere mutmaßlich. Doch auf sein Strafmaß hatte das keinen Einfluss mehr. Der Richter würde Hartmut Schröder für den Rest seines Lebens in eine Zelle schicken.

„Wohin haben Sie die Leichen Ihrer Familie gebracht? Jetzt reden Sie endlich. Sehen Sie denn nicht, dass es aus ist? Herr Schröder, es ist vorbei. Spätestens jetzt sollten Sie sich doch einen Anwalt nehmen."

Was dann geschah, widersprach so sehr Hartmut Schröders Körpersprache, dass Christine davon völlig überrascht wurde. Aus seiner resignierten Haltung heraus sprang er plötzlich auf. Sein Stuhl flog von ihm weg und schlug hinter ihm polternd gegen die Wand. Dann griff er mit beiden Händen unter die Tischplatte, riss den Tisch hoch und warf ihn auf Kommissarin Bernard. Erschrocken versuchte sie auszuweichen, was ihr jedoch misslang. Der Tisch traf sie am Oberkörper. Sie rutschte von ihrem Stuhl und stürzte zu Boden. Mit drei schnellen Schritten war Schröder hinter ihr und griff brutal in ihre langen Haare. Mit der anderen Hand schob er den Tisch beiseite und stieß ihn mit einem Fuß davon. Dann schleifte er sie an ihren Haaren in die Ecke des Vernehmungsraums, an der die Kamera angebracht war. Dort war er am weitesten von der Tür entfernt. Christine schrie vor Schmerz laut auf. Tränen schossen ihr in die Augen.

Hartmut Schröder umklammerte ihr Kinn und drehte ihren Kopf so weit nach hinten, dass sie ihre Halswirbel knacken hörte. Todesangst ergriff die junge Kommissarin.

„Bleib ruhig liegen oder es ist aus mit dir."

Auf das Gepolter und Geschrei im Vernehmungsraum reagierte der Vollzugsbeamte vor der Tür sofort. Aber er kam zu spät. Er sah den Gefangenen zu allem entschlossen hinter der Kommissarin in der Ecke hocken. Mit seinen beiden Händen hielt Hartmut Schröder in unmissverständlicher Weise ihren Kopf fest und er schrie: „Raus, du Affe oder ich brech' ihr das Genick."

Um seinen Worten mehr Wirkung zu verleihen, drehte Hartmut Schröder Christines Kopf weiter nach hinten. Ein stechender Schmerz zuckte durch ihren Nacken. Sie versuchte, ihren Kopf mit aller Kraft wieder zurückzudrehen und mit einer Hand seinen brutalen Griff um ihr Kinn zu lockern. Aber es gelang ihr nicht. Hartmut Schröders Griff war erbarmungslos. Schröder war ihr an körperlicher Kraft weit überlegen. Stoßweise atmete sie ein und aus. Sie begann stark zu schwitzen. Tränen kullerten über ihr Gesicht.

In Panik gab sie dem Beamten mit ihrer freien Hand zu verstehen, dass er den Raum verlassen sollte. Widerwillig zog er sich zurück.

„Tür zu, Affe", schrie Schröder ihm hinterher. „Und ich will auf dem Gang niemanden sehen."

Hartmut Schröder nahm seine Hand von Christine Bernards Kinn. Dafür griff er noch fester in ihr Haar. Sie hörte das Knistern ausreißender Haare und spürte einen brennenden Schmerz auf ihrer Kopfhaut.

Erleichtert, von der unmittelbaren Todesbedrohung befreit zu sein, atmete sie etwas ruhiger. Dann fingerte er an ihrem schmalen Hosengürtel herum. Wieder ergriff Kommissarin Bernard die Panik. Wenn er versuchen würde, sie zu vergewaltigen, würde sie sich mit aller Kraft dagegen wehren. Tränen lösten sich wieder aus ihren Augen und liefen ihr über die Wangen.

Hartmut Schröder zog mit einem kräftigen Ruck den Gürtel aus den Schlaufen. Dann legte er ihn Christine Bernard um den Hals und drehte ihn in ihrem Nacken zusammen. Anschließend löste er seinen Griff in ihren Haaren und drehte ihr mit dem Gürtel um den Hals weiter die Luft ab. Christine Bernard hustete und rang nach Luft. Sie begann zu röcheln und versuchte vergeblich, mit ihrer linken Hand den Riemen um ihren Hals etwas zu lockern. Pfeifend zog sie gierig etwas Luft in ihre Lungen. Mit erbarmungslosem Griff hielt Hartmut Schröder den Gürtel fest. Mit der anderen Hand zog er den leichten Frauenkörper ruckartig am Hosenbund hoch. Die Mittelnaht ihrer Jeans presste sich brutal gegen ihren Unterleib. Vor Schmerz wurde ihr schwarz vor Augen. Sie wollte schreien, aber mehr als ein röchelndes Stöhnen kam nicht über ihre Lippen. Auf wackeligen Beinen stand Christine Bernard dicht vor ihrem Peiniger. Sie roch seinen Atem.

„Und jetzt machen wir beide einen Spaziergang."

Rücksichtslos schubste er Kommissarin Bernard vor sich her auf die geschlossene Tür zu. Unsicher stakste sie auf zittrigen Beinen vor Hartmut Schröder her, während sie nur noch gerade so viel Luft bekam, dass sie nicht ohnmächtig wurde.

„Öffne die Tür", fauchte er in ihr linkes Ohr und hielt ihren Körper aufrecht. Ohne die Türklinke sehen zu können, tastete sie danach und drückte sie herab. Hartmut Schröder zog Christine Bernard am Hosenbund ihrer Jeans zurück.

Ihre Füße schliffen über den Boden. Äußerst schmerzvoll presste sich der derbe Stoff wieder an ihren Unterleib. Mit einer Hand an der Klinke zog sie die Tür auf.

Vier Strafvollzugsbeamte standen vor dem Vernehmungsraum auf dem Gang.

„Haut ab“, brüllte Hartmut Schröder ihnen wild entgegen. „Sonst ist die Kleine hier erledigt.“

Vorsichtig zogen sich die Beamten zurück.

„Da rüber“, brüllte Hartmut Schröder sie an und deutete mit seinem Kinn auf die Toilettentüren. Er selbst schob Kommissarin Bernard in die andere Richtung, vorbei an der geschlossenen Tür zum Nebenraum.

Hilfe erwartete Christine Bernard von dort nicht. Wie sie selbst hätte auch Tanja Rieger Hartmut Schröder an Körperkraft wenig entgegenzusetzen. Und ihre Waffen mussten sie abgeben, bevor sie das Untersuchungsgefängnis betreten durften.

Mit brutaler Gewalt schob Hartmut Schröder die wehrlose Kommissarin weiter vor sich her. Ihre Jeans saß nicht mehr richtig. Mit jedem ihrer wackeligen Schritte scheuerte sie sich die Haut an der Innenseite ihrer Oberschenkel wund. Doch den brennenden Schmerz ignorierte sie. In Todesangst rang sie um jeden noch so kleinen Atemzug.

Sollte ihr junges Leben tatsächlich hier und jetzt zu Ende sein? Hier, auf diesem trostlosen Gang in der Justizvollzugsanstalt Trier? Und ihr einziger Begleiter für ihren letzten Schritt auf dieser Welt war dieser brutale Mörder hinter ihr? Sie war noch nicht einmal dreißig, verdammt. Diese schreckliche Befürchtung und die unzureichende Sauerstoffversorgung in ihrem Blut lähmten ihr Denken. Hilflos stand sie an der Schwelle, an der ein Mensch beginnt, sich selbst aufzugeben, seinen Überlebenskampf einstellt und sich der Situation hingibt.

Wieder schubste und rempelte Hartmut Schröder Kommissarin Bernard rücksichtslos einen Schritt voran und erzwang damit wieder Christines Aufmerksamkeit für die gefährliche Situation, in der sie steckte.

Wo wollte er mit ihr hin? Man würde ihn nicht gehen lassen. Und das bedeutete für sie möglicherweise stundenlange Qualen während der sich hinziehenden Verhandlungen zwischen Hartmut Schröder und der Gefängnisleitung. Davor und vor Hartmut Schröders niedriger Hemmschwelle einem Menschen das Leben zu nehmen, hatte Christine Bernard große Angst. Doch ihre Luftnot verhinderte, dass sie weiter darüber nachdenken konnte. Jeden Kubikzentimeter Atemluft musste sie ihrer Umgebung mühsam abringen. Mehrmals war sie kurz davor, das Bewusstsein zu verlieren. Doch Hartmut Schröder erlaubte ihr immer wieder einen rettenden Atemzug, wenn er spürte, dass seine Geisel durchzusacken drohte. Das wollte er unbedingt verhindern. Auch wenn er diese Kommissarin mühelos hätte tragen können. Denn die Vollzugsbeamten warteten nur darauf, sich dann sofort auf ihn zu stürzen.

Plötzlich hörte Kommissarin Bernard eine vertraute Männerstimme: „Ey, Arschloch."

Hartmut Schröder schaute hinter sich. Dann traf ihn mit großer Wucht ein schwerer Tretmülleimer mit dem Bodensockel an der Schläfe.

Der zusammengedrehte Gürtel um Christine Bernards Hals lockerte sich ein wenig. Hastig griff sie nach dem Riemen und öffnete ihn weiter. Gierig rang sie nach Luft. Heiser begann sie, zu husten. Speichel lief ihr aus dem Mund. Hinter sich spürte sie Hartmut Schröder zusammenbrechen, bevor sie selbst weinend auf dem Gang auf ihre Knie fiel. Dann erst riskierte sie einen Blick zurück. Vor ihr stand Jörg Rottmann, der auf den stöhnenden Hartmut Schröder herabblickte. Hinter den beiden sah sie die geöffnete Tür zum Nebenraum des Vernehmungszimmers.

Jörg Rottmann warf den Mülleimer beiseite. Scheppernd und polternd rollte er über den Boden. Das laute Geräusch ließ Christine Bernard zusammenzucken und begreifen. Es war vorbei. Die vier Vollzugsbeamten stürmten herbei und überwältigten Hartmut Schröder.

Rottmann riss sein Mobiltelefon aus der Hosentasche und hockte sich neben seine wimmernde Kollegin.

„Nicht sprechen. Alles gut. Ruhig weiteratmen."

Dann wählte er eine Nummer und wartete, bis er verbunden wurde.

„Hauptkommissar Rottmann. Ich brauche einen Krankenwagen. JVA Trier. Polizeibeamtin verletzt."

Christine Bernard wollte etwas sagen, doch Jörg Rottmann legte seinen Finger beschwörend an seine Lippen.

„Schschsch", zischte er und schüttelte seinen Kopf. „Kehlkopf", sagte er und zeigte auf seinen Hals. Christine Bernard verstand und nickte stumm. Ihr Kollege gab ihr zu verstehen, dass er eine Quetschung ihres Kehlkopfes vermutete und verhindern wollte, dass sie sprach.

Behutsam griff Jörg Rottmann Kommissarin Bernard unter die Arme und zog sie vorsichtig und gleichzeitig äußerst kraftvoll auf die Beine. Dann geleitete er sie in den Nebenraum und setzte sie auf einen Stuhl.

Dass Jörg Rottmann einmal ihr Retter in der Not sein würde, hätte sich Christine Bernard auch nicht träumen lassen. Diese überaus gelungene Aktion gerade würde sein Pluspunktekonto bei Polizeipsychologin Karin Vollmer sicher gehörig auffüllen.

Die Schmerzen im Hals forderten ihre Aufmerksamkeit und verhinderten, dass Kommissarin Bernard weiter über ihren Kollegen nachdachte. Gelassen stand er bei ihr und wirkte damit beruhigend und professionell auf sie. Mechanisch massierte sie sich selbst den schmerzenden Nacken und begann sich Vorwürfe zu machen.

Wie konnte sie diesen brutalen Mörder nur so sehr unterschätzen? Geradezu jämmerlich, dass sie ihm nichts entgegenzusetzen hatte und er mit ihr machen konnte, was er wollte. Das hätte böse für sie enden können. Sobald Hartmut Schröder sich aus der Haftanstalt herausgepresst hätte, hätte er womöglich keinen Augenblick gezögert und sie getötet. Angestrengt überlegte Kommissarin Bernard, ob sie sich etwas vorwerfen lassen musste.

Rein formell hatte sie alles richtig gemacht. Aber ein erfahrenerer Ermittler hätte den Angriff möglicherweise kommen sehen oder zumindest besser abgewehrt.

Schnelle Schritte hallten über den Gang. Dann standen ein Notarzt und zwei Sanitäter mit einer Trage vor der Tür. Wenige Minuten später lag Christine Bernard darauf festgeschnallt auf dem Rücken und schaute an die Decke.

Plötzlich wurde ihr klar, wieso Hartmut Schröder sich diese schlanke, junge Kommissarin für seine Vernehmung ausgesucht hatte. Das hatte nichts mit Sympathie zu tun oder mit ihrer Qualifikation. Nein. Diese dumme Gans konnte er besser überwältigen. Sie hatte sich von Anfang an in seinem perfiden Netz verstrickt. Wie eine Anfängerin hatte sie sich von diesem hinterhältigen Schröder täuschen lassen. Wut stieg in ihr auf. Wut, über ihre Arglosigkeit. Heiße Tränen rannen ihr über die Wangen, liefen ihr in die Ohren und den Hals hinunter. Sie fröstelte und presste ihre trockenen Lippen aufeinander, um nicht zu schluchzen.

‚Ich bin tatsächlich eine dumme Gans', warf sie sich vor. ‚Eine selten dumme Gans, jawohl.'

Eine Erschütterung beendete Christine Bernards Gedanken-Karussell. Die Sanitäter schoben sie mit der Trage in den Krankenwagen. Ein Sanitäter nahm neben ihr Platz. Die Türen wurden geschlossen. Der Wagen rollte los.

Der gelbe Sand

Am liebsten wäre sie einfach sitzen geblieben. Ihre Unentschlossenheit hinderte sie daran, an dem Türöffner zu ziehen und die Wagentür aufzustoßen.

„Alles in Ordnung mit dir? Soll ich noch mit raufkommen?"

Jörg Rottmanns Stimme klang unsicher.

„Nein. Danke, Jörg. Alles gut."

Christine Bernards gequältes Lächeln deutete Jörg Rottmann richtig. Nichts war gut. Seiner Kollegin ging es schlecht und er machte sich deshalb Vorwürfe. Torsten Kluge und er hätten nicht zulassen dürfen, dass dieser Spinner Schröder ihnen ihr Vernehmungskonzept durcheinanderbrachte.

Die junge Kollegin hatte ihre Qualitäten, keine Frage, aber diesen Schwerverbrecher hätten die beiden Hauptkommissare nicht dieser zarten Person überlassen dürfen. Einzig die anfängliche Vermutung, dass es sich lediglich um einen Vermisstenfall handelte, duldete Hauptkommissar Jörg Rottmann für sich selbst als entlastend. Aber schon der Angriff Hartmut Schröders auf den Kollegen Kluge wies bereits in die richtige Richtung. Hartmut Schröder war ein skrupelloser Mörder und zu allem entschlossen. Jörg Rottmann schwor vor sich selbst, noch einmal würde er diesen Fehler nicht machen. Auch wenn selbst er zugeben musste, dass sich die junge Kollegin als ausgesprochen mutig und tapfer erwiesen hatte. Ab jetzt stand sie unter seinem persönlichen Schutz.

„Bis morgen“, krächzte Christine heiser heraus.

Dann öffnete sie die Beifahrertür und stieg aus. Jörg Rottmann wartete noch, bis seine Kollegin im Hausflur verschwunden war. Dann trat er energisch auf das Gaspedal und gab die rechte Straßenseite vor Christine Bernards Wohnung für den Verkehr wieder frei.

Die Schmerzmittel, die sie im Krankenhaus verabreicht bekommen hatte, wirkten bereits. Ein leichtes Hungergefühl verdrängte die immer wiederkehrenden Selbstvorwürfe. Etwas Weiches würde sie schlucken können. Kommissarin Bernard entschied sich für Seelachsfilet „italienisch“ aus der Tiefkühltruhe. Dazu ein halbes Glas leichten, trockenen Weißwein.

Die Aluminiumschale mit dem Fisch verschwand im Heißluftherd. Das halbe Glas Wein schüttete sie mit Mineralwasser auf. Mit ausgestreckten Beinen genoss sie ihre Weinschorle auf dem Sofa.

Sie fühlte sich zerschlagen, urlaubsreif. Mit Tränen in den Augen dachte sie an ihre letzten Ferien zurück. Sonne, Strand und Meer. Und Frank. Dieser Mistkerl. Schlagartig war ihre Wehmut verflogen.

Plötzlich wurde ihr bewusst, welches Glück sie während der Vernehmung und den Ermittlungen im Fall Hartmut Schröder gehabt hatte. Zwei Mal wäre sie beinahe gestorben. Unversehens dachte sie an einen Schutzengel. Ja, einen Schutzengel. Der hatte wohl seine Flügel über ihr ausgebreitet und sie vor dem Schlimmsten bewahrt. Dabei fiel ihr ihre Mutter ein. Und Papa. Dann wurden ihr ihre eigenen Gedanken zu sentimental.

‚Hör auf mit dieser Gefühlsduselei', befahl sie sich.

Durch lautes Piepen lenkte der Heißluftherd Christine Bernards Aufmerksamkeit auf das Fischfilet. Sie aß es am Tisch sitzend in der Küche.

Kommissarin Bernards Mobiltelefon klingelte. Das Display zeigte einen Anruf von Torsten Kluge an. Sie nahm das Gespräch an.

„Hallo Christine. Ich bin gerade im Krankenhaus, aber du bist ja schon zu Hause."

„Ja. Ich wollte nicht dort bleiben."

„Soll ich noch vorbeikommen?"

„Nein, danke. Ich lege mich gleich hin. Wir sehen uns dann morgen."

„Lorscheider hat dich beurlaubt. Eine Woche. Er will, dass du dich erholst. Sicher ruft er noch an, um es dir selbst zu sagen."

„Und Schröder?"

„Lorscheider reicht, was wir haben. Er wird Anklage erheben."

„Und Andrea Schröder? Und die Kinder?"

„Sieben Leichen mehr spielen keine Rolle. Schröder bekommt lebenslänglich. So oder so."

„Das heißt, sie werden womöglich nie gefunden?"

„Ja. Wäre nicht das erste Mal. Vielleicht werden sie zufällig irgendwann bei irgendwelchen Bauarbeiten entdeckt."

Christine Bernard war damit nicht zufrieden. Aber vorerst sah sie keine Möglichkeit, daran etwas zu ändern.

Selbst eine erneute Vernehmung von Hartmut Schröder hatte wenig Aussicht auf Erfolg. Kaum anzunehmen, dass er den Ort doch noch preisgab, an den er die Leichen seiner Frau und seiner Kinder verbracht hat. Außerdem sah sie ein, dass sie dringend Erholung brauchte. Walter Lorscheider hatte weise entschieden und genau das Richtige getan. Ein paar ruhige Tage zu Hause konnte sie gut gebrauchen.

„Ok, Torsten. Wir sehen uns dann nächste Woche."

„Erhol dich."

„Ich geb mir Mühe."

Das langgezogene Ding-Dong der Türglocke hörte Hauptkommissar Kluge nicht mehr. Christine Bernard hatte das Gespräch bereits getrennt. Mit dem Mobiltelefon in der Hand öffnete sie ihre Wohnungstür.

Eine schlanke, spröde anmutende, rothaarige Frau um die vierzig stand vor der Tür.

„Guten Abend."

Mit einem Blick auf das Mobiltelefon in Kommissarin Bernards Hand sprach sie weiter.

„Störe ich?"

Die Antwort auf diese höfliche Frage wartete die in blassen Erdfarben gekleidete Frau allerdings nicht ab, sondern machte zwei energische Schritte auf Christine Bernard zu, die unwillkürlich zurückwich.

„Ich wollte doch mal meine Patientin sehen, die sich bisher so erfolgreich vor mir versteckt hält."

Zwei hellgrüne Augen hielten dem fragenden Blick von Christine Bernard mühelos stand.

„Karin Vollmer. Polizeipsychologin."

Erleichtert schüttelte Christine Bernard die entgegengestreckte Hand, bevor Karin Vollmer weitersprach.

„Staatsanwalt Lorscheider glaubt, dass es besser ist, wenn ich mal nach Ihnen schaue. Wollen wir nicht hineingehen?"

Erst jetzt trat Christine Bernard beiseite und ließ Karin Vollmer an sich vorbei. Die Psychologin der Trierer Kriminaldirektion warf einen kurzen Blick in die angrenzenden Räume. Christine Bernard schloss die Tür.

„Hübsche Wohnung. Wo gehen wir hin?"

Christine Bernard deutete mit ihrem ausgestreckten Arm auf die Küche und ging voran.

„Ich habe mich nicht versteckt. Aber ich hatte …"

„… so viel zu tun, ich weiß", unterbrach Karin Vollmer die junge Kommissarin energisch.

„Diese Ausrede muss irgendwo am Schwarzen Brett hängen. Jeder Kollege aus dem K1 kennt sie auswendig. Mich allerdings ermüdet sie mit der Zeit ein wenig."

„Tee?", unterbrach Christine Bernard den Redeschwall der forschen Psychologin.

„Wasser, bitte."

Kommissarin Bernard hätte wetten können, dass Karin Vollmer ein anderes, als das ihr angebotene Getränk wählen würde. Das sollte dem Gegenüber Selbstbewusstsein und Autorität signalisieren.

Polizeipsychologisches Grundseminar, erster Tag, erste Stunde.

Seltsam, dass diese Psychologen nicht auf ihre Spielchen verzichten konnten.

Karin Vollmer bedankte sich höflich und nahm einen ersten Schluck Wasser. Ihr zartrosa Lippenstift hinterließ dabei feine Spuren am Glas. Über dessen Rand hinweg musterte Karin Vollmer die junge Kommissarin und trank ohne Eile einen zweiten Schluck Wasser.

Dieses betont hinauszögernde Verhalten gehörte sicher auch zu irgendeinem Psychoritual, vermutete Christine Bernard und überlegte, ob sie sich auch etwas zu trinken nehmen sollte.

Mit einer sanften Bewegung stellte Karin Vollmer ihr Glas vor sich auf dem Tisch ab, zog ihre gepflegte Hand aber nicht zurück. Rhythmisch drehte sie das Glas immer wieder um eine Vierteldrehung mit ihren schlanken Fingern.

„Wie geht es Ihnen?“

„Mir geht es gut.“

„Ist das wirklich so?“

Christine Bernard spitzte ihre Lippen und nickte zuversichtlich.

„Sie haben eine schwere Zeit hinter sich und jetzt diese überaus schwierigen Ermittlungen am Hals. Was macht das mit Ihnen?“

„Es macht mich wütend, weil ich einen Mörder nicht überführen kann.“

„Walter Lorscheider erhebt Anklage. Hartmut Schröder wird verurteilt. Ist das nichts?“

„Doch, natürlich. Aber …“

„Aber Sie wollen ihn stellen, nicht wahr? Sie wollen es sein, die ihn zur Strecke bringt.“

„So ungefähr."

„Da gibt es einen Kollegen im K1, mit dem haben Sie offenbar vieles gemeinsam."

„Jörg Rottmann?"

Karin Vollmer nickte und legte ihre Stirn in Falten.

„Er hat mir heute das Leben gerettet."

„Ich weiß. Und diese überaus gelungene Aktion werde ich in Erinnerung behalten und zu gegebener Zeit berücksichtigen."

„Was wohl auch dringend nötig ist, nicht wahr? Sie mögen ihn nicht."

„Machen wir uns nichts vor. Er ist und bleibt ein Rüpel. Ein Macho, ein Chauvinist, wie er im Buche steht."

„Aber er ist ein guter Ermittler."

Karin Vollmer nickte bestätigend, aber offenbar schweren Herzens einmal langsam mit dem Kopf und zog dabei das nächste Wort in die Länge.

„Unbestritten." Dann sprach sie wohlwollend weiter: „Das ist er, wenn auch hin und wieder mit fragwürdigen Methoden. Aber seine Erfolge sind der Grund, warum ich ihn nicht schon längst aus dem Verkehr gezogen habe."

Karin Vollmer trank einen kleinen Schluck Wasser.

„Aber reden wir über Sie."

Angespannt rutschte Christine Bernard auf ihrem Stuhl hin und her. Was wollte diese Frau von ihr?

War es wirklich nur ein Besuch aus Fürsorge? Oder gab es einen anderen Grund? Stand Kommissarin Bernards Job auf dem Spiel? Glaubte man im K1, dass sie den Anforderungen nicht gewachsen war? Plötzlich fühlte sie sich unwohl. Ihr kleiner Rest Selbstbewusstsein war in Gegenwart dieser Frau verflogen.

„Was …“

Christine musste sich räuspern, erst dann fand sie ihre Stimmer wieder.

„Was ist mit mir?“

Karin Vollmer bemerkte ein leises Zittern in der Stimme von Christine Bernard und lächelte beruhigend.

„Sie haben vor nicht allzu langer Zeit Ihre Eltern verloren, Ihr Lebensgefährte hat Sie verlassen, Sie haben die Dienststelle gewechselt, Sie wurden vergiftet, verletzt und bedroht. Gleich zwei Mal in derselben Woche beinahe zu sterben nimmt wohl jeden etwas mit.“

‚Jetzt kommt's‘, dachte Christine Bernard. ‚Und deswegen sind Sie für den Dienst im K1 im Moment nicht geeignet, oder so etwas Ähnliches‘.

Sie wollte gerade vorbeugend protestieren und mit einem Redeschwall auf diese Psychologin losgehen, doch Karin Vollmer kam ihr zuvor.

„Ich finde, dass Sie sich hervorragend halten, und ich möchte, dass Sie wissen, dass ich jederzeit für Sie da bin, wenn Sie mich brauchen. Meine Nummer haben Sie ja.“

Erleichtert atmete Christine Bernard aus.

„Das ist nett, vielen Dank.“

„Ich habe Staatsanwalt Lorscheider empfohlen, Ihnen eine Woche Urlaub zu verpassen. Ich nehme an, länger kann ich Sie sowieso nicht vom Dienst fernhalten.“

Lächelnd nickte Christine Bernard. Das hatte diese Psychologin sehr gut erkannt.

„Haben Sie jemanden außerhalb des K1, dem Sie sich anvertrauen können?"

Christine Bernard dachte an Melissa und nickte.

„Das ist gut. Vielleicht lernen Sie auch bald wieder einen netten jungen Mann kennen. Auch wenn die meisten Kerle zu kaum etwas nütze sind, naja, manchmal tun sie uns doch gut."

Kommissarin Bernard dachte augenblicklich an den ungeschickten Torben Heintz und lächelte sanft.

Karin Vollmer wusste dieses Lächeln sofort zu deuten und seufzte.

„Ich sehe, hier gibt es für mich nichts zu tun."

Dann stand sie auf und reichte Christine Bernard ihre Hand zum Abschied.

„Walter Lorscheider hat übrigens einen Narren an Ihnen gefressen. Aber das ist Ihnen sicher auch schon aufgefallen."

Christine Bernard nickte wissend.

„Und Jörg Rottmann", fügte sie hinzu.

Karin Vollmer verdrehte die Augen.

„Gott bewahre. Sie werden doch nicht mit dem …"

„Keinesfalls", bestätigte Christine Bernard lachend.

Einträchtig verließen die beiden Frauen die Küche und Christine brachte Karin Vollmer zur Tür.

Kommissarin Bernard sah in der Psychologin neben Staatsanwalt Walter Lorscheider und Polizeiärztin Frauke Prinz einen weiteren Verbündeten in der Trierer Kriminaldirektion und nahm sich vor, den Kontakt zu der Polizeipsychologin in jedem Fall aufrechtzuerhalten. Auch wenn das sicher etwas Misstrauen bei Jörg Rottmann auslösen würde. Amüsiert dachte sie an ihren ruppigen Kollegen und wie mutig und entschlossen er am Nachmittag die Situation im Gefängnis geklärt hatte.

Jörg Rottmann und Torsten Kluge hatten ihre anfangs reservierte Haltung ihr gegenüber mittlerweile aufgegeben.

Ohne es zu wissen, hatte Hartmut Schröder dafür gesorgt, dass Christine Bernard endgültig im K1 angekommen war. Nun wurde die junge Kommissarin respektiert und als Kollegin wahrgenommen.

Trotzdem gelang es ihr nicht, sich mit dem Ermittlungsergebnis im Fall Schröder zufriedenzugeben. Auch eine Dusche und frische Kleidung konnten daran nichts ändern.

Andrea Schröder, Claudia, Julia, Lisa, Lara, Sandra und Marita beherrschten Christine Bernards Denken. Unzufrieden grübelnd wanderte sie in ihrer Wohnung umher.

Unwillkürlich erinnerte sie sich an den fürchterlichen Gestank in Hartmut Schröders Haus. Obwohl sie die Kleidung, die sie an jenem Tag trug, weggeworfen hatte, roch sie am Kragen ihrer Fleece-Jacke. Noch einmal hielt sie sich den Stoff unter ihre Nase und atmete tief ein. Beruhigt stellte sie fest, dass die Jacke nur nach Weichspüler duftete.

Die schrecklichen Bilder dieses halb verwesten Hundes würde sie lange Zeit nicht mehr aus ihrem Kopf bekommen.

Entgegen Hartmut Schröders Aussage vermutete Christine Bernard weiterhin, dass der Hund sein Herrchen bei irgendetwas gestört hatte. Deswegen hatte Hartmut Schröder ihn erschlagen. Bei was also konnte der Hund sein Herrchen gestört haben, das so wichtig war, dass er ihn erschlug? Natürlich beim Vergraben der Leichen seiner Frau und seiner Kinder. Das spricht auch für den Spaten als Tatwaffe. Den hatte Hartmut Schröder gerade zur Hand. Vielleicht hatte der Hund auch versucht, die Leichen wieder auszugraben? Nur weil der Hund angeblich in seinen Garten geschissen hatte, würde Hartmut Schröder das Tier wohl nicht getötet haben.

Also – Schröder vergräbt die Leichen. Der Hund störte ihn dabei oder drohte, ihn zu verraten. Hartmut Schröder erschlug ihn und brachte ihn zurück ins Haus. Warum?

Warum vergrub er denn Hund nicht? Warum warf er ihn nicht einfach in dasselbe Loch, in dem schon die Körper seiner Frau und seiner Kinder lagen?

Weil das Loch schon zu war?

Dann hätte der Hund ihn also nicht beim Vergraben gestört, sondern mit seiner Buddelei das Grab verraten.

Wie weit lief so ein Hund von seinem Revier weg?

Christine Bernard wusste es nicht.

Wie weit schleppte jemand den Körper seiner toten Frau? Sicher keinen Kilometer. Und gefahren war Hartmut Schröder nicht. Darauf deutete zumindest die Spurenlage hin.

Also hatte der Hund im näheren Umfeld des Hauses nach den Leichen gegraben. Hartmut Schröder hatte es bemerkt und das Loch mit dem Spaten wieder geschlossen. Anschließend hatte er damit den Hund erschlagen. Oder erst den Hund erschlagen und dann das Loch wieder zugeschüttet? Egal. So oder ähnlich könnte es gewesen sein. Musste es aber nicht.

Wenn Andrea Schröder und die Kinder weniger als einem Kilometer vom Haus vergraben lagen, hatte die Spurensicherung etwas übersehen.

Unwahrscheinlich.

Oder der Ort lag außerhalb des Suchgebiets?

Dann aber hätte Hartmut Schröder die Leichen doch mehr als einen Kilometer weit geschleppt.

Ebenfalls unwahrscheinlich.

„Ich übersehe etwas", sprach Kommissarin Bernard mit sich selbst.

Also noch mal von vorn.

Hartmut Schröder vergiftete seine Familie. Woher kannte er das Gift und wusste von seiner Wirkungsweise?

Literatur? Fernsehen? Internet?

Woher kannte er die ungefähre Dosierung? Hartmut Schröder war kein Chemiker oder Arzt. Und mal eben einen Apotheker fragen kam auch nicht in Frage.

Bei dem Wort Apotheker dachte Christine wieder an Marita. Sie mochte Märchen. Siebenschön. Von Ludwig Bechstein. Ludwig Bechstein war ein Apotheker gewesen. Aber den konnte Hartmut Schröder kaum gefragt haben. Bechstein verstarb bereits Mitte des neunzehnten Jahrhunderts.

Christine Bernard ging vorerst davon aus, dass Hartmut Schröder sich die benötigten Informationen aus dem Internet beschafft hatte.

Also weiter. Siebenschön. Siebenschön überlebte als Einzige den Brand ihres Elternhauses in einem Brunnen.

Auf dem Grundstück von Hartmut Schröder gab es keinen Brunnen.

Gab es nicht? Christine Bernard wusste es nicht.

Sie griff nach ihrem Mobiltelefon und wählte hoffnungsvoll die Kurzwahlnummer von Günther Hagemann. Um diese Zeit hatte der längst Feierabend. Trotzdem nahm Günther Hagemann das Gespräch entgegen.

„Glück für Sie, Pech für mich. Ich mache Überstunden mit den beiden Schröder-Leichen."

„Das tut mir leid."

„Muss es nicht. Sie klingen etwas rau. Wie geht es Ihnen?"

„Schon besser. Sagen Sie, gab es auf dem Schröder-Grundstück Hinweise auf einen Brunnen oder einen Schacht?"

„Nein. Aber Sie können morgen beim Katasteramt oder Wasserwirtschaftsamt nachfragen. Möglicherweise können die Ihnen Auskunft geben."

Kommissarin Bernard bedankte sich bei Günther Hagemann und trennte enttäuscht das Gespräch. Wieder eine Sackgasse. Vorerst. Morgen erfuhr sie vielleicht mehr.

„Morgen, morgen, morgen", plapperte sie störrisch und verzog aufsässig ihr Gesicht.

‚Nix, morgen', dachte sie. ‚Jetzt!'

Schnell tippte sie die Nummer der Telefonvermittlung und ließ sich mit Heidemarie Marx verbinden. Hartmut Schröders Nachbarin wusste vielleicht, ob es auf dem Schröder Grundstück einen Brunnen oder einen Schacht gab.

Hoffnungsvoll schaute Christine Bernard auf ihre Armbanduhr. Einundzwanzig Uhr durch. Alte Leute gingen früh zu Bett. Nach dem achten Freizeichen, Christine Bernard hatte mitgezählt, nahm jemand ab.

„Ja, bitte."

„Frau Marx?"

„Ja. Wer ist denn da?"

„Kommissarin Bernard."

„Ach, ja. Sie klingen so heiser. Wie geht es Ihrer Hand?"

„Gut. Danke. Wissen Sie, ob es auf dem Schröder-Grundstück mal einen Schacht oder einen Brunnen gab?"

„Nein."

„Nein bedeutet, Sie können sich nicht daran erinnern oder nein, es gab keinen Brunnen?"

„Es gab nie einen Brunnen. Das weiß ich genau."

„Sind Sie wirklich sicher?"

„Ja, natürlich."

Den Anruf beim Wasserwirtschaftsamt und beim Katasteramt konnte sich Christine Bernard sparen. Die alte Dame hatte ihre Sinne schließlich beisammen. Erstaunlich und beneidenswert, in diesem Alter.

„Vielen Dank, Frau Marx. Entschuldigen Sie die späte Störung."

„Das macht doch nichts. Ich helfe Ihnen gern. Es ist eine willkommene Abwechslung für mich. Bei mir passiert nicht mehr viel."

Einen letzten, beinahe hoffnungslosen Versuch startete Kommissarin Bernard noch.

„Wissen Sie vielleicht, ob es in der näheren Umgebung um das Schröder-Grundstück herum einen Schacht oder einen Brunnen gab?"

„Ganz sicher nicht. Tut mir leid. Unser Brunnen war der einzige und den hat mein Mann schon vor Jahren zugeschüttet."

Eine lange Pause entstand. Wie erstarrt stand Christine Bernard mit dem Telefon am Ohr da und erlag der Flut ihrer Gedanken. War das die Lösung? Keine hundert Meter von Hartmut Schröders Haus entfernt lag das dunkle Grab seiner Familie?

All die vielen Kollegen hatten nichts gefunden, weil es auf dem Grundstück nichts zu finden gab. Und wenige Meter weiter begann das Grundstück der netten alten Dame. Doch dort hatte niemand nach einem Brunnen gesucht. Warum auch? Bis jetzt gab es keinen Grund dazu.

„Hallo, sind Sie noch dran? Ich höre Sie atmen."

„Ja, ich bin noch dran. Macht es Ihnen etwas aus, wenn ich noch vorbeikomme und mir den Brunnen ansehe?"

„Mir ist das recht. Aber es wird schon dunkel."

„Das macht nichts."

„Na schön. Bis gleich. Ich mache uns einen Tee. Sie mögen doch Tee?"

„Ja, gerne. Bis gleich, Frau Marx."

Christine Bernard parkte ihren weißen Renault vor Heidemarie Marx' Haus. Der schwarze Hochwald verschluckte die letzten Reste des Tageslichts am Horizont. Ein kühler, feuchter Herbstwind ließ die müde und erschöpfte Kommissarin zusätzlich frösteln.

Vorsichtig tastete sich Christine Bernard über den schlecht ausgeleuchteten Plattenweg auf die Haustür zu.

Eine schwach leuchtende Laterne brannte über dem Eingang. Hinter drei langen gelben Strukturglasscheiben in der Haustür sah Christine Heidemarie Marx den Flur entlang auf die Tür zulaufen. Sie hatte offenbar den Wagen gehört. Dann drehte sie einen Schlüssel im Schloss und öffnete ihrem späten Gast.

„Ich habe schon geglaubt, Sie hätten etwas getrunken."

Christine Bernard lachte.

„Wieso das?"

„Ihre Stimme. Sie klang danach."

Christine Bernard beruhigte sie.

„Ich hatte heute einen kleinen Unfall."

„Kind, Sie müssen besser auf sich aufpassen."

Heidemarie Marx trat beiseite.

„Mach ich. Ich möchte mir zuerst den Brunnen ansehen."

„Der ist im Schuppen neben der Scheune. Ich war da seit Jahren nicht mehr drin. Aber viel gibt es da nicht mehr zu sehen. Mein Mann hat den Sockel entfernt und den Schacht mit Sand aufgefüllt, damit niemand hineinfällt. Später hat er den Schuppen darauf gebaut und sich darin eine kleine Werkstatt eingerichtet. Aber gehen Sie nur. Ich bleibe lieber im Haus. Ich sehe im Dunkeln nicht mehr so gut und möchte nicht stürzen."

Christine Bernard konnte es kaum erwarten, einen Blick in diesen Schuppen zu werfen und stolperte im Dunkeln über das Grundstück an der Scheune vorbei.

Quietschend und knarrend schwang die Schuppentür auf. Tiefschwarze Finsternis gähnte sie an. Vorsichtig tastete sie sich mit den Füßen ein Stück vor und blieb stehen. Sie wartete, bis sich ihre Augen an die Dunkelheit gewöhnt hatten. Doch sie konnte nichts erkennen. Sie brauchte Licht.

Christine Bernard tastete an den Wänden links und rechts nach einem Lichtschalter. Doch da war keiner.

„Mist“, fluchte sie in das bedrückende Dunkel des Schuppens hinein.

Sie lief zurück zu ihrem Wagen und hoffte, dass sich darin eine Taschenlampe befand.

In einem „Car-Kit“, einem Werbegeschenk von ihrer Versicherung, fand sie eine. Christine Bernard hatte die kleine Tasche achtlos in den Kofferraum geworfen. Das musste schon mehr als drei Jahre her sein. Ob die Batterien in der Lampe noch Strom lieferten?

Sie taten es. Zumindest so viel, dass es ausreichen würde, um das Innere des Schuppens zu untersuchen.

Der schwache Lichtstrahl der kleinen Taschenlampe wanderte durch den Raum.

Regale mit Farbdosen, Lasuren, Lacke, Werkzeug. Kästchen mit Schrauben, Blechdosen mit Nägeln, Schläuche, Draht. Der übliche Krempel, den man in solchen Räumen erwartete.

Kommissarin Bernard leuchtete an die Wände neben der Tür. Da war doch ein Lichtschalter. Einer dieser alten Drehschalter, wie in Hartmut Schröders Haus. Er war nur sehr weit von der Tür entfernt, deshalb konnte sie ihn nicht ertasten.

Nach einer halben Drehung und einem Klacken passierte dennoch nichts. Die Glühbirne war offenbar kaputt. Christine Bernard leuchte mit ihrer Taschenlampe auf den Boden.

In der Mitte des Schuppens befand sich eine kreisrunde Fläche. Sie war heller als der Rest des Bodens. Dort musste sich der Brunnen befunden haben. Wie Heidemarie Marx schon gesagt hatte, wurde der Rand des Brunnens entfernt. Damit niemand in den Schacht fiel, hatte ihr Mann ihn mit Sand aufgefüllt.

Doch unendlich enttäuscht ließ Kommissarin Bernard die Taschenlampe sinken. Beinahe wäre sie ihr aus der Hand gefallen, so kraftlos fühlte sie sich in diesem Moment.

Auf dem Brunnenschacht lag ein alter Mühlstein. Sicher etliche Zentner schwer. Damit hatte Rudolf Marx den zugeschütteten Brunnen abgedeckt, nachdem er den Sockel soweit abgetragen hatte, dass der Mühlstein bündig mit dem Boden des Schuppens abschloss. Eine handwerklich sehr anspruchsvolle Arbeit, perfekt ausgeführt. Doch trotz aller Bewunderung Christine Bernards für Rudolf Marx' handwerkliche Fähigkeiten war es für sie kein Grund zur Freude. Das Loch in der Mitte des Steins war mit Beton ausgegossen. Daraus ragte ein dicker Metallbügel einige Zentimeter empor. Möglicherweise hatte Rudolf Marx selbst diesen Metallbügel an dem schweren Stein befestigt, um ihn leichter transportieren zu können. Der Mühlstein passte mit seinem Durchmesser als Abschluss exakt auf den Schacht.

Hartmut Schröder hätte diesen schweren Stein nicht allein bewegen können. Und auf eine Mittäterschaft einer weiteren Person gab es nach derzeitigem Ermittlungsstand keine Hinweise.

All ihre Hoffnung auf die endgültige Aufklärung des Falls Hartmut Schröder wich von ihr und schaffte Platz für ein Meer von Hoffnungslosigkeit. Sie drehte sich herum, lehnte sich an den Türrahmen und schaute mit hängenden Schultern in die Nacht.

Feuchtigkeit kroch in ihre Kleidung und benetzte ihr Haar. Eine unangenehme Kühle griff nach ihr.

„Hallo, junge Dame, wo bleiben Sie denn? Es ist doch nichts passiert?"

„Hier bin ich, Frau Marx. Nein, es ist nichts passiert."

Mutlos stieß Christine Bernard sich vom Türrahmen ab und stolperte im Dunkeln über das ihr unbekannte Gelände zurück. Die Lampe in ihrer Hand benutzte sie nicht. Die hatte sie schon wieder vergessen. Zu sehr nagte die Enttäuschung an ihr.

„Haben Sie den Brunnen gefunden?"

„Ja, danke, Frau Marx."

„Sie wirken so bedrückt. Geht es Ihnen nicht gut?"

Kommissarin Bernard folgte Heidemarie Marx in die Küche. „Doch, doch. Alles gut", log sie.

Heidemarie Marx wusste, dass dies nicht die Wahrheit war. Verschmitzt sprach sie weiter und lockte Christine Bernard aus ihrer Niedergeschlagenheit hervor.

„Ich habe noch selbst gebackene Butterkekse nach einem dänischen Rezept. Die passen wunderbar zu unserem Tee."

Heidemarie Marx holte eine Blechdose aus dem Küchenschrank hervor. Christine Bernard zog die für sie bereitgestellte Teetasse mit einem Lächeln zu sich heran.

Heidemarie Marx hatte nicht übertrieben. Die wirklich wunderbaren Kekse mit einem betörenden Butteraroma und der kräftige heiße Tee ließen Christine Bernard wieder hoffnungsvoller in die Zukunft blicken.

Mit dem Mund voller Kekskrümel und einer dampfenden Tasse Tee an den Lippen saß sie in Heidemarie Marx' Küche und baute sich selbst wieder auf.

‚Was soll's, Chris', dachte sie. ‚Schröder hat seine Familie umgebracht, sie irgendwo verscharrt und du findest die Leichen nicht. Nicht schön, aber die anderen finden sie auch nicht. Erfahrene Kollegen stehen ebenso dumm da wie du selbst. Papas Prinzessin ist über einen Mordfall gestolpert. Jetzt heißt es aufstehen, die Krone gerade rücken und weitermachen.'

Amüsiert beobachtete Heidemarie Marx, wie sich die junge Kommissarin innerlich aufrichtete. Sie beugte sich etwas vor und tätschelte mild lächelnd die linke Hand von Christine Bernard, mit der sie immer noch die kleine Taschenlampe fest umschlossen hielt.

„Sie werden Andrea und die Schröder-Kinder schon noch finden. Wenn nicht hier und heute, dann eben zu einer anderen Zeit anderswo."

Christine Bernard genoss Heidemarie Marx' Zuspruch und schlürfte lächelnd einen Schluck Tee aus ihrer Tasse.

„Sie dachten, Schröder hat seine Frau und die Kinder in meinem Brunnen vergraben, nicht wahr?"

„Ja, das dachte ich."

„Ich bin froh, dass es nicht so ist. Der Gedanke wäre mir doch zu gruselig."

Kommissarin Bernard verweigerte sich selbst einen weiteren dieser köstlichen Butterkekse und trank einen letzten Schluck Tee.

„Ich fahre jetzt nach Hause, Frau Marx. Ich habe Sie schon lange genug aufgehalten."

„Das macht mir nichts aus. Sie dürfen mich auch gerne mal besuchen, wenn Sie nicht gerade nach Leichen suchen."

Hinter ihr drückte Heidemarie Marx die Haustür ins Schloss und wartete, bis Christine Bernard ihren weißen Renault erreicht hatte. Die Scheiben des Méganes waren beschlagen. Mit einem kurzen Aufblenden bestätigten die Blinker des Wagens ihren Druck auf die Fernbedienung für die Zentralverriegelung. Heidemarie Marx schaltete die Außenbeleuchtung aus.

Für einen Moment war es tiefschwarze Nacht um Christine Bernard herum. Dann zog sie die Fahrertür auf und die Innenbeleuchtung dimmte hoch.

Langsam rollte Kommissarin Bernard in die Stadt zurück. Tieraugen funkelten im Licht der Scheinwerfer aus dem Dickicht am Straßenrand, als wollten sie sich ansehen, wer da so spät in der Nacht noch unterwegs war.

Eine Woche Urlaub. Sie hätte nicht gedacht, dass diese Tage für sie so schnell vorübergehen würden. Und es überraschte sie, wie dankbar ihr Körper auf diese Schonung reagierte.

Kommissarin Bernard hatte sich für fitter gehalten. Sie fühlte sich so erholt, wie schon seit Langem nicht mehr.

Christine Bernard hatte viel und lange geschlafen, erledigte leichte Hausarbeiten, ging spazieren oder joggte das Moselufer entlang. Die Abende verbrachte sie mit zwei Romanen von Ulli Olvedi auf dem Sofa. Die Lebensgeschichte der Buddhistischen Nonne Maili Osal hatte Melissa auf der Suche nach sich selbst entdeckt und jedem geschenkt, von dem sie glaubte, er müsste erleuchtet werden.

Torsten Kluge und Jörg Rottmann erkundigten sich auf Weisung von Staatsanwalt Lorscheider Ende der Woche nach dem Befinden ihrer Kollegin und Frauke Prinz überredete Christine Bernard, sich mit ihr am Samstagabend in einem Klub zu treffen. Christine Bernard lud Melissa hinzu und die drei Frauen trafen sich zu später Stunde.

Obwohl sie das Durchschnittsalter der übrigen Gäste längst überschritten hatten, war es ein amüsanter Abend. Vor allem für Christine. Denn sie traf Frank auf seiner Pirsch nach einer jungen Ahnungslosen. Und Frank traf auf Frauke Prinz. Es war wie ein Sommergewitter, was da auf Frank niederging. Die Schwüle seiner Absichten traf auf die messerscharfen Worte von Frauke Prinz.

„Ach, Sie sind dieser Frank? Ich habe schon viel von Ihnen gehört."

Frank suchte gar nicht erst nach einer coolen Antwort wie: „Ich hoffe, nur Gutes." oder „Gehen Sie mal mit mir aus, dann erzähle ich Ihnen mehr von mir."

Der herausfordernde Spott in Frauke Prinz' Stimme war nicht zu überhören und ihre Augen funkelten ein unmissverständliches: „Ein falsches Wort und ich zerfleische dich auf der Stelle."

In Sekunden kühlte die Stimmung wie nach einem Platzregen ab und Frank fahndete vergeblich nach seiner Contenance.

Doch Frauke Prinz' unausgesprochenen Vorwürfen, Christine Bernard mit ihrem Schmerz und ihrer Trauer über den Verlust ihrer Eltern zurückgelassen zu haben und sie zudem noch zu betrügen, hatte er nichts Entlastendes entgegenzusetzen. Er wartete auch nicht, bis ihm diese schrille Person Sätze entgegenzischte, die irgendwie mit „Christine ist die liebenswerteste Person, die ich kenne ..." oder „Wenn man euch Männer wirklich mal braucht ..." begannen und mit „Was sie an einem Typen wie Ihnen nur finden konnte ..." endeten.

Er wusste genau, dass er für den Rest des Abends unter Beobachtung stand und jeder Versuch, sich einer Angehörigen des anderen Geschlechts mit unehrenhaften Absichten zu nähern, unweigerlich zu Attacken dieser eiskalten Schönen führen würde. Er bestellte sich eine kleine Cola, trank sie im Stehen und verließ den Klub.

Melissa, Frauke Prinz und Christine Bernard feixten und feierten ihren Sieg für sich und alle anderen verlassenen und betrogenen Frauen auf dieser Welt ausgelassen bis in die Morgenstunden.

An Hartmut Schröder dachte Kommissarin Bernard an jenem Abend nicht. Auch nicht an Andrea Schröder oder deren Töchter. Und sie verbot es sich, deswegen ein schlechtes Gewissen zu haben. Natürlich wollte sie die Leichen von

Andrea Schröder und den Kindern noch finden. Zu sehr nagten die Niederlagen während ihrer Ermittlungsarbeit an ihr. Aber sie wollte sich auch nicht darin verbeißen. Das führte zu nichts. Diese Erfahrung hatte sie schon oft gemacht. Sie ließ Andrea Schröder, Claudia, Julia, Lisa, Lara, Sandra und die kleine Marita los, um die Suche nach ihnen zu einer anderen Zeit erneut aufzunehmen. Hartmut Schröder lief ihr nicht weg. Der saß im Gefängnis.

Doch Hartmut Schröder saß nicht mehr im Gefängnis. Er war auf freiem Fuß. Geflohen. Und auf seinen Füßen war er offenbar geschickt und schnell unterwegs. Die Verletzung, die er sich vor seiner Festnahme zugezogen hatte, schien ihn offenbar kaum zu behindern. Die sofort eingeleitete Ringfahndung jedenfalls blieb erfolglos.

Zwei in Drohnscheid patrouillierende Streifenwagen hatten auch keinen Kontakt mit dem Geflüchteten. Und zwei Polizeibeamte in einem dritten Fahrzeug standen mehr oder weniger gut versteckt auf dem Grundstück von Hartmut Schröder und warteten darauf, dass er so dumm sein würde und dort auftauchte.

Christine Bernard konnte es kaum fassen. Hastig eingewickelt in ihren Bademantel, mit tropfend nassen Haaren und nackten Füßen, öffnete sie Torsten Kluge die Wohnungstür. Der hatte seine Kollegin am frühen Morgen äußerst energisch unter der Dusche hervorgeklingelt.

„Morgen. Schröder ist flüchtig. Zieh dir was an. Wir müssen los“, presste er missgelaunt hervor.

„Wie? Was? Wie hat er das denn hinbekommen?“

Verwirrt verschwand sie im Schlafzimmer, zog den Bademantel aus und suchte im Schrank nach Kleidungsstücken.

„Die Knastkumpel von diesem Hassan Onay haben ihn übel zugerichtet", hörte sie Hauptkommissar Kluge auf dem Flur rufen. „Schröder musste ins Krankenhaus. Den Transport dorthin hat er zur Flucht genutzt."

„Das gibt's doch nicht."

„Doch, leider. Ein echtes Stehaufmännchen, dieser Schröder. Und brutal. Den Beamten im Krankenwagen hat er schwer verletzt."

Kommissarin Bernard trat fertig angezogen in den Flur.

„So kennt man ihn. Ich wette, der hat die Türken provoziert, um die Verletzungen infolge der Prügel für seine Flucht zu nutzen."

Dann schlüpfte sie in ihre Schuhe und griff an der Garderobe nach einer leichten Jacke und nach dem Gürtelholster mit ihrer Dienstwaffe.

„Fertig. Wir können los."

Während Torsten Kluge und Christine Bernard die Stufen im Treppenhaus hinabstiegen, befestigte sie das Holster an ihrem Hosengürtel. Ohne stehen zu bleiben, kontrollierte sie die Pistole sorgfältig und steckte sie in das Holster zurück. Christine Bernard hatte das Gefühl, dass sie ihre Dienstwaffe heute noch brauchen würde.

Die Fahrt durch die spätsommerliche Stadt konnte Kommissarin Bernard nicht genießen. Die Gedanken jagten durch ihren Kopf. Abwesend starrte sie aus dem Fenster.

Als der schwere BMW viel zu schnell auf den Dienstparkplatz abbog, wurde sie heftig durchgeschüttelt und schaute Torsten Kluge vorwurfsvoll an. Aber auch er hing seinen Gedanken nach und bemerkte den strafenden Blick seiner Kollegin nicht.

Die folgende Dienstbesprechung verlief erwartungsgemäß. Da sie kurzfristig einberufen wurde, waren noch nicht alle Beamten anwesend. Trotzdem ergriff Staatsanwalt Lorscheider bereits das Wort und wies alle Anwesenden an, die fehlenden Kollegen zu informieren.

Walter Lorscheider hielt sich nicht damit auf, zu erklären, wer Hartmut Schröder war. Dieser hatte ja bereits jede sich ihm bietende Gelegenheit genutzt, sich im K1 bekannt zu machen. Ungewöhnlich offen erklärte Christine Bernards Vorgesetzter jedoch, dass ihm der Fall Hartmut Schröder langsam gehörig auf die Nerven ging und er keinesfalls duldete, dass diese „Pannenserie", wie er sich ausdrückte, so weiterging.

„Ich erwarte professionelle Arbeit. Überlegt, gezielt und effizient. Ich gebe Ihnen 48 Stunden. Dann sitzt dieser Kerl wieder da, wo er hingehört."

Es folgten eine Zusammenfassung der Ereignisse am Morgen und der bisherige Verlauf der Ermittlungen.

Dann schwieg Walter Lorscheider und schaute jeden anwesenden Beamten für einige Sekunden an. Etwas länger als bei den anderen blieb sein Blick an Kommissarin Bernard mit ihren mittlerweile nur noch wenig feuchten Haaren hängen.

„Und Sie passen bitte besonders auf sich auf. Es ist nicht auszuschließen, dass Hartmut Schröder versuchen könnte, ausgerechnet Sie wieder in seine Finger zu bekommen."

Dann wandte er sich an Torsten Kluge.

„Wo sind Rottmann und Rieger?"

„Auf dem Weg hierher."

„Gut. Auf geht's." Walter Lorscheider klatschte in die Hände und beendete damit die Dienstbesprechung.

Dieses Händeklatschen war eine Marotte von ihm und hatte schon den einen oder anderen Kollegen vor der peinlichen Situation bewahrt, am Ende als Einziger sitzen zu bleiben, weil er eingenickt war. Was dieses laute Geräusch allerdings nicht beliebter machte.

Christine Bernard stand am Fenster des gemeinsamen Büros, stützte sich mit den Händen auf der Fensterbank ab und schaute hinunter auf den Bahnhofsvorplatz.

„Was denkst du, wo der Schröder hin ist?"

Torsten Kluge setzte sich an seinen Schreibtisch und zog sich mit seinem Drehstuhl an die Tischplatte heran.

„Keine Ahnung. Lorscheider hat vorsorglich eine Streife vor das Haus von Schröders Nachbarin postiert. Man weiß ja nie ... Schröder wird Geld brauchen und ihm wird klar sein, dass wir sein Haus überwachen. Und selbst wenn er von alleine nicht auf diese Idee kommt, wird er den Streifenwagen auf seinem Grundstück entdecken."

Torsten Kluge begann, auf seiner Computertastatur zu tippen. Christine Bernard stieß sich von der Fensterbank ab und griff nach einer Plastikflasche Mineralwasser auf ihrem Schreibtisch. Kurz nachdem sie die lauwarme Flüssigkeit im Mund hatte, verzog sie gequält ihr Gesicht und spuckte das Wasser zurück in die Flasche. Amüsiert beobachtete Torsten Kluge seine Kollegin.

„Was hast du erwartet? Die Brühe ist über eine Woche alt."

„Ich hab's gemerkt."

Angewidert ließ Kommissarin Bernard das abgestandene, nach Chemikalien schmeckende Wasser in den großen Blumentopf des Benjaminis laufen und warf die leere Flasche in den Korb für Leergut. Doch der Korb war überfüllt. In ihrer Abwesenheit hatte sich niemand ihrer Kollegen erbarmt, die leeren Getränkeflaschen zum Pfandautomaten zu bringen. Christine Bernards Plastikflasche fiel aus dem Korb heraus und kullerte über den Boden.

„Lass liegen. Komm mal her und sieh dir das an."

Torsten Kluge lehnte sich auf seinem Bürostuhl weit zurück, nahm die Arme hoch, faltete seine Hände am Hinterkopf und massierte sich mit beiden Daumen den Nacken.

Christine Bernard kickte die leere Plastikflasche mit dem Fuß zurück in Richtung Leergutkorb und stellte sich hinter ihren Kollegen. Beide schauten sie auf den Computerbildschirm.

Hauptkommissar Kluge hatte eine Satellitenaufnahme von Drohnscheid und Umgebung auf dem Bildschirm.

Fragend schaute Christine Bernard auf ihren sitzenden Kollegen hinunter.

„Was?"

Torsten Kluge nahm einen Faserschreiber zur Hand und tippte mit der Kappe an einer bestimmten Stelle gegen den Bildschirm.

„Das ist das Anwesen von Schröder. Ich wette, der ist auf dem Weg dahin oder sogar schon dort."

„Meinst du? Glaubst du wirklich, der geht so ein großes Risiko ein?"

Torsten Kluge nickte überzeugt.

„Ja. Wo soll der sonst hin? Der Schröder hat Krieg mit Gott und der Welt. Keine Verwandten, keine Freunde. Das da …", Torsten Kluge tippte mit dem Faserschreiber in seiner Hand wieder leicht gegen den Bildschirm, „… ist der einzige Ort, an dem er so etwas wie Sicherheit verspürt. Dort kennt er sich aus. Guck dir das an. Ein Kaff, ein einsames Gehöft und drum herum Wälder, Felder, mannshohe Sträucher."

Torsten Kluge schaute zu seiner Kollegin auf. Christine Bernard nickte zustimmend.

„Und deswegen fahren wir jetzt dort hin."

Christine Bernard zog ihre Augenbrauen hoch und machte ein überraschtes Gesicht. Torsten Kluge sprach weiter.

„Die Polizeistreifen auf dem Schröder-Hof und vor dem Haus seiner Nachbarin lasse ich abziehen. Wir beide, Tanja und Jörg warten dort draußen auf Hartmut Schröder. Unsere Autos verstecken wir im Wald."

Hauptkommissar Kluge wartete nicht ab, bis seine Kollegen Tanja Rieger und Jörg Rottmann im K1 eintrafen.

Während der schwarze Dienstwagen durch die Trierer Häuserschluchten auf die Autobahnauffahrt zurollte, führte Torsten Kluge zwei Telefongespräche.

Mit dem ersten verabredete er sich mit Hauptkommissar Jörg Rottmann und erklärte ihm, wo sie sich treffen sollten.

Mit dem zweiten wies er die Beamten in den beiden Fahrzeugen vor dem Haus von Heidemarie Marx und auf Hartmut Schröders Grundstück an, ihren Posten zu verlassen.

Damit gab er Hartmut Schröder die Gelegenheit, aus seiner Deckung zu kommen und ungesehen in sein Haus zu gehen.

Wenn es denn so war, wie Torsten Kluge vermutete und Hartmut Schröder sich im Unterholz versteckt hielt und auf eine Gelegenheit wartete, unbemerkt auf sein Grundstück zu gelangen.

Kommissarin Bernard wusste, wenn der Plan ihres Kollegen aufgehen sollte, würde das einen langen Fußmarsch bedeuten. Sie würden ihre Fahrzeuge weit von Hartmut Schröders Grundstück entfernt abstellen müssen. Denn wenn Hartmut Schröder tatsächlich in der Nähe seines Hauses irgendwo im Gebüsch saß und auf seine Gelegenheit wartete, durfte er sie keinesfalls bemerken.

Beruhigt schaute Christine Bernard auf ihre sportlichen Halbschuhe hinab, für die sie sich an diesem Morgen entschieden hatte. Die würden mitspielen und ihr selbst in unwegsamem Gelände gute Dienste leisten.

‚Mitspielen', dachte sie. ‚Das wird das gegnerische Ein-Mann-Team sicher nicht. Im Gegenteil. Von einem Mann wie Hartmut Schröder musste heftigste Gegenwehr erwartet werden.'

Und das beunruhigte sie wieder.

Schweigend schaute sie aus dem Fenster in das daran vorbeifliegende Gemisch aus Farben, während der schwere BMW mit annähernd Höchstgeschwindigkeit über die Autobahn raste.

Wenige Minuten später verließ Torsten Kluge die Autobahn und bog rund drei Kilometer von Drohnscheid entfernt in einen Waldweg ab. Langsam steuerte er den Dienstwagen an den Wegesrand und stellte den Motor ab.

„Wir warten auf Tanja und Jörg. Sie müssten in ein paar Minuten hier sein."

Christine Bernard ließ die Seitenscheibe herunterfahren und schloss ihre Augen. Ein leichter Wind rauschte durch die Kronen von Fichten. Hin und wieder rieselten Nadeln von den Bäumen und landeten auf dem Wagen. Irgendwo plumpste ein Zapfen zu Boden. Die kühle, würzige Waldluft durchströmte das Wageninnere.

Christine dachte an ihren Vater. Er hatte es geliebt, stundenlang durch die Wälder zu wandern und sich an einem Platz, der ihm gefiel, niederzulassen und etwas zu essen oder zu trinken oder einfach nur den Geräuschen der Umgebung zu lauschen. Oft war er sogar darüber eingeschlafen.

Torsten Kluge öffnete das Schloss seines Sicherheitsgurtes. Das klickende Geräusch unterbrach Kommissarin Bernards kleine Reise in die Vergangenheit.

Hauptkommissar Kluge stieg aus dem Wagen aus und begann damit, Fichtenzapfen vom Weg herunter in den Wald zu kicken. Es war wohl seine Art, mit der Anspannung zurechtzukommen.

Christine Bernard beobachtete ihren Kollegen eine Weile. Dann schloss sie wieder ihre Augen und lauschte den Geräuschen des Waldes.

Tanja Rieger und Jörg Rottmann trafen später ein als erwartet. Ungeduldig ging Torsten Kluge dem ausrollenden Wagen entgegen.

„Wo wart ihr so lange? Wir warten hier schon ewig."

Unbeeindruckt von den Vorwürfen seines Kollegen bediente Hauptkommissar Jörg Rottmann die Fernentriegelung des Kofferraumdeckels. Lautlos schwang dieser auf. Gelassen stieg er aus dem Wagen.

„Hast du schusssichere Westen dabei?"

Hauptkommissar Rottmann wartete Torsten Kluges Antwort nicht ab.

„Siehste, Kleiner. Da waren wir so lange. Wir mussten noch ins K1, um die Dinger zu besorgen."

Die vier Beamten versammelten sich vor dem geöffneten Kofferraum von Jörg Rottmanns Dienstwagen. Sorgfältig legten sie ihre Schutzwesten an und überprüften ihre Dienstwaffen. Selbst an vier Taschenlampen mit neuen Batterien hatten Polizeimeisterin Rieger und Hauptkommissar Rottmann gedacht. Anerkennend lobte Torsten Kluge seinen Kollegen.

„Es war ihre Idee", brummte Jörg Rottmann und deutete mit dem Daumen über seine Schulter auf seine Kollegin.

„Hat wohl Angst im Dunkeln", flachste er und leuchte Tanja Rieger mit seiner Taschenlampe ins Gesicht.

„Hör auf mit dem Scheiß."

Ihre heftige Reaktion verriet ihre Anspannung. Dann verriegelten sie die Autos und machten sich auf den Weg.

Kommissarin Bernard trug die Schutzweste nicht gern. Schon, dass es diese Westen überhaupt gab, erinnerte sie immer wieder unmissverständlich daran, dass die Ausübung ihres Berufs auch ihr Leben bedrohen konnte.

Natürlich schützten diese Westen ihren Körper vor Schussverletzungen und Verwundungen durch Stichwaffen, aber beides hatte der Mann, dem sie gerade entgegen marschierten, nicht benutzt und die junge Kommissarin dennoch zweimal in wenigen Tagen mit dem Tode bedroht.

Gegen Kontaktgifte auf dem Gelände von Hartmut Schröder und einen erneuten Angriff, wie dem im Gefängnis, schützte diese Weste nicht.

Unwillkürlich griff Christine Bernard mit zwei Fingern unter den Kragen ihrer Bluse und strich über die Haut an ihrem Hals. Die Würgemale waren fast abgeheilt, ihr Kehlkopf schmerzte nicht mehr. Von Hartmut Schröders Attacke gegen sie war kaum noch etwas zu sehen. Aber vergessen würde Kommissarin Bernard diese Minuten in Todesangst nie mehr.

Hartmut Schröders Anwesen lag augenscheinlich friedlich im Sonnenlicht des späten Vormittags vor ihnen. Vor mehr als drei Stunden hatten die Streifenwagen ihre Positionen auf Weisung von Torsten Kluge verlassen.

Hatte Hartmut Schröder die Gelegenheit genutzt und war bereits im Haus? Oder wartete er, worauf auch immer? War es ihm überhaupt schon gelungen, vor ihnen von Trier hierher zu gelangen?

In etwa zwei Kilometern Entfernung führte ein langgezogenes schmales Waldstück bis an das Grundstück von Schröder heran. Von der Position aus, an der sich die vier Beamten befanden, müssten sie einen weiten Bogen laufen, um geschützt durch den Wald ungesehen dieses schmale Waldstück zu erreichen. Von dort aus gelangten sie dann hoffentlich unbemerkt bis auf Schröders Anwesen.

Hatte Hartmut Schröder diesen Weg ebenfalls gewählt? Oder war er, nachdem er die Streifenwagen hatte abziehen sehen, einfach über das offene Feld gelaufen? War er überhaupt schon so weit gekommen oder schlug er sich gerade noch von Trier nach Drohnscheid durch?

Keiner wusste eine Antwort auf diese Fragen. Aber jeder wusste, sie würden sich bald entscheiden müssen, was sie tun wollten.

Die Entscheidung fiel drei zu eins gegen Abwarten. Christine Bernard fügte sich. Alle machten sich auf den Weg durch den Wald in Richtung dieses schmalen Streifens Bäume in der Ferne, um ohne bemerkt zu werden auf Hartmut Schröders Hof zu gelangen.

Der Marsch war anstrengender als erwartet. Besonders der letzte Abschnitt der Strecke.

Dicht gedrängt standen junge Bäume mit tief hängenden Ästen auf einem mit hohem Gras überwucherten unebenen Streifen Erde und verbanden den angrenzenden Wald mit Hartmut Schröders Grundstück. Links und rechts lagen abgeerntete Getreidefelder in der Mittagssonne. Grillen zirpten. Hier und da schnalzte ein Grashüpfer davon.

Mehrmals blieb Jörg Rottmann, der die Führung der kleinen Gruppe übernommen hatte, stehen und gewährte sich und den anderen eine kurze Pause.

Dankbar ließen Torsten Kluge und Christine Bernard sich ins Gras fallen. Tanja Rieger bemerkte den Stopp der kleinen Gruppe zu spät und lief auf Jörg Rottmann auf. Erschöpft lehnte sie sich an einen Baumstamm.

„Ich habe Wandertage schon in der Schule gehasst", presste sie außer Atem hervor.

Keiner antwortete ihr. Jeder war mit sich, seinem schwitzenden Körper und der Abwehr von aufdringlichen Insekten beschäftigt.

Wenig später setzte die Gruppe ihren Marsch fort. Immer darauf bedacht, jede sich bietende Deckung zu nutzen, um unbemerkt an die Reste von Hartmut Schröders Bauernhof heranzukommen.

Polizeimeisterin Rieger war etwas zurückgefallen. Leise fluchend stolperte sie über Grasbüschel, die so groß wie Medizinbälle waren, ihren Kollegen hinterher. Äste schoben sich in ihr Haar und rissen daran. Tanja Rieger bedauerte, sich die Haare nicht zu einem Zopf zusammengebunden zu haben, so wie Christine Bernard es getan hatte.

Sie hasste solche Außeneinsätze. Sie war ein Stadtmensch. Wenn es schon unbedingt sein musste, rannte sie einem Verbrecher lieber über befestigte Wege hinterher.

Die kleine Gruppe sammelte sich hinter Hartmut Schröders Geräteschuppen. Tanja Rieger schaute in verschwitzte und verschmutzte Gesichter, während Jörg Rottmann ihr einen Zweig aus den Haaren zog.

„Wir warten hier einen Moment und beobachten das Grundstück."

Erschöpft lehnte sich Tanja Rieger mit dem Rücken an die Schuppenwand und atmete tief ein und aus. Dann kontrollierten alle noch einmal ihre Dienstwaffen.

Jeder hatte sich einen Platz hinter dem hohen Geräteschuppen gesucht, von dem aus er durch die Spalten zwischen den Brettern der Schuppenwand einen Teil des Grundstücks einsehen konnte.

Einsam und verlassen lagen die Gebäude im Schattenspiel von Sonne und Baumkronen. Kein Hartmut Schröder war zu sehen. Nicht einmal eine Gardine bewegte sich hinter den verschmutzten Fenstern mit ihren verrotteten Rahmen und der abblätternden Farbe.

Hatte Hartmut Schröder eine andere Entscheidung getroffen und war längst woanders hin unterwegs? War er noch auf dem Weg? Hatte er den Braten gerochen und mied sein Grundstück? Oder kam er erst im Schutz der Dunkelheit?

So jedenfalls hätte Christine Bernard es gemacht. Aber wer wusste schon, was in dem Hirn von Hartmut Schröder vorging?

Stunden vergingen. Langsam wanderte die Sonne um das Anwesen herum. Die ersten Amseln stimmten ihr Abendlied an. Die hohen Bäume auf Hartmut Schröders Grundstück bildeten lange Schatten.

Christine Bernard und ihre Kollegen lösten sich bei ihren Beobachtungen ab. Hunger und Durst machten mittlerweile unmissverständlich klar, dass sie vergessen hatten, an ihre Grundbedürfnisse zu denken.

Für einen Moment dachte Kommissarin Bernard daran, Hartmut Schröders Nachbarin Heidemarie Marx um etwas zu trinken zu bitten. Aber um zu ihr zu gelangen, müsste sie das Grundstück überqueren und lief Gefahr, von Hartmut Schröder entdeckt zu werden. Wenn er denn überhaupt da war. Der Durst und die Ungewissheit zerrten an ihren Nerven.

Dann gab Jörg Rottmann endlich das erlösende Kommando.

„Wir gehen rein und warten drinnen. Sonst fressen uns diese Biester hier langsam auf. Seid bloß vorsichtig. Ihr wisst ja, mit wem wir es hier zu tun haben."

Dann schlug er sich mit der flachen Hand an seinen Hals. Alle waren mittlerweile mit der Abwehr von Mücken beschäftigt, was nicht nur die Aufmerksamkeit senkte, sondern auch die Gefahr erhöhte, von Hartmut Schröder bemerkt zu werden, während man nach den herumsirrenden Blutsaugern schlug.

Hauptkommissar Rottmann und Polizeimeisterin Rieger liefen um das Haus herum zur Eingangstür.

Christine Bernard und Torsten Kluge rannten auf der anderen Seite über das Grundstück. Sie erreichten zur gleichen Zeit das zusammengebrochene Silo und betraten das Gebäude durch die eingefallene Stallwand.

Obwohl die Sonne noch am Horizont stand, war es in dem alten Viehstall bereits sehr dunkel. Das dichte Laub der umstehenden Bäume schirmte das Sonnenlicht beinahe vollständig ab.

Kommissarin Bernard und Hauptkommissar Kluge nahmen ihre Taschenlampen zur Hand und schalteten sie ein.

Christine Bernard bemerkte die Veränderung sofort. Eine angestellte Leiter führte durch das Loch in der Decke in das obere Stockwerk. Als sie das letzte Mal mit Torsten Kluge in diesem Teil des Gebäudes war, lag die Leiter oben auf dem Heuboden.

Hatten die Kollegen von der Spurensicherung die Leiter später heruntergelassen? Oder war Hartmut Schröder doch vor ihnen bereits im Gebäude und hatte die Leiter angestellt?

Ein leises Geräusch gefolgt von dem Schein einer Taschenlampe forderte Christine Bernards und Torsten Kluges Aufmerksamkeit. Beide leuchteten mit ihren Taschenlampen zur Stirnwand des Stalls. Dort, wo Christine Bernard die Tür zur Abstellkammer aufgetreten hatte, erschien Jörg Rottmann im Türrahmen. Im Schein ihrer Taschenlampen schnitt Hauptkommissar Rottmann seltsame Grimassen und deutete mit der Dienstwaffe in der Hand schräg hinter sich, bis Christine Bernard und Torsten Kluge begriffen, was er ihnen stumm zu verstehen gab. Seiner Mimik und Gestik zufolge hatte die Haustür offen gestanden, was darauf hindeutete, dass jemand vor ihnen dieses Gebäude betreten hatte. Konnte dieser Jemand Hartmut Schröder gewesen sein?

Nur wenn er direkt nach seiner Flucht jemandem sein Auto entwendet oder ihn gezwungen hatte, ihn hierher zu fahren. Zuzutrauen war ihm das ohne Zweifel. Christine Bernard bekam feuchte Hände und umfasste den Griff ihrer Dienstwaffe fester.

‚Ganz ruhig, Chris, ganz ruhig', beschwor sie sich selbst in Gedanken.

Diesmal war es Hauptkommissar Torsten Kluge, der die Initiative ergriff. Ebenfalls lautlos vereinbarte er mit Jörg

Rottmann, dass er mit Christine Bernard die Leiter hinaufsteigen würde, während Jörg Rottmann und Tanja Rieger zurück ins Haus gehen sollten. Im Zimmer einer der Töchter von Hartmut Schröder, in dem der Zugang vom Haus zum Heuboden war, würde man dann aufeinandertreffen und gemeinsam weiter suchen.

Dann würde sich schnell herausstellen, ob Hartmut Schröder noch im Haus war oder inzwischen unbemerkt flüchten konnte.

Unter äußerster Anspannung stieg Christine Bernard hinter Torsten Kluge die Leiter zum Heuboden hinauf. Sand rieselte von seinen Schuhen auf sie herab. Schnell schloss sie ihre Augen, um nicht im entscheidenden Moment in der Sicht behindert zu sein. Doch winzige Sandkörnchen hatten bereits den Weg auf ihre Pupille gefunden. Kommissarin Bernards rechtes Auge begann, heftig zu tränen. Mit dem Ärmel ihrer Jacke versuchte sie, sich das Auge trocken zu wischen.

Tränen liefen ihr über die Wange und hinterließen einen Schmutzstreifen auf ihrem Gesicht. Die Strapazen der letzten Stunden hinterließen langsam ihre Spuren.

Auf dem Heuboden war es noch dunkler als unten im Stall. Gedämpft hörte Christine Bernard das Knarren einer Treppenstufe aus dem Haus hinter der Tür zu dem Zimmer eines der Mädchen. Tanja Rieger und Jörg Rottmann arbeiteten sich also über das Treppenhaus gerade zu ihnen vor.

Angestrengt lauschend und immer noch schwitzend standen Christine Bernard und Torsten Kluge in der Mitte des Heubodens und leuchteten mit ihren Taschenlampen umher.

Die Kommissarin fühlte sich schmutzig, staubig und durchgeschwitzt. Sie hatte Hunger und Durst und sehnte sich nach so einfachen Dingen wie ihrer Dusche, einem Glas Wasser und einem Stück kalter Pizza, von dem sie wusste, dass es noch in ihrem Kühlschrank lag.

Doch schnell verbot sie sich derlei Gedanken und konzentrierte sich wieder auf das Geschehen um sie herum.

Hauptkommissar Kluge hatte sich von ihr entfernt und ging langsam auf die Tür zum Haus zu.

Also entschied seine junge Kollegin sich für die andere Seite. Angestrengt bohrte sie ihre Blicke in das Dunkel. Handschweiß lief vom Griff der Waffe ihr Handgelenk hinunter. Wie man es ihr beigebracht hatte, hielt sie die Taschenlampe und die Pistole nebeneinander im Anschlag und folgte mit der Mündung der Dienstwaffe dem Lichtkegel der Taschenlampe. Staubteilchen tanzten im Schein der kleinen Lampe umher. Was immer Kommissarin Bernard jetzt hier noch erwartete, sie war bereit.

Schritt für Schritt näherte sie sich einem großen Haufen nicht gepresstem Heu. Darin konnte man sich leicht verstecken. Langsam schob sie das trockene Gras mit den Füßen auseinander. Bereit, auf alles, was sich vor ihr abspielte, sofort zu reagieren. Das schabende Geräusch hinter sich ordnete sie ihrem Kollegen Torsten Kluge zu. Sicher hatte er irgendetwas bewegt, auf seiner Suche nach Hartmut Schröder. Ein Möbelstück, ein Stück Teppich oder irgendetwas anderes.

Dann tauchte er plötzlich im Schein ihrer Taschenlampe auf. Diesem Gesicht hatte sie tagelang gegenübergesessen und versucht, ihm Worte zu entlocken, die ihr endlich einen Hinweis auf den Verbleib seiner Familie geben würden. Hämisch grinsend hielt er seinen Arm seitlich ausgestreckt. Was er in der Hand hielt, konnte Christine Bernard nicht sehen. Es befand sich außerhalb des Lichtkegels ihrer Taschenlampe.

Was es auch war. Es war zu spät.

Hartmut Schröder zog seinen Arm wieder an den Körper heran und verschwand mit einem Satz aus dem Lichtkegel der Taschenlampe.

„Stopp! Bleiben Sie stehen!", schrie Christine Bernard ihm hinterher.

Dann hörte sie ein rasselndes Geräusch über sich. Etwas traf sie hart am Kopf, riss sie um und schlug krachend auf dem Boden auf. Schweres, rostiges Metall lag auf ihr. Es roch nach altem Fett. Etwas Warmes lief ihr in den Kragen ihrer Bluse. Doch sie war nicht bewusstlos.

Angsterfüllt versuchte sie, sich zu befreien. Doch eine Art Metallgestell hielt sie fest am Boden. Sie streckte einen Arm nach ihrer Taschenlampe aus. Sie war davongerollt und lag zwei Armlängen von ihr entfernt dicht an dem losen Heu. Ihr Lichtkegel leuchtete in das trockene Gras hinein. Gott sei Dank. Sie war nicht kaputt.

Kommissarin Bernard versuchte, ihren anderen Arm zu bewegen. Doch irgendetwas hielt den Ärmel ihrer Jacke fest am Boden. Zwar konnte sie ihren Arm in dem Ärmel bewegen, doch das reichte nicht, um mit der Dienstwaffe auf irgendetwas zu zielen. Bewegungsunfähig lag sie auf den Brettern des Heubodens.

Wenige Sekunden, nachdem seine Kollegin zu Boden ging, sah Hauptkommissar Kluge Hartmut Schröder im Lichtkegel seiner Taschenlampe auftauchen. Er hatte eine Heugabel in der Hand und stach ohne Vorwarnung damit zu. Getroffen von den spitzen Zinken taumelte Torsten Kluge zurück, trat mit einem Fuß ins Leere und stürzte in den Stall hinunter. Dabei löste sich ein Schuss aus seiner Dienstwaffe. Das Projektil prallte am Mauerwerk des Stalls ab, schlug gegen einen Metallpfosten und blieb danach irgendwo stecken.

‚Glück gehabt', dachte Torsten Kluge und war froh, von dem Querschläger nicht getroffen worden zu sein. Die stechenden Schmerzen in seiner Schulter ignorierte er. Hauptkommissar Kluge lag auf dem Rücken und untersuchte im Licht seiner Taschenlampe dankbar den Brustbereich seiner schusssicheren Weste, die eine Verletzung durch Hartmut Schröders Stoß mit der Heugabel verhindert hatte. Er sah vier Einstichstellen auf seiner Brust, aber kein Blut. Torsten Kluge hatte plötzlich Angst, alles überdeckende furchtbare Angst um seine Kollegin.

Sie war jetzt hilflos mit Hartmut Schröder allein auf diesem verdammten Heuboden.

Sofort versuchte Torsten Kluge, sich aufzurichten. Doch ein beißender Schmerz in seinem Fußgelenk hielt ihn am Boden. Verzweifelt begann er, zu schreien.

„Jörg! Jörg! Er ist auf dem Dachboden! Schnell! Christine ist verletzt!"

Zwei kurz aufeinander abgegebene Schüsse nahmen ihm für einen Moment das Gehör. Der Schall einer in einem geschlossenen Raum abgefeuerten Waffe hinterließ leicht einen dauerhaften Piepston im Ohr. Deswegen trugen alle Beamten beim Schießtraining einen Gehörschutz.

Unter das Piepsen mischten sich die gebrüllten Kommandos von Hauptkommissar Jörg Rottmann. Lichtkegel tanzten über der Luke in der Decke des Stalls über den Heuboden.

„Hinlegen! Hände ausgestreckt! Keine Bewegung!", peitschte Jörg Rottmanns Stimme über Torsten Kluge durch das Gebäude.

Dann leuchtete ihm eine Taschenlampe ins Gesicht.

„Wir haben ihn. Wie geht es dir?"

„Beschissen. Ich glaube, ich habe mir die Schulter gebrochen. Und mein Fußgelenk schmerzt höllisch."

„Ja, ja. Du Jammerlappen. Wir kommen dich holen", flachste Jörg Rottmann und heiterte mit seiner ruppigen Art seinen Kollegen am Boden des Stalls tatsächlich auf.

„Aber erst müssen wir Christine befreien. Die hat der Schröder auf dem Boden regelrecht festgetackert."

Der Verhaftung von Hartmut Schröder durch Hauptkommissar Rottmann und Polizeimeisterin Rieger konnte Kommissarin Bernard nur teilnahmslos zusehen.

Sekunden, nachdem ihr Kollege Kluge durch das Loch im Boden in den Stall hinuntergefallen war, stand Hartmut Schröder auch schon im Lichtkegel zweier Taschenlampen. Mit einer Heugabel in den Händen bedrohte er Tanja Rieger und Jörg Rottmann. Der zögerte nicht lange und feuerte zwei Schüsse ab. Zunächst einen Warnschuss in die Luft, dessen Projektil eine Dachschindel durchschlug.

Doch Hartmut Schröder schritt unbeeindruckt voran. Den zweiten Schuss feuerte Jörg Rottmann gezielt auf den Oberschenkel von Hartmut Schröder ab. Doch der verfehlte das Bein und riss bloß ein Stück Stoff aus Hartmut Schröders Hose. Trotzdem setzte die erhoffte Wirkung ein und Hartmut Schröder ließ die Heugabel fallen und hob seine Hände.

Nachdem die Handschellen eingerastet waren, leuchteten Tanja Rieger und Jörg Rottmann den Boden um Christine Bernard herum ab. Und was sie dort sahen, ließ ihnen Schauer über ihre Rücken laufen.

Kommissarin Bernard war verletzt. Sie blutete. Etwas hatte sie am Kopf getroffen.

Dieses Etwas steckte mit vier riesigen rostigen Spitzen in den Dielenbrettern des Bodens.

Jede dieser Spitzen hätte Christine Bernard mühelos durchbohren können. Hartmut Schröder hatte das Stahlseil zur Sicherung der Heuzange im Giebel des Daches gelöst. Zentnerschwer war die alte Heuzange mit weit geöffnetem Greifer an ihrem Flaschenzug herabgesaust, hatte Christine Bernard am Kopf getroffen und zu Boden gerissen, bevor sich die vier Spitzen des Eisengebildes zentimetertief um sie herum in die Holzdielen bohrten. Alle vier nur wenige Millimeter vom Körper der jungen Kommissarin entfernt. Dabei hatte eine Spitze den Ärmel von Christine Bernards Sommerjacke durchbohrt. Derart fixiert konnte sich Kommissarin Bernard kaum noch bewegen und hätte sich gegen Hartmut Schröders Attacken nicht mehr zur Wehr setzen können.

„Abmarsch, du Affe.“

Jörg Rottmann wartete nicht bis Hartmut Schröder sich mühsam aufrichtete. Wütend riss er ihn hoch und stellte ihn auf seine Beine. Dann schubste er ihn durch das Haus hinunter vor sich her in den Hof.

Tanja Rieger hatte bereits Verstärkung angefordert. Zwei Streifenwagen der Schutzpolizei und ein Krankenwagen rollten auf das Gebäude zu.

Hartmut Schröder wurde in den Fond eines der beiden Streifenwagen bugsiert. Dabei stieß er sich trotz der von einem Beamten schützend über seinen Kopf gehaltenen Hand am Türholm. Doch niemand interessierte sich zu diesem Zeitpunkt für Hartmut Schröders Befinden. Zu sehr pulsierten Aufregung und Erleichterung über den anstrengenden und gefährlichen Einsatz durch die Köpfe der erschöpften Beamten.

Christine Bernards Kopfverletzung wurde versorgt. Es hatte schlimmer ausgesehen, als es war. Ein Notarzt reinigte die Wunde und sprühte einen Verband auf den kleinen Riss in der Kopfhaut.

Zwei Sanitäter trugen Hauptkommissar Torsten Kluge mit einer Trage aus dem Stall und schoben ihn in den Krankenwagen. Schweißperlen standen auf seiner Stirn. Seine Haare waren zerzaust und staubig und sein Gesicht war schmutzig. Doch er lächelte Christine Bernard zu, bevor die Türen geschlossen wurden und der Wagen losrollte.

Die Kollegen von der Streife setzten Christine Bernard bei ihrem Dienstwagen ab. Aus dem anderen Streifenwagen stiegen Tanja Rieger und Jörg Rottmann. Dazwischen, absichtlich besonders eng eingezwängt, hatte Hartmut Schröder während der kurzen Fahrt gesessen. Auch ihm waren die Strapazen des Tages deutlich anzusehen.

Müde ließ sich Kommissarin Bernard in den Fahrersitz fallen und steckte den Zündschlüssel ins Schloss. Vorsichtig tastete sie nach ihrer Wunde am Kopf und fühlte Schorf. Dann betrachtete sie ihre Finger, die Wunde blutete nicht mehr.

Jörg Rottmanns Gesicht erschien am Seitenfenster. Christine Bernard schaltete die Zündung ein und ließ das Fenster herunter.

„Soll ich dich fahren? Tanja geht es gut. Sie kann meinen Wagen zurückfahren."

Dankbar nahm Christine Bernard das Angebot an und kletterte rüber auf den Beifahrersitz.

In unausgesprochenem Einvernehmen steuerte Jörg Rottmann den BMW auf den Drive-in Schalter eines Schnellrestaurants zu. Dankbar nahm Christine Bernard den Becher mit einem halben Liter Cola darin entgegen und begann, dieses köstliche kalte Getränk durch den Strohhalm zu saugen.

Weltvergessen schaute sie aus dem Seitenfenster, während der Dienstwagen gut klimatisiert durch Trier rollte und an einer roten Ampel zum Stehen kam.

Auf dem Gelände einer Firma für Grabmale arbeitete noch ein alter Mann im letzten Dämmerlicht und rollte einen zentnerschweren Stein auf einer Art Transportkarre mühelos über das Grundstück. Dieses seltsame Arbeitsgerät hatte Christine Bernard schon einmal irgendwo gesehen. Aber sie war zu müde, um weiter darüber nachzudenken. Die Ampel zeigte grünes Licht. Kraftvoll trat der starke Motor an und zog den Dienstwagen über die Kreuzung.

Zu Hause angekommen grapschte sie ausgehungert nach dem Karton mit dem Rest Pizza in ihrem Kühlschrank, an den sie in den letzten Stunden so oft sehnsuchtsvoll gedacht hatte. Sie aß sofort aus der Packung, kalt, im Stehen, vor der geöffneten Kühlschranktür.

‚Aus dir wird nie ein Gourmet', dachte sie, während sie viel zu große Stücke abbiss und sie halb zerkaut hinunterwürgte.

Unter der Dusche kehrten die Lebensgeister endgültig zurück. Das warme Wasser liebkoste ihren geschundenen Körper. Minutenlang blieb sie darunter stehen und genoss es beinahe ebenso wie die fast schon vergessenen zärtlichen Berührungen von Frank.

Kurz nur tupfte sie sich mit einem Handtuch das Wasser vom Körper und nahm sich unbekleidet und barfuß in der Küche eine Flasche Mineralwasser. Sie liebte den kühlenden Effekt der verdunstenden Feuchtigkeit auf ihrer Haut. Mit der Flasche in der Hand, immer wieder einen Schluck Wasser trinkend, stand sie im Dunklen am Fenster und schaute hinaus. Sie war wieder da. Der Tag hatte sie nicht geschafft. Sie hatte diesen Tag geschafft.

Plötzlich erhöhte sich ihr Blutdruck. Eine Gänsehaut bildete sich in ihrem Nacken und lief ihr die Oberarme hinunter. Wie erstarrt stand sie am Fenster, die Mineralwasserflasche halb zum Mund erhoben. Doch sie trank nicht. Das Begreifen und die nun klar vor ihr liegenden Zusammenhänge waren so gewaltig, dass sie wusste, es war die Lösung.

Durch vereinzelt aufziehende Nebelschwaden eilte das Licht ihrer Scheinwerfer durch die Nacht voran. Ruhig tippte Christine Bernard die Telefonnummer vom Heidemarie Marx.

Wenige Minuten nachdem ihr eingefallen war, wo sie diese seltsame Transportkarre schon einmal gesehen hatte, mit der der alte Mann auf dem Gelände der Firma für Grabmale den schweren Grabstein umhergefahren hatte, saß sie bereits in ihrem Wagen und verließ die Stadt in Richtung Drohnscheid.

Wieder einmal versicherte ihr Heidemarie Marx in dem ihr eigenen Singsang, dass es ihr nichts ausmachen würde, so spät in der Nacht noch Besuch zu bekommen.

Anschließend wählte Christine Bernard die Mobilfunknummer von Günther Hagemann. Er war nicht mehr in der Kriminaldirektion, aber er nahm das Gespräch an. Kurzerhand schilderte Kommissarin Bernard dem Polizeihauptmeister der Spurensicherung das Aussehen dieses seltsamen Arbeitsgerätes und ließ sich die Verwendung erklären.

„Das Ding nennt sich Hebelkarre. Sieht aus, als wäre es für Riesen gefertigt. Es handelt sich um ein Arbeitsgerät mit zwei Rädern, ausziehbarem Teleskoparm und verstellbarem Haken zum Anheben und Transportieren schwerer Gegenstände.

Diese Karren werden vielfältig eingesetzt. So auch zum Roden von Grundstücken. Damit kann man fest im Boden sitzende Pflanzen mit großen Wurzelballen herausziehen. Natürlich eignen sich diese Dinger auch prima dazu, schwere Lasten über kurze Distanzen zu bewegen, die man aufgrund ihres hohen Gewichts ohne die enorme Hebelkraft dieses Gerätes niemals bewegen könnte."

Christine Bernard war zufrieden. Auf die Frage von Günther Hagemann, warum sie das so genau wissen wollte und wohin sie zu dieser späten Stunde noch unterwegs war, antwortete sie nicht. Sie vertröstete den Polizeihauptmeister auf ein zweites Gespräch zu späterer Zeit. Und sie wusste, sie würde dieses Gespräch noch am gleichen Abend führen. Dieses eine letzte Mal fuhr sie hinaus zu Hartmut Schröders Grundstück, um endgültig zu erfahren, wo dieser schreckliche Mensch die Überreste seiner Familie gelassen hatte.

Im Licht ihrer Scheinwerfer trat sie an die Hebelkarre heran. Blau glänzend in einwandfreiem Lack stand sie vor ihr im Schuppen und schien zu flüstern, was sie hören wollte. Ja, damit würde es gehen.

Christine Bernard kippte die Hebelkarre über ihre Räder und zog sie hinter sich her.

Aus dem Kofferraum ihres Wagens griff sie sich die Taschenlampe. Dann schaltete sie den Motor ihres Renault Mégane ab. Die Scheinwerfer erloschen. Dunkelheit umgab sie. Nachdem ihre Augen sich daran gewöhnt hatten, zog sie die Hebelkarre hinter sich her, lief damit über Heidemarie Marx' Grundstück bis vor deren alten Schuppen.

Wieder leuchtete sie mit ihrer Taschenlampe in dem kleinen Raum umher. Nichts hatte sich seit ihrem letzten

Besuch verändert. Immer noch lag der schwere Mühlstein auf dem Brunnenschacht in der Mitte des Schuppens.

Christine Bernard brachte die Hebelkarre in Stellung. Dann verband sie den Haken mit dem Metallbügel, der in der Mitte des Mühlsteins eingelassen war. Aufgeregt, aber äußerlich ruhig reckte sie sich nach den Griffen in beinahe zwei Metern Höhe und zog daran. Sie spürte den Widerstand des schweren Mühlsteins. Dann zog sie mit all ihrer Kraft gleichzeitig an den beiden Griffen des Teleskoparms. Sie musste einen Schritt zurück aus dem Schuppen heraustreten. Der Teleskoparm der Hebelkarre war zu lang, um ihn in dem Schuppen bis in etwa Kniehöhe herunter zu drücken.

Leichter, als sie es sich vorgestellt hatte, ließ sich der schwere Mühlstein anheben. Nachdem sie die Hebelkarre zwei Schritte zurückgezogen hatte, konnte sie den Mühlstein vor dem Brunnenschacht absetzen. Genau so hatte es auch Hartmut Schröder gemacht. Dessen war sie sich sicher.

Christine Bernards Herz schlug ihr bis in den Hals hinauf. Sie nahm ihre Taschenlampe und leuchte in den Brunnenschacht hinein.

Der Mühlstein war in seinem Umfang größer als der Innendurchmesser des Brunnenschachtes. Der Stein lag auf den Mauerresten des Brunnenschachtes auf. Der Sand darunter hatte sich sicher über die Jahre verdichtet, vielleicht hatte Rudolf Marx den Schacht auch nicht bis oben hin aufgefüllt. Auf jeden Fall musste der Platz in dem Schacht gereicht haben, damit Hartmut Schröder die Leichen seiner

Frau und seiner Töchter darin unterbringen konnte. Das wäre auch eine Erklärung, warum nirgendwo in der Umgebung Aushub aus dem Brunnenschacht gefunden wurde. Durch die Verwesung der Körper würde sich der Sand später wieder verdichten und erneut einsacken.

Bis dahin aber schloss loser Sand unter dem Mühlstein gerade eben mit dem Rand des Brunnenschachtes ab.

Und dieser Sand war gelb.

Kommissarin Bernard hatte keine Zweifel, was sie darunter finden würde.

Alles geschah wie von selbst. Automatisch fügten sich plötzlich die Ermittlungsergebnisse und ihre eigenen Überlegungen passend ineinander. Das Resultat war keine Vermutung oder eine neue These, sondern schreckliche Gewissheit. Der Tathergang lag logisch und nachvollziehbar vor ihr.

Hartmut Schröder hatte die Leichen seiner Familie nachts auf das Nachbargrundstück in diesen Schuppen geschleppt und in dem Brunnenschacht vergraben. In dem fensterlosen Schuppen konnte er ungestört arbeiten. Die alte Heidemarie Marx hatte von seinem grausigen Werk nichts bemerkt. Sie betrat die alten Gebäude seit Jahren nicht mehr.

Christine Bernard fiel auf ihre Knie und griff in den Sand hinein. Er war kalt, etwas feucht und locker. Jemand hatte versucht, ihn festzustampfen. Kleine Vertiefungen ließen Sohlenabdrücke von schweren Stiefeln vermuten.

Vorsichtig drückte Christine Bernard ihre Finger tiefer in den Sand. Kein Widerstand. Keine Berührung. Nichts, was man hätte herausziehen oder freilegen können. Niemand griff darin nach ihr. Nur Kälte und Totenstille. Sie zog ihre Hand zurück.

Wie tief hatte Hartmut Schröder gegraben? Sieben Leichen. Wie tief musste man für sieben Leichen graben? Zwei Meter? Tiefer?

Hartmut Schröders Hund wusste, wo Andrea Schröder und ihre Kinder lagen. Vielleicht hatte er vor der Schuppentür gewinselt. Gebellt. Krach geschlagen. Aus Angst, von Heidemarie Marx entdeckt zu werden, hatte Hartmut Schröder ihn dann erschlagen.

Oder war es dem Tier gelungen, in den Schuppen zu gelangen und nach den Leichen zu graben? Hatte Hartmut Schröder in einem unbedachten Moment die Tür nicht verschlossen? Lag der Mühlstein vielleicht für eine Nacht nicht an seinem Platz?

Heidemarie Marx hat Glück gehabt. Hätte sie Hartmut Schröders Erdarbeiten bemerkt, hätte der keinen Augenblick gezögert, die alte Dame zu töten. Dann läge sie womöglich jetzt ebenfalls tief unten in diesem Brunnenschacht.

Kommissarin Bernard wählte erneut an diesem Abend die Nummer von Günther Hagemann.

„Ich habe den gelben Sand gefunden."

„Wo?"

„Auf dem Nachbargrundstück."

„Wir kommen."

„Ich rufe Tanja und Jörg an."

Heidemarie Marx' Grundstück war von starken Scheinwerfern hell erleuchtet. Günther Hagemann und seine Mannschaft bargen sieben Leichen aus dem ehemaligen Ziehbrunnen von Heidemarie Marx. Mit einem dampfenden Becher Tee in ihren Händen stand Christine wenige Schritte entfernt und schaute den Männern bei ihrer grausigen Arbeit zu.

Der Schacht des Ziehbrunnens wurde von Heidemarie Marx' Mann nach dem Anschluss des Hauses an die Wasserversorgung der Gemeinde mit Bausand aufgefüllt. Rudolf Marx hatte den Sockel entfernt und den Schacht mit dem Mühlstein verschlossen. Er wollte im Schuppen immer wieder mal einen festen Boden gießen lassen. Aber er kam nicht mehr dazu. Rudolf Marx verstarb vorher. Diesen Umstand machte Hartmut Schröder sich zunutze. Irgendwie musste er erfahren haben, dass dieser Schuppen auf dem Nachbargrundstück ihm genau die Möglichkeiten bot, nach denen er suchte. Vielleicht hatten seine Kinder mal auf Heidemarie Marx' Grundstück herumgestöbert, abends davon erzählt und damit, ohne es zu wissen, ihr eigenes Grab gefunden.

Vielleicht hatte er selbst als Kind auf dem Grundstück gespielt und wusste von dem Brunnen.

Hartmut Schröder brauchte sicher mehrere Nächte, um den Brunnenschacht tief genug auszuheben, die leblosen Körper seiner Frau und seiner Kinder heranzuschleppen, sie hineinzulegen und zuzuschütten.

Vielleicht hatte er für den Transport der leblosen Körper auch die neue Hebelkarre benutzt.

Hauptkommissar Jörg Rottmann hatte Staatsanwalt Walter Lorscheider aus dem Bett geklingelt, nach dem die erste Leiche geborgen war. Es war die kleine Marita. Seine jüngste Tochter hatte Hartmut Schröder also als letzte in den Schacht geworfen. Darunter lagen Lara und Sandra, Claudia, Julia und Lisa. Andrea Schröder fanden die Beamten ganz unten. Sie war die Erste, deren lebloser Körper in den dunklen feuchten Brunnenschacht hinabstürzte.

Der Bereich um den Schuppen herum wurde abgesperrt. Aber Heidemarie Marx hatte ihn ohnehin nicht mehr betreten. Und jetzt, nach diesem furchtbaren Fund, tat sie es sicher nie mehr.

Christine Bernard trank mit ihr einen letzten Becher Tee. Dann fuhr sie nach Hause und ging sofort zu Bett. Sie schlief schon, bevor ihr Kopf das Kissen berührte. Traumlos. Beinahe ohnmächtig. Ihr geschundener Körper verlangte nach seinem Recht.

Langsam ließ Christine Bernard an einem Samstag spät im Herbst ihren Wagen die Dorfstraße hinunterrollen. Ihre Augen suchten links und rechts der Straße die Hauswände nach Nummern ab. Endlich entdeckte sie eine schmiedeeiserne Vier und bedauerte alle orientierungslosen Postboten und Paketzusteller in dieser Gegend.

Noch zwei Häuser weiter auf der gleichen Seite, dann stand sie vor Torben Heintz' Grundstück. Das niedrige Gartentor stand offen. Sie ließ ihr Seitenfenster hochfahren, zog den Zündschlüssel ab und stieg aus.

Es war ruhig im Dorf. Früher Nachmittag. Gedämpft hörte sie aus der Ferne das Kreischen einer Kreissäge. Jemand fuhr Holz ein, für den Winter.

Auch Torben Heintz beschäftigte sich im Schatten eines Schuppens mit dem Spalten von Brennholz. Er stand mit dem Rücken zu Christine Bernard und bemerkte sie nicht. Sein T-Shirt war vom Schweiß durchtränkt. Kraftvoll hob er einen schweren Spalthammer und holte zum nächsten Hieb aus. Dann schlug er zu, ließ den Spalthammer fallen und sammelte zwei Scheite Buchenholz auf, um sie zu den anderen auf einen großen Haufen zu werfen.

Christine Bernard verschränkte ihre Arme vor der Brust und beobachtete ihn eine Weile. Dann trat sie leise zwei Schritte näher.

„Die Indianer in den Bergen sagen, es wird einen harten Winter geben. Der weiße Mann macht viel Holz."

Überrascht drehte sich Torben Heintz um und seine Augen bekamen einen freudigen Glanz.

„Das ist aber eine nette Überraschung. Schön, dass Sie mich gefunden haben. Kaffee?"

Christine Bernard nickte stumm. Torben Heintz ging voran und deutete auf eine kleine Terrasse.

„Setzen Sie sich. Ich bin gleich wieder zurück."

Christine Bernard nahm in einem alten Teakholzsessel Platz, schloss ihre Augen und ließ sich von der Sonne wärmen.

Mein besonderer Dank geht an Peter K.
für seine stets freundliche und geduldige
kriminalistische Fachberatung.

Michael E. Vieten

Über den Autor

Michael E. Vieten. Jahrgang 1962. Aufgewachsen in Düsseldorf und Ratingen. Hat danach den Großteil seines Lebens im Norden Deutschlands verbracht. Lebt und arbeitet heute im Hunsrück mit Blick auf den Hochwald. Gelernter Hotelkaufmann, später Wechsel in die IT-Branche. Gründete 2002 einen Internet-Versandhandel, den er 2011 verkaufte, um mehr Zeit für die Dinge zu haben, die ihm wirklich wichtig sind.

Er schreibt seit seiner Jugend. Überwiegend Prosa und Lyrik, Romane und Erzählungen, am liebsten Balladen über die kleinen und großen Dramen im Leben von Menschen. Freut sich immer sehr darüber, wenn er seinen Lesern etwas mitgeben konnte, für ihre eigene Reise durch die Zeit.

Weitere Titel im acabus Verlag

Richard Surface

Das Vermächtnis

ISBN: 978-3-86-282226-3
BuchVP: 14,90 EUR
364 Seiten
Paperback

München, Alte Pinakothek, 2003: Ein alter Mann wird brutal gefoltert, doch das Geheimnis um sein Vermächtnis gibt er nicht preis.

Ein Mord, ein verschollenes Kunstwerk, ein gefährliches Vermächtnis. Um die Unschuld seines Großvaters zu beweisen, die Mörder zu fassen und den Schleier um sein Vermächtnis zu lüften, beginnt Gabriel ein tödliches Spiel und gerät immer mehr in ein undurchsichtiges Netz aus Intrigen, in das auch die Polizei verstrickt zu sein scheint.

Aus dem Englischen übersetzt wurde dieser Roman von der Schriftstellerin Zoë Beck.

Klaus-Jürgen Wrede

Das Geheimnis des Genter Altars

ISBN: 978-3-86-282367-3
BuchVP: 14,90 EUR
428 Seiten
Paperback

Ein toter Freund. – Ein gestohlenes Meisterwerk. – Verschlüsselte Botschaften im berühmten „Genter Altar“ – Und eine rätselhafte Organisation …

Als Daniel seinen Freund ermordet in dessen Wohnung findet, wird er unweigerlich in die Geheimnisse eines rätselhaften Kunstraubs von 1934 hineingezogen.

Mit Hilfe der undurchschaubaren Mara stößt er auf mysteriöse Botschaften in der bis heute verschollenen Tafel des Genter Altars und entdeckt ein unfassbares Geheimnis …

Basierend auf historischen Ereignissen rund um den rätselhaftesten Kunstraub aller Zeiten entwickelt sich ein spannungsreicher Thriller, der quer durch Europa und tief in das immer noch ungelöste Geheimnis des berühmten Genter Altars führt …

Britta Röder

Zwischen den Atemzügen

ISBN: 978-3-86-282298-0
BuchVP: 12,90 EUR
232 Seiten
Paperback

Olli findet seinen Job in der Versicherung „zum Kotzen" – was er leider direkt auf dem Schreibtisch seines Chefs unter Beweis stellt. Kopflos flieht er aus dem Büro und wird dabei beinahe von Leokadia überfahren. Auch sie hat ihre Gründe eilig aus Frankfurt herauszukommen. Olli springt zu ihr ins Auto und ein irrsinniger Roadtrip Richtung Frankreich und Spanien beginnt, in dessen Verlauf der Tod immer öfter seine Hände nach ihnen ausstreckt. Und schon bald zählt auch der Polizist Jean-Loup zu ihren Verfolgern …
Gibt es ein Entkommen in einer Welt, in der letztendlich nur auf den Tod und den Zufall Verlass ist?